마지막 잎새

The best stories of O. Henry

마지막 잎새

오 헨리

이미정 옮김

midnight
bookstore

차례

크리스마스 선물

1달러 87센트. 그것이 전부였다. 그중에서 60센트는 1센트
짜리 동전들이었다. 짠순이라는 무언의 비난에 뺨이 붉어질 때
까지 한 푼이라도 깎으려고 식료품 가게, 채소가게, 정육점 주
인과 악착같이 흥정해서 한두 푼씩 모은 것이다. 델라는 그 돈
을 세 번이나 세어보았다. 정확하게 1달러 87센트였다. 그리고
내일은 크리스마스다.

낡고 작은 소파에 털썩 주저앉아 서럽게 울부짖는 수밖에 없
었다. 그래서 델라는 그렇게 했다. 인생이란 흐느낌과 훌쩍거림
과 미소로 이루어져 있는데, 그중에서 훌쩍거릴 때가 제일 많다
는 교훈이 생각났다.

집주인이 흐느낌에서 훌쩍거림으로 차츰 넘어가는 동안, 집

안을 좀 둘러보자. 가구가 딸려 있는 주당 8달러의 셋집이다. 정확하게 말해서 거지 같은 집까지는 아니었지만, 부랑자 단속반의 관심을 끌지 않도록 주의해야 할 만한 집임은 분명했다.

아래층 현관에는 편지가 한 통도 들어오지 않는 우편함이 하나 있고, 아무리 눌러도 소리가 나지 않는 초인종이 달려 있었다. 문패에는 '제임스 딜링햄 영'이라고 적혀 있다.

문패 주인이 한창 잘나가서 주당 30달러씩 벌었을 때는 '딜링햄'이라는 이름이 미풍에 나부꼈다. 하지만 수입이 20달러로 줄어들자 그 이름은 흐릿해지고 말았다. 마치 건방 그만 떨고 겸손하게 'D'라는 한 글자로 줄어들어야 하지 않을지 심각하게 고려하는 것 같았다. 하지만 제임스 딜링햄 영 씨가 집으로 돌아와 위층으로 올라가면, 앞서 델라라고 소개했던 제임스 딜링햄 영 부인이 그를 '짐'이라고 부르며 따뜻하게 껴안곤 했다. 아주 보기 좋은 광경이었다.

델라는 울음을 그치고 뺨에 파우더를 발랐다. 그러고는 창가에 서서 잿빛 뒷마당의 잿빛 울타리 위를 걸어가는 잿빛 고양이를 멍하니 바라보았다. 내일이 크리스마스인데 델라는 남편 선물을 살 돈이 1달러 87센트밖에 없었다. 그것도 델라가 몇 달 동안 한 푼 두 푼 아껴서 모은 돈이었다. 주당 20달러의 수입으로는 그 이상 모을 수가 없다. 언제나 그렇듯이 지출이 예상보다 컸으니까. 남편 선물을 살 돈이 1달러 87센트뿐이라

크리스마스 선물

니. 사랑하는 남편 짐. 남편에게 어떤 좋은 선물을 사줄까 하는 행복한 공상에 얼마나 자주 빠져 지냈던가! 뭔가 근사하고 흔하지 않은 멋진 선물, 남편이 영광스럽게 생각할 만한 것에 조금이라도 가까운 선물을 궁리해보았던 것이다.

방의 창문과 창문 사이에는 몸거울이 하나 걸려 있었다. 8달러짜리 셋방에 걸려 있는 몸거울을 본 적이 있는지 모르겠다. 아주 날씬하고 민첩한 사람만이 세로로 금이 쭉쭉 그어진 거울에 비친 자기 모습을 정확하게 살펴볼 수 있었다. 날씬한 델라에게는 식은 죽 먹기였다.

창밖을 보던 델라는 갑자기 휙 돌아서 거울 앞에 가 섰다. 델라의 두 눈은 눈부시게 반짝였지만, 이십초 만에 얼굴이 하얗게 질리고 말았다. 델라는 갑자기 머리카락을 풀어 내려뜨렸다.

제임스 딜링햄 영 부부가 아주 자랑스럽게 생각하는 것이 두 가지 있었다. 하나는 짐이 할아버지와 아버지한테서 물려받은 금시계였고, 다른 하나는 바로 델라의 머리카락이었다. 만약 시바의 여왕(솔로몬 왕에게 가르침을 청한 여왕—옮긴이)이 통풍구 저편의 옆집에 살고 있었더라면, 델라가 젖은 머리를 말리려고 창밖으로 늘어뜨리기만 해도 여왕의 온갖 보석과 보물 들이 빛을 잃고 말았을 것이다. 솔로몬 왕이 지하실에 온갖 보물을 쌓아둔 관리인이었다면, 짐은 왕이 부러워서 턱수염을 잡아당기는 모습을 보려고 그가 지나갈 때마다 금시계를 꺼냈을 것이다.

두 보물 중 하나인 델라의 아름다운 머리카락이 갈색 폭포처럼 물결치며 반짝거렸다. 머리카락이 무릎 아래까지 내려와서 마치 그녀의 몸을 감싼 옷처럼 보였다. 델라는 신경질적으로 재빨리 머리를 말아 올렸다. 그 순간 잠시 비틀거리다가 균형을 잡고 섰는데, 그 사이 눈물 한두 방울이 해진 붉은 양탄자 위로 떨어졌다.

델라는 갈색 재킷을 걸치고 오래된 갈색 모자를 썼다. 여전히 두 눈에 반짝거리는 눈물을 머금은 채 치맛자락을 휘날리며 거리로 나섰다.

델라가 멈춰 선 곳은 '마담 소프로니, 각종 모발 취급'이라는 간판이 걸린 가게였다. 델라는 계단을 뛰어올라가서 숨을 몰아쉬며 마음을 가다듬었다. 주인 여자는 덩치가 크고 살결이 지나치게 하얗고 쌀쌀맞아서 '소프로니'라는 이름에 어울리지 않았다.

"제 머리카락 사시겠어요?"

델라가 물었다.

"제가 머리카락을 사긴 하죠. 모자를 벗어봐요. 어떤지 한번 보게요."

소프로니가 말했다.

갈색 폭포수 같은 머리카락이 물결치며 흘러내렸다.

"20달러 드리죠."

크리스마스 선물

소프로니가 능숙한 손길로 델라의 머리카락을 감아올리며
말했다.

"빨리 주세요."

아, 그 후 두 시간은 장밋빛 날개가 달린 것처럼 지나갔다.
같잖은 비유는 잊어주시기를. 델라는 남편의 선물을 사려고 상
점들을 들쑤시고 다니기 시작했다.

그러다 마침내 찾아냈다. 그것은 다른 누구도 아닌 오직 남
편을 위해 만들어진 물건이 틀림없었다. 다른 어떤 상점에도 그
런 것은 없었다. 수수하면서도 품위 있는 디자인의 백금 시곗줄
은 모든 좋은 물건들이 그렇듯, 천박한 장식 때문이 아니라 그
자체만으로도 가치 있는 것이었다. 심지어 남편의 시계만큼 훌
륭한 물건이었다. 델라는 그 시곗줄을 보자마자 남편 것이라
고 직감했다. 그것은 남편과 아주 비슷했으니까. 남편도 시곗
줄도 차분하고 고귀하다는 묘사가 딱 어울렸다. 델라는 시곗
줄에 21달러를 내고 남은 87센트를 가지고 집으로 서둘러 돌
아왔다. 남편이 이 시곗줄을 달면 누구를 만나더라도 당당하게
시계를 꺼내 시간을 확인할 것이다. 시계는 근사했지만 시곗줄
대신 달아놓은 낡은 가죽 끈 때문에 남편은 때때로 남몰래 시
계를 꺼내 보곤 했다.

집에 도착했을 때 델라는 극도의 흥분이 어느 정도 가라앉아
서 신중하고 이성적인 모습으로 돌아와 있었다. 델라는 인두를

꺼내고 가스스토브에 불을 붙인 뒤 인두를 달궜다. 그리고 사랑의 힘으로 대범하게 벌인 짓에 엉망이 된 머리를 손질하기 시작했다. 오, 친구들이여, 머리 손질은 언제나 그렇듯 엄청나게 손이 많이 가는 일이다.

40분쯤 지나자 머리카락이 곱슬곱슬해지고 부풀어 올랐다. 마치 꾀쟁이 남학생처럼 보였다. 델라는 길쭉한 거울에 비친 자신의 모습을 조심스럽게 꼼꼼히 살펴보며 혼잣말했다.

"그이가 보면 코니아일랜드 합창단원 같다고 하겠어. 보자마자 날 죽이지 않는다면 말이지. 하지만 달리 어쩔 수가 없잖아, 아! 1달러 87센트로 뭘 할 수 있겠어?"

델라는 일곱 시쯤 커피를 준비해놓고 금방 고기를 구울 수 있게 스토브 뒤쪽에 놓인 프라이팬을 뜨겁게 달궈놓았다.

남편은 늦는 법이 없었다. 델라는 한 손으로 시곗줄을 감싸 쥐고 남편이 항상 들어오는 문 옆의 탁자 한 귀퉁이에 자리를 잡았다. 그때 아래층 계단을 올라오는 발소리가 들렸다. 순간 델라의 얼굴이 하얗게 질렸다. 델라는 더없이 사소하고 일상적인 일에도 마음속으로 기도를 하곤 했는데 지금은 이렇게 속삭였다.

"하느님, 그이가 여전히 제가 예쁘다고 생각하게 해주세요."

마침내 문이 열리고 남편이 들어왔다. 그는 수척하고 아주 심각해 보였다. 불쌍한 사람, 겨우 스물두 살에 한 가정을 짊어져야 하다니! 남편은 새 외투가 필요해 보였고 장갑도 끼고 있지 않았다.

안으로 들어선 남편은 메추라기 냄새를 맡은 사냥개처럼 꿈쩍도 하지 않았다. 델라는 자신을 뚫어지게 바라보는 남편의 눈빛을 읽을 수 없어서 걱정스러웠다. 남편의 두 눈에 깃든 것은 분노도 놀람도 불만도 공포도 아니었다. 델라가 대비해온 그 어떤 감정도 아니었다. 남편은 기묘한 표정으로 델라를 뚫어지게 쳐다보기만 했다.

델라는 일어나서 남편에게 다가갔다.

"여보, 그런 눈으로 보지 말아요. 머리카락을 잘라서 팔 수밖에 없었다고요. 당신한테 선물 하나 사주지 못한 채 크리스마스를 보낼 수는 없잖아요. 머리카락은 다시 자라요. 괜찮죠, 여보? 다른 방법이 없었어요. 게다가 전 머리카락이 굉장히 빨리 자라니까. 이제 그만 '메리 크리스마스'라고 인사해요. 여보, 행복한 하루를 보내자고요. 얼마나 멋지고 아름답고 근사한 선물을 준비했는지 짐작도 못 할걸요."

"머리카락을 잘랐어?"

짐은 엄청나게 애썼는데도 아직 이해하지 못했다는 듯 힘겹게 물었다.

"네, 잘라서 팔았죠. 그래도 절 좋아하죠? 머리카락이 없어도 전 여전히 저잖아요. 그렇죠?"

짐은 호기심 어린 눈빛으로 방을 둘러보았다.

"당신 머리카락이 없어졌다는 거야?"

짐은 마치 백치라도 된 것처럼 말했다.

"찾아볼 필요 없어요. 팔아버렸다고 했잖아요. 여보, 오늘은 크리스마스이브예요. 화내지 말아요. 당신을 위해서 한 일이라고요. 제 머리카락 수는 헤아릴 수 있겠죠."

갑자기 델라의 목소리가 진지하고도 달콤하게 변했다.

"하지만 당신에 대한 제 사랑은 아무도 헤아릴 수 없어요. 여보, 고기를 불에 올릴까요?"

멍하니 있던 짐이 재빨리 정신을 차리는 것 같았다. 짐은 델라를 꽉 끌어안았다. 여기서 잠깐, 이치에 맞지 않는 문제 하나를 다른 각도에서 조심스럽게 살펴보자. 한 주에 8달러나 일 년에 100만 달러나 뭐가 다른가? 수학자나 지식인에게 묻는다면 틀린 답을 말할 것이다. 동방박사가 귀중한 선물들을 가져왔지만, 그중에도 이 답은 없었다. 이 불가사의의 답은 이야기 뒷부분에서 밝혀질 것이다.

짐은 외투 주머니에서 꾸러미 하나를 꺼내 탁자 위에 던졌다.

"오해하지 마, 여보. 당신이 머리를 자르든 면도를 하든 머리를 감든, 당신을 사랑하는 내 마음은 조금도 줄어들지 않아. 하지만 저 꾸러미를 풀어보면 내가 왜 당신을 보고 잠시 동안 얼이 빠졌는지 알 수 있을 거야."

하얀 손가락들이 재빠르게 꾸러미를 풀고 포장지를 찢어 펼

크리스마스 선물

쳤다. 잠시 후 기쁨의 탄성이 터져 나오더니, 아, 슬프게도 순식간에 흐느끼는 소리로 변했다. 그 즉시 남편은 모든 위로의 기술을 있는 힘껏 발휘해야 했다.

꾸러미 안에는 옆머리와 뒷머리에 꽂는 머리핀 한 세트가 들어 있었다. 델라가 브로드웨이의 한 진열창 너머로 바라보면서 오래도록 갖고 싶어 했던 것이었다. 가장자리가 보석으로 장식된 아름다운 거북 등딱지 머리핀. 지금은 사라지고 없는 델라의 아름다운 머리카락에 어울릴 만한 빛깔이었다. 델라는 그 머리핀이 얼마나 비싼지 알고 있었기 때문에 실제로 가질 수 있다고는 생각지 않은 채 그저 갈망하기만 했다. 이제 그것이 델라의 손에 들어왔다. 하지만 그렇게 탐내던 장식품으로 꾸밀 머리카락이 사라지고 없었다.

그럼에도 델라는 머리핀을 꼭 품어 안고 눈물로 얼룩진 얼굴을 들어 마침내 미소를 지었다.

"여보, 제 머리카락은 아주 빨리 자라요!"

그러다가 털에 불이 붙은 새끼 고양이처럼 펄쩍 뛰어오르며 소리쳤다.

"아아!"

자신이 준비한 아름다운 선물을 짐에게 아직 보여주지 않았던 것이다. 델라는 선물을 자기 손바닥에 올려놓고는 어서 받으라고 채근하듯 남편에게 내밀었다. 그 둔탁하고 값비싼 금속에 델라의 밝고 열렬한 마음이 반사되어 번쩍거리는 것 같았다.

"근사하지 않아요, 여보? 이걸 찾으려고 마을을 다 뒤졌어요. 이제는 하루에 백번씩 시계를 꺼내 보고 싶어질걸요. 시계이리 줘봐요. 얼마나 잘 어울리는지 한번 달아보게요."

짐은 시계를 꺼내지 않고 소파에 털썩 앉더니 머리 뒤로 두 손을 깍지 끼었다. 그리고 미소를 지으며 말했다.

"여보, 크리스마스 선물은 잠시 치워두자고. 너무 훌륭한 물건들이라서 지금은 쓰지 못할 것 같으니까. 난 시계를 팔아서 당신 머리핀 살 돈을 마련했거든. 이제 고기를 올려놔야지?"

누구나 알다시피 동방박사들은 현명한 사람들이었다. 말구유에서 태어난 아기 예수에게 선물을 바친 더없이 현명한 사람들. 크리스마스 선물을 주는 풍습은 거기서 유래되었다. 동방박사들은 현명한 만큼 두말할 것도 없이 현명한 선물을 준비했다. 선물이 겹치면 다른 것으로 바꿀 수 있는 특권까지 누렸을 것이다. 여기서는 더없이 현명하지 못하게도 서로를 위해 집안의 가장 귀중한 보물을 희생시킨, 한집에 사는 어리석은 두 사람의 이야기를 어설프게나마 소개했다. 하지만 이 시대의 현명한 사람들에게 마지막으로 한마디 하고 싶다. 선물을 주는 모든 사람들 중에서 이 두 사람이 가장 현명하다는 것이다. 선물을 주고받는 모든 사람들 가운데서 이들이 가장 현명하다. 그 어디에서도 이들이 가장 현명하다. 이들이야말로 동방박사다.

크리스마스 선물

경찰과 찬송가

소피는 매디슨 공원 벤치에 앉아 불안하게 꼼지락거렸다. 밤에 기러기가 시끄럽게 울고, 물개 모피가 필요한 여자들이 남편들에게 다정해지고, 소피가 공원 벤치에 앉아 불안하게 꼼지락거린다는 것은 겨울이 코앞에 왔다는 뜻이다.

낙엽 하나가 소피의 무릎에 떨어졌다. 그것은 동장군의 명함이었다. 동장군은 매디슨 공원의 단골 숙박객들에게 친절해서 매년 올 때마다 정정당당하게 경고를 한다. 사거리 모퉁이에서 '노천 주택'의 문지기 북풍에게 명함을 전해, 사람들에게 자신을 맞이할 준비를 하라고 알리는 것이다.

소피는 다가오는 혹한에 대비해서 혼자 세입위원회 회원 노릇을 하며 살아가야 한다는 걸 알았다. 그래서 공원 벤치에 앉아 불안하게 꼼지락거리는 것이었다.

소피의 겨울나기 계획은 그다지 사치스러운 것은 아니었다. 지중해에서 유람선을 탄다든지, 보고 있으면 잠에 빠질 것 같은 남부의 하늘을 감상한다든지, 베수비어스 만에서 배를 타고 떠돈다든지 하는 야망은 품지 않았다. 섬에서 석 달을 보내는 것이 소피가 원하는 전부였다. 식사와 침대가 보장되고 같은 부류의 동료가 있는 곳에서, 북풍과 경찰을 걱정하지 않으며 보내는 석 달. 소피에게는 그것이야말로 더없이 탐나는 알짜배기였다.

소피는 몇 년 동안 쾌적한 블랙웰스 섬에서 겨울을 보냈다. 매년 겨울이면 팜비치와 리비에라행 표를 사는 운 좋은 뉴욕 사람들처럼, 소피도 해마다 조촐하게 블랙웰스 섬으로 떠날 준비를 했다. 이제 그때가 되었다. 어젯밤에 일요신문 세 부를 구해서 한 부는 외투 속에 넣고 두 부로 발목과 무릎을 감싼 채, 오래된 매디슨 공원의 분수 옆 벤치에서 잠을 잤다. 하지만 추위를 물리치지는 못했다. 그래서 때마침 블랙웰스 섬이 소피의 마음속에 크게 자리 잡은 것이다. 소피는 이 도시의 식객들을 위해서 자선이라는 이름으로 마련된 시설들을 경멸했다. 자선보다는 오히려 법이 더 친절하다고 생각했다. 시립 또는 자선 단체 시설들은 수도 없이 많으니 소피가 마음만 먹으면 찾아갈 수도 있었다. 거기서 소박한 삶에 어울리는 잠자리와 먹을 것을 얻을 수 있을 것이다. 하지만 자존심 강한 소피는 그런 자선의 선물을 달갑게 생각하지 않았다. 돈이 아니더라도 굴욕감이라는 대가를 치러야 했기 때문이다. 시저에게 브루투스가 있었듯이, 자선이 마련해주는 침대에서 자려면 사용료로 반드시 목욕을 해야 했고 빵 한 덩어리를 얻을 때마다 그 보상으로 사적인 질문에 답해야 했다. 그러니 규칙을 강요하더라도 한 신사의 사생활을 부당하게 간섭하지는 않는 법의 손님이 되는 편이훨씬 나았다.

소피는 블랙웰스 섬에 가기로 마음먹고 즉각 행동에 옮기기시작했다. 블랙웰스 섬에 갈 손쉬운 방법들이 많았다. 그중에서도 가장 즐거운 방법은 고급 레스토랑에서 거나하게 식사를하는 것이었다. 그리고 나서 돈이 없다고 말하면 번잡한 소동없이 조용하게 경찰관에게 체포된다. 그 뒷일은 친절한 치안판사가 알아서 처리해준다.

소피는 벤치에서 일어나 공원을 어슬렁어슬렁 걸어 나갔다. 평평한 아스팔트의 바다를 가로질러 브로드웨이와 5번가가 만나는 곳에 다다랐다. 거기서 브로드웨이로 꺾어 올라가 반짝거리는 레스토랑 앞에 멈춰 섰다. 포도와 누에, 원형질이 낮은 최상의 후손들이 모이는 곳, 쉽게 말하면 최고급 비단을 걸친 만물의 영장들이 밤마다 모여들어서 최고급 포도주를 마시는 곳이었다.

소피는 조끼 맨 아래 단추 위쪽으로는 흠잡을 데가 없다고
확신했다. 면도를 했고, 괜찮은 외투를 걸쳤으며, 항상 매듭을
매어두는 깔끔한 검정색 넥타이는 추수감사절에 여자 전도사
한테서 받은 것이었다. 의심받지 않고 레스토랑에 들어가 테이
블에 앉기만 하면 성공한 것이나 다름없었다. 테이블 위로 드
러난 모습을 보고 종업원이 의심하는 일은 없을 것이다. 소피
는 청둥오리구이를 시키는 게 좋겠다고 생각했다. 거기다 샤블
리 백포도주와 프랑스제 카망베르 치즈, 에스프레소 한 잔, 담
배 하나까지 곁들여서 말이다. 담뱃값은 1달러면 될 것이다.
음식 값이 전부 얼마가 나올지는 몰라도 레스토랑 주인이 지독
하게 타박할 만큼은 아닐 터였다. 그럼에도 고기를 배부르게
먹고 겨울 피난처로 행복하게 떠날 수 있는 방법이었다.

하지만 소피가 레스토랑 출입문 안으로 발을 들여놓자마자,
수석 웨이터의 시선이 소피의 닳아서 해진 바지와 낡은 신발에
꽂혔다. 그 즉시 강인한 손이 소피를 돌려세워 신속하고도 조
용하게 바깥 보도로 안내했고, 수치스러운 운명을 맞이할 뻔한
청둥오리를 구해주었다.

소피는 브로드웨이를 벗어났다. 식도락을 즐기는 방법으로
는 소피가 몹시도 갈망하는 섬으로 갈 수 없을 것 같았다. 교
도소에 들어갈 다른 방법을 생각해내야 했다.

6번가 모퉁이에 있는 한 가게의 유리 진열창이 보였다. 안쪽

경찰과 찬송가

의 전기 등불과 근사한 진열품들이 시선을 끌었다. 소피는 돌
하나를 집어 들어 진열창에 던졌다. 사람들이 경찰관을 앞세우
고 모퉁이를 돌아 달려왔다. 소피는 호주머니에 두 손을 집어
넣은 채 가만히 서서 그들을 보고 미소 지었다.

"돌을 던진 사람은 어디로 갔습니까?"

경찰관이 흥분해서 물었다.

"제가 그랬을 거라고 생각하시지 않나요?"

소피가 조금도 비꼬는 기색 없이 마치 행운을 잡은 사람처럼
상냥하게 말했다.

경찰관은 소피가 그 사건의 단서가 될 수 있다는 가능성조차
인정하지 않으려고 했다. 보통은 창문을 깨뜨린 사람이 현장에
남아서 경찰관과 이야기를 나누지는 않으니까. 꽁지 빠지게 도
망가는 게 정상이었다. 마침 경찰관은 반 블록쯤 떨어진 곳에
서 전차를 잡으러 달려가는 남자를 발견했다. 경찰관은 경찰봉
을 꺼내고 그 남자를 쫓기 시작했다. 소피는 두 번이나 실패하
자 넌더리가 나서 어슬렁어슬렁 돌아다녔다.

거리 맞은편에 별 볼일 없어 보이는 식당이 하나 있었다. 주
머니가 그다지 두둑하지 않은 대식가들이 즐겨 찾는 곳이었다.
식기들과 분위기는 알차고 좋았지만 수프와 식탁보는 형편없
었다. 소피는 사람들이 눈살을 찌푸릴 만한 신발에, 감추려 해
도 감출 수 없는 바지 차림으로도 아무 문제 없이 식당에 들어

갔다. 테이블에 앉아 비프스테이크와 핫케이크, 도넛과 파이를 먹었다. 그런 뒤에 종업원에게 자신은 동전 한 푼과도 인연이 없다고 말했다.

"자, 어서 경찰관을 불러요. 점잖은 사람 기다리게 하지 말고."

소피가 말했다.

"너 같은 놈 하나 처리하는 데는 경찰을 부를 필요도 없어."

종업원이 맨해튼 칵테일의 체리 같은 눈을 빛내며, 버터케이크처럼 느글대는 목소리로 말했다.

"어이, 콘!"

종업원 두 명이 소피를 들어 내동댕이쳤다. 소피의 왼쪽 귀가 차가운 보도에 닿았다. 소피는 접힌 목수용 자를 펼치듯이 관절 하나하나를 펴면서 일어나 옷에 묻은 먼지를 털어냈다. 경찰관에게 체포당하는 일은 장밋빛 꿈인 것만 같았다. 소피가 가려는 섬이 아주 멀게 느껴졌다. 두 집 건너 약국 앞에 서 있던 경찰관이 소피를 보며 웃고는 거리를 따라 내려갔다.

소피는 다섯 블록을 지나고 나서야 다시 체포되려고 시도할 용기가 났다. 이번에는 소피가 어리석게도 아주 쉬운 일이라고 생각해왔던 기회가 찾아왔다. 기품 있고 보기 좋게 차려입은 젊은 여자가 면도용 컵과 잉크병이 놓인 가게 진열창을 유심히 들여다보고 있었다. 거기서 2미터쯤 떨어진 곳에는 덩치 큰 경찰관이 딱딱한 태도로 소화전에 기대 서 있었다.

　　　　　　　　　　　　　　　경찰과 찬송가

소피는 경멸스럽고 혐오스러운 '치한'이 되기로 마음먹었다.
세련되고 우아한 외모의 여자를 희생자로 삼은 데다 가까운 곳
에 성실한 경찰이 있으니, 머지않아 경찰이 자신의 팔을 꽉 움켜
잡는 기분 좋은 감촉이 느껴지면서 마침내 몸에 꼭 맞는 섬에서
겨울을 지낼 수 있으리라고 믿었다.

소피는 넥타이를 가다듬고, 쭈그러든 소매 끝을 당겨 펴고,
모자를 멋들어지게 비스듬히 쓰고는 젊은 여자에게 다가갔다.
여자에게 눈길을 던진 뒤 갑작스럽게 기침을 하고 '에헴' 하고
목청을 가다듬고 능글맞게 웃으면서, 뻔뻔스럽고 경멸스런 '치
한'다운 행동들을 거침없이 했다. 소피는 곁눈질로 경찰관이 자
신을 뚫어져라 쳐다보고 있는 걸 확인했다. 젊은 여자가 몇 걸
음 걸어가다가 다시 면도용 컵을 유심히 바라보았다. 소피는
여자를 따라가서 대담하게 다가가 모자를 들어 올리고 이렇게
말했다.

"어이, 거기, 베델리아! 우리 집에 와서 한판 놀아보지 않겠어?"

경찰관은 여전히 소피를 바라보고 있었다. 희롱당한 젊은 여
자는 손가락을 까닥해 경찰관을 부를 수밖에 없고, 결과적으
로 소피는 천국 같은 섬으로 가는 여정에 오르는 셈이었다. 소
피는 벌써 경찰서의 아늑한 온기가 느껴지는 것만 같았다. 그
때 젊은 여자가 소피를 마주 보고는 한 손을 뻗어 소피의 외투
소매를 붙잡았다.

"그거 좋지, 마이크."

여자가 반갑게 말했다.

"맥주 한잔 사주면 말이야. 진작 너한테 말을 걸려고 했는데 경찰이 지켜보고 있어서 못 했어."

젊은 여자가 떡갈나무에 달라붙은 담쟁이덩굴처럼 소피에게 찰싹 달라붙었다. 소피는 우울한 기분에 사로잡혀 경찰을 스쳐 지나갔다. 소피는 아무래도 자유인으로 살아갈 운명인 것 같았다.

소피는 다음 모퉁이에서 여자를 떨쳐내고 도망쳤다. 밤에 온 거리가 가장 밝아지고 사랑과 맹세, 무대의 노랫소리들이 넘쳐나는 곳에서 멈춰 섰다. 모피를 두른 여자들과 외투를 걸친 남자들이 겨울 밤거리를 흥겹게 걸어 다녔다. 소피는 갑작스런 공포에 사로잡혔다. 자신이 어떤 끔찍한 저주에 걸려서 체포당하지 못하게 됐다고 생각하자 공황상태로 빠져들기 시작했다. 그러다 때마침 초호화판 극장 앞에서 거만하게 어슬렁거리는 경찰관 한 명을 발견했다. 소피는 '풍기문란'이라는 지푸라기를 냉큼 잡아챘다.

소피는 보도에서 걸걸한 목소리로 크게 술주정을 늘어놓기 시작했다. 춤추고 울부짖고 고함치고 그 밖에 온갖 방법으로 하늘이 무너지도록 소란을 피웠다.

그러자 경찰관이 곤봉을 휘두르며 소피에게서 등을 돌리고

경찰과 찬송가

한 시민에게 말했다.

"예일 대학생이랍니다. 하트포드 대학에 영패를 안겼다고 축하하는 거예요. 시끄럽지만 해가 되는 것까진 아니죠. 저 친구들을 그냥 내버려두라는 지시를 받았어요."

절망에 빠진 소피는 공연히 소란 피우는 짓을 그만두었다. 날 체포해줄 경찰관이 한 명도 없단 말인가? 소피가 겨울을 보내려는 섬이 절대 손에 넣을 수 없는 이상향처럼 느껴졌다. 소피는 차가운 바람을 맞으며 얄팍한 외투 단추를 잠갔다.

그때 담배 가게에서 말쑥한 차림의 남자가 흔들리는 등불로 담배에 불을 붙이는 것이 보였다. 가게 출입문 옆에는 그 남자가 놔둔 실크 우산이 있었다. 소피는 가게 안으로 들어가 우산을 집어 들고 천천히 걸어 나왔다. 그러자 남자가 재빨리 소피를 쫓아 나왔다.

"그거 내 우산이야!"

남자가 무섭게 소리쳤다.

"아, 그래?"

소피는 이렇게 냉소하면서 좀도둑질에 인신모독죄까지 더했다.

"그럼 경찰을 부르지 그래? 내가 우산을 가져왔잖아. 당신 우산을! 경찰을 부르는 게 어때? 저기 모퉁이에 경찰이 있으니까 말이야."

그러자 우산 주인의 발걸음이 느려졌다. 소피도 또다시 운이 달아날 것만 같은 예감에 발걸음을 늦췄다. 경찰관이 두 사람을 호기심 어린 눈빛으로 쳐다보았다.

"물론, 그게…… 저, 이런 실수가 자주 있죠. 어, 그게 당신 우산이라면 죄송합니다. 오늘 아침에 식당에서 주웠거든요. 그 우산이 당신 거라면 뭐, 당신이…….."

"물론 내 거지."

소피가 심술궂게 말했다. 그러자 우산 주인이 물러섰다. 경찰관은 두 블록 거리의 전차 앞을 가로지르는 망토 차림의 키 큰 금발머리 여자를 도우러 서둘러 달려갔다.

소피는 공사 중인 거리를 가로질러 동쪽으로 걸어갔다. 화가 나서 우산을 구덩이에 던져 넣었다. 헬멧을 쓰고 곤봉을 든 순경들에게 불평을 하기도 했다. 하지만 소피가 잡혀가고 싶어 안달을 할수록, 그들은 소피가 절대 나쁜 짓을 할 수 없는 왕이라도 되는 것처럼 취급했다.

마침내 소피는 번쩍거리는 불빛과 시끄러운 소음이 잦아든 동쪽의 한 거리에 들어섰다. 돌아갈 집이라고 해봤자 공원 벤치에 불과했지만 그래도 귀소본능이 살아나 매디슨 공원 쪽으로 고개를 돌렸다.

소피는 유난히 조용한 어느 모퉁이에서 우뚝 멈춰 섰다. 고풍스럽고 비쭉비쭉하며 박공이 있는 교회가 그곳에 있었다. 보라색 스테인드글라스 너머로 부드러운 빛이 반짝거렸다. 그 안

경찰과 찬송가

에서는 오르간 연주자가 일요일에 찬송가를 실수 없이 연주하기 위해 연습하고 있는 것이 틀림없었다. 달콤한 음악 소리가 귓가에 닿아 소피의 마음을 사로잡고, 돌돌 말린 철책 앞에 발길을 잡아두었다.

하늘 높이 떠오른 달이 평화롭게 빛나고 있었다. 지나가는 차와 사람들은 거의 없었다. 참새들이 처마에서 졸린 듯 지저귀었다. 마치 시골 교회 안마당 같은 풍경이었다. 소피는 오르간 연주자가 연주하는 찬송가에 사로잡혀 철책 앞에서 굳어버린 채 꼼짝도 하지 못했다. 소피에게도 엄마와 장미, 야망, 친구, 티 없이 깨끗한 생각과 옷깃이 있었던 시절에 알았던 찬송가였다.

소피의 마음이 열리는 동시에 오래된 교회에서 감화의 기운이 뻗어 나왔다. 그러자 소피의 영혼이 갑작스럽고 놀랍게 변했다. 소피는 순식간에 공포에 사로잡혀 자신이 굴러 떨어져 있는 구덩이를 둘러보았다. 타락한 나날과 쓸데없는 욕망, 흩어져버린 희망, 잃어버린 능력, 비열한 동기 들이 합쳐진 것이 그의 실체였다.

소피의 마음도 이 새로운 기분에 감격해서 장단을 맞추었다. 절망적인 운명에 맞서 싸우라고 즉흥적으로 소피를 충동질했다. 진창에서 일어나 다시 한번 사람다운 사람이 되라고, 자기를 사로잡고 있는 악마를 물리치라고 말이다. 아직 시간이 있었다. 소피는 비교적 젊은 편이니까 옛날에 품었던 열정적인 야망을 되살려서 흔들림 없이 좇아나갈 수 있었다. 엄숙하지만 달콤한 오르간 연주 소리가 소피를 몰라보게 바꿔놓았다. 소피는 내일 분주한 시내로 들어가 일자리를 찾아다닐 생각이었다. 모피 수입상이 소피에게 운전사로 일해보겠냐고 제의했던 적이 있었다. 소피는 내일 그를 찾아가 일자리를 달라고 부탁해볼 작정이었다. 이 세상에서 떳떳한 한 사람이 되어……

그때 소피는 팔을 움켜쥐는 누군가의 손길을 느꼈다. 재빨리 돌아보자 한 경찰관의 널찍한 얼굴이 보였다.

"여기서 뭐 하는 거지?"

"아무것도 안 했는데요."

"그럼 따라와."

경찰관이 말했다.

"섬에서 징역 3개월."

다음 날 아침, 치안판사가 이렇게 선고했다.

　경찰과 찬송가

사랑의 묘약

블루라이트 약국은 시내의 바워리가와 1번가 사이에, 그 두 지점까지의 거리가 가장 짧은 곳에 있다. 블루라이트 약국은 약국이 골동품과 향수, 아이스크림소다를 파는 곳이라고 생각하지 않는다. 진통제를 달라는 손님에게 약 대신 사탕을 주는 일은 없다.

블루라이트 약국은 별로 힘들이지 않고 약을 만드는 현대적인 제약 기술을 비난한다. 아편을 용해하고 아편제와 진통제를 여과한다. 오늘날까지도 높은 칸막이가 쳐진 조제실에서 약을 만든다. 조제판에 약재를 넓게 펴놓고 주걱으로 나눈 다음, 엄지와 검지로 굴려서 둥글게 만들고 가성 산화마그네슘을 뿌려 작고 둥근 종이 약상자에 넣어 약을 만드는 것이다. 이 약국은 너덜너덜한 옷을 걸친 아이들이 신나게 뛰어노는 길모퉁이에 있는데, 그 아이들이 바로 약국 안에서 기다리고 있는 기침약과 시럽을 먹을 후보자들이다.

아이키 쉰스타인은 블루라이트 약국의 야간 직원이자 약국 손님들의 친구였다. 약국은 이스트사이드 빈민가에 있었는데, 이곳 약국들은 손님을 얼음처럼 차갑게 대하지 않았다. 이곳에서 약제사는 당연히 상담자이자 고해신부이자 조언자이며 유능하고 의욕적인 전도사다. 그뿐만 아니라 존경받는 학식과 신비로운 지혜를 갖춘 스승이다. 사람들은 보통 그가 지어준 약을 맛도 보지 않고 아무 의심 없이 목구멍에 쏟아붓는다. 안경이 걸쳐진 뾰족한 코, 지식의 무게에 짓눌려 구부정해진 아이키의 가냘픈 모습은 블루라이트 약국 근방에서 아주 유명했고, 그에게 조언을 듣거나 관심을 받으려는 사람들이 많았다.

아이키는 약국에서 두 블록 떨어진 리들 부인의 집에 세 들어 살며 그곳에서 아침식사를 했다. 리들 부인에게는 로지라는 딸이 있었다. 에둘러 말하는 헛된 짓은 하지 않겠다. 짐작하겠지만 아이키는 로지를 좋아했다. 아이키의 모든 생각이 로지로 물들어 있었다. 로지는 화학적으로 순수한 모든 상비약품에서 추출한 물질들의 복합체와도 같았다. 어떤 의약품 설명서를 뒤져봐도 로지에 비할 수 있는 것은 없었다. 하지만 아이키는 소심했고, 그의 소망은 수줍음과 공포라는 용매 속에 갇혀 녹지 않았다. 아이키는 약국 카운터 뒤에서는 특수한 지식과 가치를 잘 아는 유능한 사람이었지만, 바깥에서는 무릎이 약하고 시력이 나쁜 데다 어슬렁어슬렁 걸어 다녀서 운전자들한테 욕을 얻어먹었다. 그의 옷은 화학물질로 얼룩져 있고 알로에와 암모니아 냄새가 났다. 게다가 몸에 맞지도 않았다.

아이키에게 '연고에 꼬이는 파리'(와, 근사한 비유다!) 같은 존재가 있다면 청크 맥고완이었다.

맥고완 씨도 로지의 환한 미소를 얻으려고 애쓰고 있었다. 하지만 그는 아이키처럼 로지의 주변을 맴돌기만 하는 외야수가 아니었고, 로지의 미소들을 잽싸게 낚아채곤 했다. 맥고완은 아이키의 친구이자 고객이었는데, 종종 바워리에서 즐거운 저녁을 보내고 블루라이트 약국에 들러, 멍든 상처에 요오드를 바르거나 베인 상처에 반창고를 붙이곤 했다.

어느 날 오후, 맥고완이 말없이 태평스럽게 약국으로 걸어 들어와 의자에 앉았다. 서글서글하고 사람 좋아 보이는 잘생긴 그의 얼굴에 굳은 의지가 서려 있었다.

"아이키."

아이키가 절구를 가져와 반대편에 앉아서 안식향을 빻고 있을 때, 맥고완이 말을 꺼냈다.

"내 말 좀 들어봐. 필요한 약이 있는데 좀 만들어줘."

아이키는 언제나 그렇듯이 맥고완의 얼굴에 싸운 흔적이 있는지 살펴보았지만 보이지 않았다.

"외투 벗어봐."

아이키가 지시했다.

"갈비뼈에 칼을 맞았나보군. 스페인 놈들한테 당하고 말 거라고 몇 번이나 말했잖아."

맥고완이 미소를 지었다.

"그 녀석들 때문이 아냐. 스페인 놈들이랑은 상관없어. 하지만 어디가 아픈지는 정확하게 짚어냈군. 맞아, 갈비뼈 근처가 아파. 들어봐, 아이키! 난 오늘 밤에 로지와 함께 달아나서 결혼할 거야."

아이키의 왼손 집게손가락이 구부러지면서 절구 가장자리를 꽉 움켜쥐었다. 아이키는 자기도 모르게 절굿공이를 쾅 하고 거칠게 내리쳤다. 맥고완의 얼굴에서 미소가 엷어지더니 우울하고 혼란스러운 표정이 떠올랐다.

"그때까지 로지가 마음을 바꾸지 않는다면 말이야. 우린 2주 내내 도망 계획만 세웠어. 로지가 도망치자고 말해놓고는 그날 저녁에 안 되겠다고 하는 거야. 오늘 밤에는 진짜로 도망치기로 했어. 이번에는 로지도 이틀 동안 마음을 바꾸지 않았지. 하지만 아직 다섯 시간이 남았어. 시간이 다 됐을 때 로지가 나오지 않을까봐 걱정돼."

"약이 필요하다고 했잖아."

아이키가 말했다. 맥고완은 불안하고 초조해 보였다. 평상시와는 완전히 다른 모습이었다. 맥고완은 특허의약품 책력을 돌돌 말더니 쓸데없이 공을 들여 한 손가락에 씌웠다.

"두 가지 난관이 있어. 하지만 그것들 때문에 오늘 밤 일이 틀어지게 놔두지는 않을 거야. 누가 100만 달러를 준다고 해도 말이야. 할렘에 작은 방을 하나 준비해뒀어. 탁자에 국화를 올려놨고 물을 끓여 먹을 주전자도 준비해뒀지. 아홉 시 삼십 분에 그 집에서 목사님을 만나기로 약속해뒀고, 준비는 다 끝냈어. 로지가 또다시 마음을 바꾸지만 않는다면 말이야!"

맥고완이 짙은 의심에 사로잡혀 말을 멈췄다.

"그런데 약이 왜 필요하다는 건지, 내가 뭘 해줄 수 있는지 모르겠는데."

아이키가 쌀쌀맞게 말했다.

"로지의 아버지 리들 씨가 날 그다지 좋아하지 않아."

불안에 떠는 구혼자 맥고완이 말을 정리하려고 애쓰면서 이야기를 계속했다.

"리들 씨는 한 주 동안 로지가 나와 함께 밖에 나가지 못하게 했어. 하숙인 한 명을 잃을까봐 불안하지 않았다면 오래전에 날 쫓아냈을 거야. 난 주당 20달러를 벌고 있어. 그러니까 로지는 청크 맥고완과 도망치는 걸 절대 후회하지 않을 거야."

"미안하지만, 주문받은 처방약을 만들어야 해. 곧 찾으러 올

거거든."

아이키가 말했다.

"어이, 아이키."

맥고완이 갑자기 고개를 들었다.

"내 말 들어봐. 뭐냐면 말이야, 여자한테 먹이면 여자가 날 더 좋아하게 되는 그런 약 없어?"

아이키의 콧잔등 아래로 입술이 일그러지면서 깔보는 듯한 표정이 되었다. 아이키가 뭐라고 대답하기도 전에 맥고완이 말을 이었다.

"팀 레이시가 주택가의 한 의사한테 그런 약을 얻어서 소다수에 넣어 여자 친구에게 먹였대. 그 즉시 그 여자 눈에 팀 레이시가 제일 멋진 남자가 되었고, 다른 남자들은 모두 하찮아졌다는 거야. 그 후로 2주도 안 돼서 둘이 결혼했지."

청크 맥고완은 강인하고 단순한 남자였다. 아이키보다 남의 마음을 더 잘 읽을 수 있는 사람이라면, 지금 맥고완의 강인한 몸이 가느다란 줄로 당겨놓은 것처럼 긴장되어 있다는 걸 알아챘을 것이다. 맥고완은 적군의 영토를 침입하려는 용장처럼, 실패할 가능성이 있는 모든 요소를 제거하려고 했다.

"오늘 밤 로지와 저녁식사를 할 때 그런 약을 먹이면, 로지가 용기를 내서 도망치자는 약속을 어기지 않을 거 같아. 노새 두 마리를 동원해서 로지를 강제로 끌고 갈 필요는 없겠지만 여자들은 직접 뛰는 것보다는 끌어주는 걸 좋아하잖아. 여하튼 두 시간 동안만이라도 그런 효력을 발휘하는 약이 있다면 오늘 밤 계획은 성공할 거야."

맥고완이 희망에 차서 말했다.

"그 어리석은 도주 계획을 언제 실행할 건데?"

"아홉 시에. 저녁식사 약속은 일곱 시야. 여덟 시에는 로지가 머리가 아프다는 핑계를 대고 자러 갈 거고. 아홉 시에는 파벤 자노 영감이 날 뒷마당으로 몰래 들여보내줄 거야. 옆집 리들 씨네 울타리 판자 하나가 빠져 있는데 거기로 들어가는 거지. 로지의 방 창문 아래로 가서 로지가 화재 피난용 계단으로 내려오게 도와줄 거야. 그 즉시 서둘러서 목사한테 가면 돼. 로지가 결정적인 순간에 망설이지만 않으면 손쉽게 끝낼 수 있는 일이지. 내가 원하는 약을 만들어줄 수 있어, 아이키?"

아이키 쉰스타인은 천천히 코를 문질렀다.

"청크, 그건 약제사들이 아주 신중하게 생각해서 만들어야 하는 약이야. 넌 내가 잘 아는 사람이니까 믿고 너한테만 만들어줄게. 로지가 약을 먹고 널 어떻게 생각하게 될지 한번 보자고."

아이키는 조제실로 들어갔다. 가용성 알약 두 개를 빻아 가루로 만들고 나서 모르핀 0.02그램 정도를 섞었다. 그러고는 젖당을 약간 첨가해 양을 늘리고, 그 혼합물을 하얀 종이로 깔끔하게 쌌다. 성인이 그 약을 먹으면 아무런 부작용 없이 몇 시간 동안 푹 잘 수 있었다. 아이키는 약을 맥고완에게 건네주면서 되도록 액체에 타서 먹이라고 말했다. 그러자 뒤뜰의 로친바르(월터 스콧의 시에 등장하는 인물—옮긴이) 같은 맥고완이 진심으로 고맙다고 인사했다.

아이키가 왜 그렇게 이해할 수 없는 행동을 했는지는 그 이후의 행동들을 보면 분명하게 알 수 있다. 아이키는 리들 씨에게 심부름꾼을 보내서, 로지와 달아나려는 맥고완의 계획을 알려주었다. 리들 씨는 벽돌가루 같은 얼굴색에 건장하고 행동이 급한 사람이었다.

"정말 고맙네."

리들 씨가 아이키에게 무뚝뚝하게 말했다.

"게을러빠진 아일랜드 놈팡이 같으니! 내 방이 로지 방 바로 위야. 저녁식사 후에 로지 방으로 올라가서 엽총에 장전을 하고 기다릴 거야. 놈이 우리 집 뒤뜰로 들어오면 혼례 마차가 아니라 구급차를 타게 만들어주겠어."

로지는 몇 시간 동안 깊은 잠에 빠져 있을 것이고 피에 굶주린 로지의 아버지가 사전 경고를 받고 무장한 채 기다리고 있을 테니, 아이키의 경쟁자 맥고완은 실패를 눈앞에 두고 있는 셈이었다.

아이키는 블루라이트 약국에서 밤을 지새워 일하며 비극적인 소식이 들려오기를 기다렸지만 아무 소식도 없었다.

다음 날 아침 여덟 시에 낮 근무 직원이 도착했을 때, 아이키는 일이 어떻게 됐는지 알아보려고 서둘러서 리들 부인을 찾아갔다. 그런데 이것 봐라! 아이키가 약국 밖으로 나가니 청크 맥고완이 지나가던 전차에서 불쑥 내려 아이키의 손을 잡았다. 그는 승리자의 미소를 지으며 기쁨에 가득 차 있었다.

"성공했어."

지상 최고의 행복에 빠진 맥고완이 싱긋 웃으며 말했다.

"로지가 정확히 제시간에 화재 피난용 계단으로 내려와서 아슬아슬하게 아홉 시 삼십 분 4분의 1초에 목사님 집에 도착했지. 로지는 지금 내가 준비해둔 집에 있어. 오늘 아침에 파란색 실내복을 입고 계란 요리를 해주더라니까. 난 운이 얼마나 좋은지 몰라! 언제 한번 들러, 아이키. 같이 식사나 하자. 난 다리 근처 저 아래쪽에서 일자리를 구했어. 지금 그리로 가는 길이야."

"그…… 약은?"

아이키가 더듬거리며 물었다.

"아, 네가 준 약!"

맥고완의 미소가 한층 더 짙어졌다.

"그게 어떻게 된 거냐면 말이야. 어젯밤에 리들 씨네 식탁에 앉아서 로지를 쳐다보니 이런 생각이 들더라고. '청크 맥고완, 네 여자를 정정당당하게 차지하고 싶다면 로지처럼 멋진 여자를 속여서는 안 돼.' 그래서 네가 준 약봉지를 주머니에 집어넣었어. 그러고는 그 자리에 있던 또 다른 사람을 쳐다봤는데, 그 인간이 장래의 사위를 별로 좋아하지 않는다는 게 생각났지. 그래서 기회를 보다가 리들 영감 커피에 약을 탔어. 이제 어떻게 된 건지 알겠지?"

재물의 신과 사랑의 신

은퇴한 제조업체 사장이자 '록월 유레카 비누'의 소유주인 앤서니 록월 영감은 자신의 5번가 저택 서재에서 창밖을 내다보며 싱긋 웃었다. 오른쪽 옆집에 사는 귀족 출신의 클럽 회원 G. 반 슈이라이트 서퍽 존스를 보고 웃은 것이었다. 존스는 주차된 자기 차까지 걸어 나와 언제나처럼 록월의 비누 궁전 앞에 우뚝 솟은 이탈리아 르네상스풍 조각상을 보며 오만한 코를 찡그렸다.

"거만하고 아무짝에도 쓸모없는 장승 같은 영감탱이!"

한때 '비누왕'이었던 앤서니가 말했다.

"꽁꽁 얼어붙은 과일 절임 같은 늙은이야, 조심하지 않으면 이든 박물관에 전시되고 말 거다. 내년 여름에는 이 집을 빨강고 하얗고 파랗게 칠해야겠어. 오만한 네덜란드 영감탱이 같으니. 네 나라 국기 색깔을 보고도 그놈의 코를 치켜세울 수 있는지 어디 한번 두고 보자고."

잠시 후, 벨을 누르기 싫어하는 앤서니 록월이 서재 문으로 걸어가 "마이크!" 하고 하인을 불렀다. 한때 캔자스 대초원에서 창공을 갈가리 찢어놓았던 그 목소리였다.

"아들 녀석한테 나가기 전에 여기 들르라고 전해."

앤서니가 달려온 하인에게 말했다. 아들이 서재로 들어오자 록월은 신문을 한쪽으로 제쳐놓았다. 그는 널찍하고 불그스레한 얼굴에 부드럽고 친절하면서도 엄숙한 표정을 띠우고 아들을 쳐다보았다. 한 손으로는 허연 머리카락을 헝클어뜨렸고 다른 한 손으로는 주머니 속에 든 열쇠들을 짤랑거렸다.

"리처드. 네가 쓰는 비누가 얼마인지 아니?"

앤서니 록월이 물었다. 대학교를 졸업하고 집으로 돌아온 지 6개월밖에 안 된 리처드는 살짝 놀랐다. 파티에 처음 참석한 여자처럼 무엇 하나 예측할 수 없는 상태인 데다 아직 아버지가 어떤 사람인지 파악하지 못하고 있었기 때문이다.

"12개에 6달러쯤 하는 것 같은데요, 아버지."

"네 옷은?"

"보통 60달러쯤 하죠."

"넌 신사다, 애야."

앤서니가 단호하게 말했다.

"요즘 젊은이들은 12개에 24달러짜리 비누를 쓰고, 100달러가 넘는 옷을 입는다고 들었다. 넌 그 애들만큼 돈이 많은데도 검소하고 점잖은 생활을 하는구나. 난 요즘 유레카 비누를 쓴단다. 향수에 젖어서가 아니라 유레카가 가장 깨끗한 비누니까 말이야. 하나에 10센트가 넘는 비누는 향과 상표가 좋지 않아. 하지만 너만 한 나이에 너 정도 지위와 조건을 갖춘 젊은이라면 50센트짜리를 써도 괜찮지. 다시 한번 말하지만 넌 신사야. 한 집안에서 신사 한 명이 나오기까지 3대가 걸린다지. 그건 허튼 소리야. 비누로 깨끗하게 때를 벗겨낼 수 있듯이, 돈으로 말끔한 신사가 될 수 있어. 널 신사로 만들어준 것도 돈이야. 맙소사! 나도 신사가 될 뻔했지. 옆집에 사는 늙다리 네덜란드계 뉴욕 신사들만큼 무례하고 고약하고 까다로운 인간인데도 말이야. 우리 이웃집 신사들은 내가 자기들 틈에 끼어들어 살고 있어서 잠도 못 잔다지."

"돈으로 할 수 없는 일도 있어요."

리처드가 조금 우울한 목소리로 말했다.

"그런 소리 말아라."

그 말에 충격을 받은 앤서니가 말했다.

"난 언제나 돈에 돈을 건단다. 돈으로 살 수 없는 것이 있는지 백과사전을 샅샅이 뒤져봤지. 다음 주에는 부록을 뒤져볼 생각이야. 난 모든 걸 다 제쳐두고 돈에 걸 거란다. 돈으로 살 수 없는 게 뭔지 말해보렴."

"한 가지 있죠. 돈이 있어도, 배타적인 사교계에는 못 들어가잖아요."

리처드가 뭔가 괴로운 일이 있는 것처럼 말했다.

"하, 못 들어간다고?"

악의 근원인 돈을 수호하는 투사 앤서니가 호통쳤다.

"애스터(미국 최초의 억만장자—옮긴이)한테 3등실 뱃삯이 없었다면 그 배타적인 사교계가 지금 있기나 했겠니?"

리처드는 한숨을 쉬었다.

"그래서 지금 내가 이러는 거야."

앤서니의 목소리가 조금 누그러졌다.

"그래서 널 보자고 한 거란다. 넌 지금 어딘가 이상해, 애야. 2주 전부터 뭔가 이상하다는 걸 알아챘어. 무슨 일인지 말해보렴. 난 부동산을 빼놓고도 24시간 안에 1,100만 달러를 손에 넣을 수 있어. 만약에 네 간이 나쁘다면, 램블러호가 석탄을 실은 채 이틀 안에 바하마로 떠날 준비를 끝내고 만에 대기할 거란다."

"얼추 맞혔네요, 아버지. 완전히 헛짚은 건 아니에요."

"아, 그거군. 여자 이름이 뭐냐?"

앤서니가 날카롭게 캐물었다. 리처드가 서재를 왔다 갔다 하기 시작했다. 리처드의 투박한 아버지는 아들이 속을 털어놓을 만큼 동지애와 연민을 드러냈다.

"그 여자한테 청혼하는 게 어떠냐?"

앤서니가 다그쳤다.

"그럼 얼씨구나 하고 너한테 달려들걸. 넌 돈도 있고 잘생긴 데다 예의 바른 녀석이니까. 네 손은 항상 깨끗하지. 넌 유레카 비누를 쓰지 않았어. 넌 대학교를 나왔지만, 그 여자는 그런 거에 신경 쓰지 않겠지."

"기회가 없었어요."

"그럼 만들어. 공원에 산책 가자고 하거나 마차를 타자고 해. 아니면 교회에서 집까지 바래다주든가. 기회 타령이나 하다니, 쯧쯧!"

"아버지는 사교계가 어떤 곳인지 몰라요. 사교계가 물방앗간이라면 그 여자는 방아를 돌리는 물줄기 같아요. 일분일초도 빠짐없이 다 짜여 있는 일정에 따라 움직인다고요. 전 그 여자를 차지해야 해요, 아버지. 그러지 못하면 저한테 이 마을은 영원히 시커먼 참나무 습지에 불과해요. 그런데 전 그녀한테 편지를 쓸 수도 없어요. 그렇게 할 수가 없다고요."

"쯧쯧! 내가 너한테 그렇게 많은 돈을 줬는데, 원하는 여자와 한두 시간 함께 보낼 방법을 못 찾는단 말이냐?"

"자꾸 미루는 바람에 이젠 너무 늦었어요. 그 여자는 모레 정오에 유럽으로 떠나 2년 동안 거기서 지낸대요. 지금은 라치몬트에 있는 고모네 집에 있고요. 전 거기 갈 수 없어요. 하지만 내일 저녁에 그랜드센트럴 역에 가면 여덟 시 삼십 분 기차에서 내리는 그녀를 만날 수 있어요. 거기서 그녀를 마차에 태워 브로드웨이를 내달려서 월랙 극장까지 갈 거예요. 거기 가면 그녀의 어머니와 특등석 관객들이 로비에서 기다리고 있을 거고요. 그런 상황에서 단 육 분이나 팔 분 동안이라도 그녀가 제 고백에 귀를 기울여줄 수 있다고 생각하세요? 절대 아니죠. 극장 안이나 바깥에서 제가 그녀한테 고백할 기회가 있겠어요? 절대 없죠. 아버지, 이건 아버지의 돈으로도 해결할 수 없는 일이에요. 돈으로는 단 일 분도 살 수 없다고요. 그럴 수 있다면 부자들이 더 오래 살겠죠. 랜트리 양이 떠나기 전에 이야기 나눌 가망이 없어요."

"알겠다, 리처드."

앤서니 영감이 활기차게 말했다.

"넌 이제 그만 클럽으로 서둘러 가야겠구나. 간이 나쁜 게 아니라니 다행이야. 하지만 잊지 말고 이따금씩 재물의 신을 모시는 사당에 가서 향을 몇 대 피워라. 돈으로 시간을 살 수 없다고? 물론 영원을 포장해서 집까지 배달해달라고 주문할 수는 없지. 하지만 나는 시간의 신이 금광을 지나다가 돌부리에 채여 발꿈치에 크게 멍이 든 걸 봤단다."

그날 밤, 온화하고 감상적이며 주름이 자글자글하고 한숨을 자주 쉬고 어마어마한 재산에 짓눌려 사는 엘렌 고모가 저녁 신문을 읽고 있는 오빠 앤서니를 찾아왔다. 그녀는 연인들

재물의 신과 사랑의 신

의 괴로움을 화젯거리로 꺼냈다.

"리처드한테 다 들었다."

앤서니 영감이 하품을 하면서 말했다.

"난 내 은행 계좌에 있는 돈을 마음대로 써도 좋다고 말했지. 그랬더니 돈을 헌신짝처럼 내팽개치더구나. 돈은 아무짝에도 쓸모없다면서 말이야. 백만장자 열 명이 떼로 손을 써도 사교계의 규칙은 조금도 바꿀 수 없다고 하더군."

"앤서니 오빠."

엘렌 고모가 한숨을 쉬었다.

"오빠가 돈을 너무 중요하게 생각하지 말았으면 좋겠어요. 진정한 사랑 앞에서는 돈도 아무 쓸모 없으니까. 사랑이 가장 강력한 힘을 갖죠. 그 애가 좀 더 일찍 털어놓기만 했다면 좋았을 텐데! 그랬다면 그 여자는 리처드를 거절할 수 없었을 텐데 말이죠. 하지만 지금은 너무 늦은 것 같아요. 리처드는 그 여자한테 말을 걸 기회도 얻지 못할 테니까요. 오빠, 아무리 돈이 많아도 아들에게 행복을 가져다줄 수는 없어요."

다음 날 저녁 여덟 시에 엘렌 고모는 낡은 상자에서 고풍스러운 금반지를 꺼내 리처드에게 주었다.

"오늘 밤에 이걸 끼렴."

엘렌 고모가 간절한 말투로 말했다.

"네 엄마가 나한테 준 거야. 사랑에 빠진 사람에게 행운을 가져다준다고 하더구나. 너한테 사랑하는 사람이 생기면 전해달랬어."

리처드는 정중하게 금반지를 받아서 새끼손가락에 끼려고 했다. 하지만 금반지는 손가락 둘째 마디에서 더 이상 들어가지 않았다. 결국 리처드는 금반지를 빼내어 남자들이 으레 그러듯이 조끼 주머니에 넣었다. 그러고는 전화를 걸어 마차를 불렀다.

기차역에 도착한 리처드는 여덟 시 삼십이 분에 분주하게 돌아다니는 사람들 사이에서 랜트리 양을 찾아냈다.

"엄마와 다른 사람들을 기다리게 하면 안 돼요."

랜트리 양이 말했다.

"월랙 극장으로 최대한 빨리 갑시다."

리처드가 충직하게 말했다. 마차는 42번 도로를 내달려 브로드웨이까지 갔다. 황혼에 부드럽게 물든 초원부터 아침 해가 뜨는 바위 언덕까지 이어지는, 하얀 별빛으로 반짝이는 도로를 따라 달렸다.

34번 도로를 지날 무렵, 리처드가 갑자기 마차 창문을 밀어 올리고 마부에게 멈추라고 했다.

"반지를 떨어뜨렸어요."

리처드가 마차에서 내리며 사과했다.

"제 어머니 반지라서 꼭 찾아야 해요. 일 분도 걸리지 않을 겁니다. 어디에 떨어졌는지 봤거든요."

리처드는 일 분도 안 되어 금반지를 찾아 마차로 돌아왔다.

재물의 신과 사랑의 신

하지만 그 사이에 도심 횡단 전차가 두 사람의 마차 바로 앞에서 멈춰 섰다. 마부는 그 왼편으로 지나가려 했지만 대형 화물차가 앞을 가로막았다. 오른쪽으로 마차를 틀었지만 난데없이 나타난 가구 운반차에 막혀 뒤로 물러나야 했다. 마부는 후진하려다가 말고삐를 놓치고 욕설을 내뱉었다. 어지럽게 뒤엉킨차들과 말들 사이에 갇혀버렸기 때문이었다.

"왜 계속 가지 않아요?"

랜트리 양이 초조한 목소리로 말했다.

"이러다 늦겠어요."

리처드는 마차 안에서 몸을 일으켜 주위를 둘러보았다. 짐마차와 트럭, 운반차, 전차 들이 브로드웨이와 6번가, 34번 도로가 교차하는 곳에 꽉 들어차 있었다. 그 모습은 마치 허리가 26인치인 여자가 22인치 거들을 껴입고 있는 것 같았다. 게다가 차들이 삼거리에서 덜커덩거리며 빠르게 교차로로 몰려들어 혼잡하게 뒤엉켰고 운전자들의 욕설 소리가 점점 더 시끄러워졌다. 맨해튼의 교통수단 전부가 그곳으로 몰려드는 것 같았다. 보도에 늘어선 수많은 구경꾼들 중에서 가장 나이가 많은 뉴욕 사람도 그렇게 지독한 교통 체증은 본 적이 없었다.

"미안하지만 우리 이곳에 갇힌 것 같아요."

리처드가 다시 자리에 앉으며 말했다.

"이 혼잡한 체증이 풀리려면 한 시간은 더 걸릴 거예요. 다 제

잘못입니다. 제가 반지를 떨어뜨리지 않았다면…….”

“그 반지 좀 보여주세요. 어쩔 수 없는 상황이니까 뭐 아무래도 상관없어요. 사실 연극 관람은 지루한 일이잖아요.”

그날 밤 열한 시에 누군가가 앤서니의 방문을 가볍게 두드렸다.

“들어와.”

빨간색 실내복을 걸치고 해적의 모험담을 읽고 있던 앤서니가 소리쳤다. 문가에는 실수로 지상에 남겨진 회색 머리카락의 천사 같은 엘렌 고모가 서 있었다.

“두 사람이 약혼했어요, 오빠.”

엘렌 고모가 부드럽게 말했다.

“랜트리 양이 리처드와 결혼하겠다고 했대요. 두 사람이 극장으로 갈 때 길이 막혀서 두 시간 후에야 빠져나갈 수 있었대요. 오빠, 이제 다시는 돈의 위력을 자랑하지 말아요. 진정한 사랑을 상징하는 작은 증표, 돈이 아니라 끝없는 사랑을 의미하는 작은 반지가 리처드에게 행복을 가져다주었다고요. 리처드가 거리에 반지를 떨어뜨려 찾으러 나갔대요. 그런데 그 직후에 길이 막혀 계속 갈 수가 없었다는 거예요. 마차가 꼼짝도 못하고 있을 때 리처드가 사랑을 고백해서 그 여자의 마음을 얻었다고요. 진정한 사랑에 비하면 돈은 쇠똥에 불과해요, 오빠.”

“알겠다. 리처드가 원하는 걸 얻었다니 기쁘구나. 내가 그 일에 돈을 아끼지 않겠다고 녀석에게 말했으니까…….”

"오빠, 오빠가 돈으로 뭘 할 수 있었단 말이에요?"

"엘렌, 난 지금 주인공 해적이 위기에 처한 대목을 읽고 있어. 해적의 배에 구멍이 뚫렸는데, 이 해적은 돈의 가치를 잘 알고 있으니까 배가 가라앉게 두지 않을 거야. 이 대목을 읽을 수 있게 날 좀 내버려두렴."

이 이야기는 여기서 끝나야 했다. 이 책을 읽는 독자들만큼이나 나 또한 진심으로 그러기를 바란다. 하지만 우리는 진실의 우물을 바닥까지 파헤쳐야 한다.

다음 날, 파란색 물방울무늬 넥타이를 맨, 손이 붉은 켈리라는 사람이 앤서니 록월의 집을 찾아와 곧장 서재로 들어갔다.

"어디 보자."

앤서니 영감이 수표책을 찾아 손을 뻗으면서 말했다.

"돈이 좀 들어갔지. 그러니까…… 자네한테 현금으로 5,000달러를 줬으니까."

"제 돈 300달러를 더 썼습니다. 예상보다 돈이 좀 더 들었거든요. 대형 화물차와 마차 운전수들에게는 대부분 5달러를 줬지만 트럭과 이륜마차 운전수들은 대체로 10달러를 요구했어요. 전차 운전수들도 10달러를 달라고 했고, 짐마차 운전수 몇 명은 20달러를 요구했죠. 경찰관한테 쓴 돈이 제일 많았어요. 두 명에게는 50달러씩 주고 나머지 경찰관들한테는 각각 20달러와 25달러를 줬거든요. 하지만 계획이 멋지게 성공했죠, 록월

씨? 윌리엄 A. 브래디(연극 영화 제작자—옮긴이)가 그 현장에 나타나지 않아서 다행이었어요. 그가 한 편의 공연 같은 그 완벽한 광경에 질투심으로 가슴을 부여잡는 걸 보고 싶지는 않았거든요. 게다가 우리는 리허설도 하지 않았죠! 그런데도 다들 일분일초까지 정확하게 제시간에 나타났어요. 두 시간 동안 뱀한 마리도 그릴리 동상 아래로 지나갈 수 없었죠."

"1,300달러야. 여기 있네, 켈리."

앤서니가 수표 한 장을 찢어내며 말했다.

"1,000달러에 자네가 쓴 300달러를 합친 거야. 자네는 돈을 멸시하지 않지, 켈리?"

"제가요? 전 가난을 만들어낸 놈을 먼지 나게 패주고 싶어요."

켈리가 방문 앞에 다다랐을 때 앤서니가 켈리에게 소리쳤다.

"그 와중에 벌거벗고 화살을 쏘는 통통한 남자애(사랑의 신 큐피드를 말한다.—옮긴이)는 못 봤지?"

"그런 애는 못 봤는데요."

켈리가 어리둥절한 표정으로 말했다.

"전혀 못 봤어요. 만약 그런 애가 있었다면 제가 가기도 전에 경찰한테 붙잡혔을 겁니다."

"그 꼬마 악동이 나타나지 않을 줄 알았지."

앤서니는 껄껄 웃었다.

"잘 가게, 켈리."

식탁에 찾아온 봄

3월의 어느 날이었다.

어떤 이야기든 이런 식으로 시작해서는 안 된다. 이보다 더 나쁜 시작은 없다. 독창적이지 못하고 밋밋하며 건조하고 무의미할 가능성이 크니까. 하지만 이 이야기의 경우에는 괜찮다. 이 이야기의 도입부가 되었어야 할 다음 몇 줄은 지나치게 터무니없고 불합리해서, 아무 준비도 안 된 독자들의 면전에 던져 줄 수가 없기 때문이다.

사라는 메뉴판을 내려다보며 울고 있었다.

뉴욕 여자가 메뉴판 위에다 눈물을 떨구고 있다고?

이런 상황이라면 보통 바닷가재가 다 떨어졌거나 사순절에 아이스크림을 먹지 않겠다고 맹세했기 때문에, 그것도 아니면 양파를 주문해서라든가 방금 해킷 극장에서 낮 공연을 보고 나왔기 때문에 울고 있다고 생각할 것이다. 하지만 전부 다 틀렸다. 이제 이 이야기를 계속 들어보고 싶지 않은가?

자신에게 세상은 굴과 같으니 칼로 따서 열겠다고 말한 신사(셰익스피어의 희곡 《윈저의 명랑한 아낙네들》에 나오는 인물—옮긴이)가 있었다. 그 신사는 예상 외로 핵심을 깊이 찔렀다. 하지만 그 쌍각류 생물을 타자기로 열려는 사람을 본 적 있는가? 생굴 열 몇 개가 그런 식으로 열리는 모습을 보고 싶은가?

사라는 그 어설픈 무기로 굴 껍질을 살짝 비집어 열어 그 속의 차갑고 습한 세계를 약간 맛본 셈이었다. 사라의 속기 실력은 실무 학교를 졸업하고 사회에 갓 나온 속기과 졸업생 수준에 그쳤다. 그런 탓에 기라성 같은 사무직원들 무리에 끼지 못했다. 사라는 프리랜서 타자수였고 복사 같은 날품팔이 일거리를 찾아다녔다.

사라가 이 세상과 싸워서 이룬 가장 찬란한 업적은 슐렌버그 홈 레스토랑과 거래한 것이었다. 그 레스토랑은 사라가 세 들어 사는 낡은 빨간 벽돌집 옆에 있었다. 어느 날 저녁, 사라는 거기서 다섯 가지 음식이 나오는 정식 코스요리(흑인 인형의 머리에 야구공 다섯 개를 던지는 게임만큼 빨리 나오는 요리)를 먹고 나서 메뉴판을 가져왔다. 메뉴판은 영어도 독일어도 아닌 거의 읽을 수 없는 필체로 적혀 있는 데다, 어찌나 잘 정렬이 돼 있던지 자칫

식탁에 찾아온 봄

하면 이쑤시개를 들고 후식으로 나오는 라이스푸딩을 먼저 먹기 시작해서 스프와 그 주의 요리를 마지막에 먹게 될 판이었다.

다음 날, 사라는 깔끔한 메뉴판을 슐렌버그 씨에게 보여주었다. '전채 요리'부터 시작해서 모든 요리를 적절하고 올바른 항목별로 정리하고, '외투와 우산 분실 시 책임지지 않음'이라는 문구까지 멋지게 타자로 쳐 넣은 메뉴판이었다.

그것으로 슐렌버그 씨는 버젓한 미국 시민이 되었다. 사라는 슐렌버그 씨가 자신과 흔쾌히 계약을 하도록 만들고 나서야 레스토랑을 나섰다. 스물한 개 테이블에 놓을 메뉴판을 타자 쳐주기로 계약한 것이었다. 저녁식사 메뉴판은 매일 새로 만들고, 점심과 아침은 요리가 바뀌거나 깨끗한 메뉴판이 필요할 때 새로 만들기로 했다.

그 대가로 슐렌버그 씨는 하루 세 끼를 되도록 고분고분한 종업원에게 시켜 사라의 방까지 배달해주고, 오후에는 다음 날 손님들이 운명적으로 먹게 될 음식들을 연필로 적은 초안을 보내주기로 했다.

두 사람 모두에게 만족스러운 거래였다. 슐렌버그 레스토랑의 단골손님들은 적어도 자신들이 먹는 요리의 이름은 알 수 있게 됐다. 이따금씩 요리의 정체가 아리송하기는 했지만 말이다. 그리고 사라는 춥고 나른한 겨울에 먹을 음식을 얻었다. 사라에게는 그게 가장 중요한 문제였다.

그러다 달력이 봄이 왔다고 거짓말을 했다. 봄은 와야 오는 것이다. 아직도 1월의 얼어붙은 눈이 도심지 거리에 단단하게 쌓여 있었다. 손풍금 연주자들도 아직 12월에 어울리는 가락으로 활기차게 '그리운 그 옛 여름이여'를 연주했다. 사람들은 부활절 옷을 사려고 한 달짜리 어음을 끊기 시작했다. 관리인들은 난방기를 껐다. 이런 일들이 일어나기는 해도 사람들은 이 도시가 아직도 겨울의 손아귀에 잡혀 있음을 알고 있었다.

어느 날 오후, 사라는 자신의 아늑한 침실에서 덜덜 떨고 있었다. "난방 잘되고 깨끗하고 편리한 방, 언제든 보러 오세요"라고 광고했던 셋방인데 말이다. 사라는 삐걱거리는 버드나무 흔들의자에 앉아 창밖을 내다보았다. 벽에 걸린 달력이 사라에게 계속 소리쳤다.

"봄이 왔어, 사라. 봄이 왔다고. 날 봐, 사라, 내 숫자가 보여주잖아. 사라, 넌 몸매가 좋고…… 어, 그러니까…… 봄에 뽐낼 만한 몸매라고. 그런데 왜 그렇게 슬픈 표정으로 창밖을 내다보니?"

사라의 방은 집 뒤쪽에 있었다. 그래서 창밖을 내다보면 옆거리에 있는 상자 공장의 창문 없는 벽돌 벽밖에 보이지 않았다. 하지만 그 벽은 투명한 수정과도 같았다. 사라의 눈에는 벚나무와 느릅나무 그림자가 드리워지고 나무딸기 덤불과 체로키 장미로 둘러싸인 풀이 무성한 길이 보였기 때문이다.

식탁에 찾아온 봄

봄을 알리는 진짜 전령은 아주 조심스러워서 눈과 귀로 찾아 내기 어렵다. 어떤 사람들은 활짝 핀 크로커스와 숲을 별처럼 하얗게 장식하는 층층나무를 보고 푸른 울새의 목소리를 들어 야만 봄이 온 것을 알아차린다. 심지어는 어찌나 둔감한지 철 이 지나 물러나기 시작하는 메밀과 굴과 작별 인사를 해야만 초록빛 옷을 차려입은 숙녀처럼 다가오는 봄을 무딘 가슴에 맞 이할 수 있다. 하지만 이 오랜 땅의 선택을 받은 사람들은 대지 의 새 신부가 원하지 않으면 가족으로 맞이하지 않겠다고 달콤 하게 속삭이는 소식들을 직접 들을 수 있다.

지난해 여름, 사라는 시골에 갔다가 한 농부와 사랑에 빠졌다.

(글을 쓸 때 이렇게 과거로 되돌아가지 마라. 이것은 나쁜 기교이며 흥미를 떨어뜨린다. 이야기가 계속 앞으로 나아가게 두어야 한다.)

사라는 서니브룩 농장에서 2주 동안 머물렀다. 그곳에서 나 이 많은 농부 프랭클린의 아들 월터를 사랑하게 되었다. 농부 들은 눈 깜짝할 사이에 사랑하고 결혼하고 은퇴해 일손을 놓 는다. 하지만 젊은 월터 프랭클린은 현대적인 농업가였다. 우 사에 전화기를 설치했고, 다음 해 캐나다의 밀 수확량이 달밤에 심은 감자에 어떤 영향을 미칠지 정확하게 예측할 수 있었다.

사라는 나무딸기 덤불로 둘러싸인 그늘진 길에서 월터의 청 혼을 받아들였다. 두 사람은 그곳에 앉아서 민들레꽃으로 화 관을 만들었다. 월터는 노란색 화관이 사라의 갈색 머리에 너무나 잘 어울린다고 입이 닳도록 말했다. 사라는 민들레꽃 화관을 그대로 쓴 채 밀짚모자를 손에 들고 흔들며 집으로 돌아갔다.

두 사람은 봄에 결혼할 예정이었다. 봄을 알리는 첫 징조가 나타나자마자 결혼하자고 월터가 말했다. 그때까지 사라는 타자수 일을 하러 다시 도시로 돌아온 것이었다.

누군가 문을 두드리는 소리에 사라의 행복한 공상이 흩어졌다. 나이 지긋한 슐렌버그가 앙상한 손에 연필을 쥐고 쓴 어설픈 메뉴 초안을 종업원이 가져온 것이었다.

사라는 타자기 앞에 앉아서 롤러 사이에 종이를 끼워 넣었다. 사라는 일을 빨리 끝내는 편이어서 보통 한 시간 반 만에 메뉴판 스물한 장을 모두 완성했다.

오늘은 메뉴가 평소와 많이 달랐다. 스프가 줄었고, 돼지고기는 주 요리에서 빠져 구운 고기들 사이로 들어가 러시아 순무하고만 어울렸다. 다정한 봄기운이 메뉴 전체에 스며들어 있었다. 최근까지만 해도 초록빛 언덕에서 뛰어놀던 양이 그 옛날의 즐거웠던 기억을 기리는 소스로 장식되었다. 굴의 노래는 완전히 사라지지 않았지만 점점 부드럽게 약해졌다. 프라이팬은 고기 굽는 난로 뒤쪽에 가만히 걸려 있었다. 파이 종류는 늘어났고, 영양가 많은 푸딩은 없어졌다. 껍질에 싸인 소시지는 메밀, 달콤하지만 곧 사라질 단풍 당밀과 함께 편안한 죽음을 생

식탁에 찾아온 봄

각하며 간신히 살아남아 있었다.

사라의 손가락이 여름날 시냇물에서 뛰어노는 난쟁이들처럼 춤추듯 움직였다. 사라는 요리 이름을 각각의 길이에 적합한 위치에 정확하게 집어넣으며 메뉴판을 완성해나갔다.

후식 바로 위쪽에는 야채 목록이 들어갔다. 당근과 완두콩, 구운 빵에 곁들이는 아스파라거스, 다년생 토마토, 귀리와 보리를 끓인 콩 요리, 리마콩, 양배추, 그리고……

사라는 메뉴판을 내려다보며 울고 있었다. 성스러운 절망의 심연에서 흘러나온 눈물이 그녀의 가슴에서 솟구쳐 눈에 고였다. 사라의 머리가 작은 타자기 위로 숙여지고, 질척거리는 흐느낌 소리에 맞추어 자판이 건조하게 탁탁거리며 움직였다.

사라는 2주째 월터의 편지를 받지 못하고 있었다. 그런데 다음 메뉴가 민들레였다. 무슨 달걀과 곁들여진 민들레 요리였는데 달걀이야 어떤 달걀이든 그게 무슨 상관이란 말인가! 민들레, 월터가 사랑의 여왕이자 예비 신부인 사라의 머리에 씌워주었던 황금빛 꽃 민들레, 봄의 전령이지만 이제는 사라에게 슬픔의 왕관이 된, 행복했던 순간을 떠올리게 하는 민들레가 문제였다.

여인들이여, 그대들이 직접 이 시험에 들기 전이라면 감히 웃을 수 있으리라. 그대가 퍼시에게 마음을 바친 날에 받았던 마르샬 닐 장미가, 슐렌버그 레스토랑에서 프렌치드레싱이 뿌려진 샐러드가 되어 눈앞에 놓인다면 어떻겠는가? 줄리엣이 사랑의 징표가 그렇게 멸시당하는 광경을 지켜봤다면 그 즉시 약제사를 찾아가 망각의 약초를 달라고 했을 것이다.

하지만 봄처럼 멋진 마법사가 또 있을까! 돌과 강철의 차가운 도시에도 봄소식이 찾아든다. 거친 초록빛 옷을 입은 들판의 작고 강인한 전령만이 그 소식을 전할 수 있다. 행운의 진정한 투사이자, 프랑스 요리사들이 '사자의 이빨'이라고 부르는 민들레가 바로 그 전령이다. 꽃을 피운 민들레는 여인의 밤색 머리카락을 장식하는 화관이 되어 사랑이 이루어지도록 도와준다. 꽃이 피지 않은 어리고 여린 민들레는 끓는 냄비 속으로 들어가 여주인인 봄의 소식을 전해준다.

사라는 눈물을 억눌렀다. 메뉴판을 완성해야 했다. 하지만 그녀의 마음은 아직도 희미하게 남아 있는 황금빛 민들레의 환상에서 벗어나지 못한 채, 풀이 무성한 길에서 젊은 농부 곁을 떠돌았다. 그녀는 한동안 멍하니 타자기를 두드렸다. 그러다가 재빨리 맨해튼의 돌 깔린 길로 돌아왔고, 그녀의 타자기는 파업 진압용 자동차처럼 거침없이 움직이기 시작했다.

여섯 시 정각에 종업원이 사라의 식사를 갖다 주고는 완성된 메뉴판을 가져갔다. 사라는 저녁식사를 할 때 한숨을 쉬면서 달걀이 곁들여진 민들레 요리를 한쪽으로 밀쳐놓았다. 사랑을 응원해주던 밝은 꽃이 수치스럽게도 거무죽죽한 야채 덩어리가 되었듯이, 사라의 여름날 희망도 시들어 사라져버렸다. 셰익스피어가 말했듯이, 사랑은 자기 자신을 먹고 살아가는지도 모르겠다. 하지만 사라는 진정한 사랑을 느끼게 해준 최초의 정신적 향연을 장식했던 민들레 요리를 차마 먹을 수 없었다.

일곱 시 삼십 분에 옆집 부부가 말다툼을 하기 시작했다. 위층에 사는 남자는 플루트로 A음을 연주하려고 애썼다. 난방이 약해졌다. 석탄 마차 세 대에서 석탄을 내려놓는 소리가 들렸다. 축음기가 질투하는 유일한 소리였다. 뒤쪽 울타리에 앉아 있던 고양이들은 중국의 선양으로 퇴각했던 러시아 군인들처럼 천천히 사라졌다. 이런 징조들이 나타나자 사라는 책을 읽을 때가 됐음을 알았다. 그래서 그 달에 가장 안 팔린 책인 《수도원과 벽난로》를 꺼내고, 커다란 가방에 발을 올려놓은 채 주인공 제라드와 함께 유랑 길에 올랐다.

그때 현관문 초인종이 울렸다. 집주인이 문을 열었다. 사라는 제라드와 데니스가 곰에 쫓겨 나무 위에 올라가는 장면에서 책읽기를 중단하고 바깥 소리에 귀를 기울였다. 그래, 여러분이라도 그녀처럼 했을 것이다!

우렁찬 목소리가 아래쪽 복도에서 들렸다. 그 순간 사라는 책을 바닥에 던져 곰에게 손쉬운 첫 승리를 안겨주고는 문으로 달려 나갔다.

어떻게 된 일인지 짐작이 가지 않는가? 사라가 계단 맨 위에 다다랐을 때 그녀의 농부 연인이 한 번에 세 계단씩 뛰어올라와서, 이삭 한 톨 남기지 않고 곡물을 거두어들이듯 사라를 부둥켜안았다.

"왜 편지를 쓰지 않았어요? 대체, 왜?"

사라가 울면서 말했다.

"뉴욕은 상당히 큰 도시더군요."

월터 프랭클린이 말했다.

"일주일 전에 당신의 옛집을 찾아갔죠. 그런데 목요일에 이사를 갔다더라고요. 그나마 운 나쁜 금요일이 아니었다는 게 약간 위안이 됐죠. 그때부터 경찰을 찾아가고 다른 온갖 방법들을 동원해서 당신을 찾아다녔어요!"

"편지 보냈잖아요!"

사라가 격한 목소리로 소리쳤다.

"못 받았어요!"

"그럼 어떻게 절 찾았어요?"

젊은 농부가 봄날처럼 화사하게 미소 지었다.

"아까 이 집 옆의 홈 레스토랑에 들렀죠. 이건 비밀도 아닌데 말이죠, 전 이맘때쯤 나오는 야채 요리를 좋아하거든요. 그래서 괜찮은 게 있나 보려고 멋지게 타자 쳐놓은 메뉴판을 훑어봤죠. 그러다가 양배추 아래쪽까지 살펴봤을 때 의자를 박차고 일어나 레스토랑 주인을 소리쳐 불렀어요. 그가 당신이 어디에 사는지 얘기해줬죠."

"아, 기억나요. 양배추 아래에 민들레 요리가 있었어요."

사라가 행복한 한숨을 내쉬었다.

"이 세상 어디서건 당신 타자기로 'ᅱ'를 치면 그 글자가 살짝 비틀려 올라간다는 걸 알고 있었거든요."

월터 프랭클린이 말했다.

"어, 민들레에는 'ᅱ'가 없는데요."

사라가 깜짝 놀라서 말했다. 그러자 월터가 주머니에서 메뉴판을 꺼내 한 줄을 가리켰다.

사라는 그 메뉴판이 그날 오후에 제일 먼저 쳤던 것임을 알아보았다. 메뉴판 오른쪽 상단 모서리에 눈물 한 방울이 떨어져서 얼룩진 자국이 남아 있었다. 그런데 초원의 식물 이름이 있어야 마땅한 그 자리에는 사라가 추억 속의 황금빛 꽃을 떠올리다 엉뚱하게 써넣은 글자가 있었다.

빨간 양배추와 속을 채워 넣은 파란 고추 사이에 적힌 요리 이름은 이러했다.

'푹 삶은 달걀을 곁들인 사랑하는 월터.'

어느 바쁜 브로커의 로맨스

증권 브로커 하비 맥스웰의 비서 피처는 사장이 아홉 시 삼십 분에 젊은 여자 속기사를 데리고 활기차게 사무실로 들어섰을 때, 평상시의 무표정한 얼굴에 조금 흥미롭고 놀랍다는 표정을 지었다. 맥스웰은 "안녕, 피처" 하고 기운차게 인사를 건네면서 뛰어넘을 기세로 자기 책상을 향해 돌진했다. 그리고 그를 기다리고 있던 어마어마한 편지와 전보 더미 속으로 뛰어들었다.

젊은 여자는 1년째 맥스웰의 속기사로 일하고 있었다. 속기와는 전혀 어울리지 않게 아름다운 여자였다. 머리카락은 매혹적인 퐁파두르 스타일로 높이 쓸어 올리지 않았다. 장식용 체인이나 팔찌, 혹은 로켓 목걸이도 하지 않았다. 점심식사 초대에 응할 것 같은 사람도 아니었다. 옷은 수수한 회색이지만 몸

에 잘 맞았다. 깔끔한 검정색 터번식 모자에는 금빛과 초록빛
이 섞인 마코앵무의 깃이 꽂혀 있었다. 오늘 아침, 이 여자 속기
사한테서는 부드럽고 수줍은 광채가 뿜어져 나왔다. 두 눈이
꿈꾸는 듯 밝게 빛났고, 두 뺨은 완전히 분홍빛으로 물들어 있
었으며, 추억에 잠긴 행복한 표정이었다.

　여전히 호기심이 남아 있는 피처는 오늘 아침 속기사가 조금
다르게 행동하는 것을 알아차렸다. 그녀는 자기 책상이 있는
옆방으로 곧장 들어가지 않고 바깥 사무실에서 조금 망설이듯
머뭇거렸다. 맥스웰 사장이 알아차릴 정도로 그의 책상 가까이
다가가기도 했다.

　하지만 그 책상에 앉아 있는 사람은 더 이상 사람이 아니라
기계였다. 톱니바퀴가 윙윙거리며 돌아가고 태엽이 풀리면서
움직이는, 정신없이 바쁜 뉴욕의 브로커였다.

　"음, 뭐지? 무슨 일 있어?"

　맥스웰이 날카롭게 물었다. 뜯어진 우편물들이 무대에 뿌려
진 눈처럼 그의 복잡한 책상을 뒤덮고 있었다. 맥스웰은 인정미
없이 무뚝뚝하고 날카로운 눈빛을 번뜩이며 조금 짜증스럽다
는 듯이 속기사를 쳐다보았다.

　"아무것도 아니에요."

　속기사가 살짝 미소 지으면서 그 자리를 떠났다.

　"피처 씨, 맥스웰 사장님이 어제 다른 속기사를 구하는 일에

관해서 무슨 말을 하셨나요?"

속기사가 비서에게 물었다.

"네, 하셨죠. 다른 속기사를 구하라고 하셨어요. 그래서 어제 오후에 직업소개소에 연락해서 오늘 아침까지 괜찮은 사람 몇 명을 보내달라고 했죠. 지금이 아홉 시 사십오 분인데, 테가 넓은 모자를 쓴 사람이든 파인애플 껌을 씹는 사람이든 사람이라고는 아직 한 명도 나타나지 않네요."

"그럼 전 평소대로 일할게요. 후임자가 나타날 때까지요."

그 즉시 여자 속기사는 자기 책상으로 가서 금빛이 일렁이는 초록빛 앵무새 깃이 꽂힌 터번식 모자를 항상 두는 곳에 걸었다.

일이 몰려들 때 바쁘게 움직이는 맨해튼 증권 브로커의 모습을 보지 못하고 인류학 연구에 발을 들여놓는다면, 불리한 조건을 안고 들어가는 것과 같다. 시인은 '찬란한 인생의 분주한 시간'을 노래한다. 증권 브로커의 시간은 분주한 정도가 아니라 일분일초가 모두 가죽 손잡이에 매달려서 앞뒤 출입문까지 빽빽하게 가득 채우고 있는 만원 전차나 다름없다.

오늘이 바로 하비 맥스웰이 그렇게 바쁜 날이었다. 증권 시세 표시기는 덜커덩거리면서 발작적으로 종이테이프를 찍어내기 시작했고, 책상 위에 놓인 전화기는 끝없이 울어대는 만성 질환에 걸렸다. 사람들이 사무실로 몰려들어와 유쾌하거나 날카롭게, 때로는 악에 받치거나 흥분해서 난간 너머로 맥스웰을 소리쳐 불렀다. 심부름꾼들은 메시지와 전보를 갖고 사무실을 들락날락거렸다. 사무원들은 폭풍을 만난 선원들처럼 이리저리 뛰어다녔다. 피처의 얼굴에도 그런 활기에 가까운 빛이 떠올랐다.

증권거래소에서는 태풍과 산사태가 일어나고 폭설이 내리며 빙하가 떠다니고 화산이 폭발한다. 증권 브로커의 사무실은 그런 모든 자연재해의 축소판이다. 맥스웰은 의자를 벽으로 밀어붙이고 발끝으로 춤을 추는 무용수처럼 일을 처리했다. 증권 시세 표시기에서 전화기로, 책상에서 문으로, 훈련받은 민첩한 어릿광대처럼 뛰어다녔다.

그렇게 막중한 스트레스가 점점 쌓여가고 있을 때, 브로커의 눈앞에 끄덕거리는 벨벳 모자와 타조 깃털 장식 아래로 높이 말아 올린 금발 머리카락, 인조 바다표범 상의, 히코리 열매만큼 커다란 구슬 목걸이와 바닥에 닿을 듯 말 듯 달랑거리는 하트 모양 은메달이 갑작스럽게 나타났다. 그런 장신구들을 한 어느 젊은 여자가 태연하게 서 있었다. 피처는 맥스웰에게 그 여자가 누군지 소개하려고 했다.

"속기사 소개소에서 연락받고 면접 보러 온 사람이에요."

피처가 말했다. 맥스웰이 종이와 증권 시세 테이프를 양손에 가득 든 채 반쯤 몸을 돌렸다.

"무슨 면접?"

맥스웰이 인상을 찌푸리며 물었다.

"속기사 면접이요. 어제 속기사 한 명을 오늘 아침까지 보내 달라고 소개소에 연락하라 하셨잖아요."

"정신을 어디 두고 다니는 거야, 피처? 내가 뭐하러 그런 지시를 했겠어? 레슬리 양이 1년째 아주 만족스럽게 일을 처리해주고 있는데 말이야. 레슬리 양은 원하는 만큼 이곳에서 일할 거야. 지금은 빈자리가 없어요, 아가씨. 소개소에 부탁한 일은 취소해, 피처. 그리고 이런 사람들은 더 이상 사무실에 들여보내지 마."

하트 모양 은메달의 주인은 화가 나서 사무실 집기에 이리저리 부딪치며 나가버렸다. 피처는 틈을 봐서 경리에게 사장이 하루하루 점점 더 멍해지고 자꾸 깜빡깜빡하는 것 같다고 말했다.

일이 점점 많아지고 빠르게 진행되었다. 증권 거래소에서는 맥스웰의 고객들이 크게 투자한 주식 대여섯 주가 크게 오르고 있었다. 사자 주문과 팔자 주문이 제비 떼가 날아가듯 빠르게 오고갔다. 맥스웰은 자신이 보유한 주식 몇 주가 위태로워지자 정교하고 강력한 기계처럼 일하기 시작했다. 최고조로 긴장해서 최고 속도를 내며 머뭇거리지 않고 정확하게 움직였다. 시계 태엽장치처럼 즉각적으로 적절한 말과 행동을 하고 결단을 내렸다. 주식과 채권, 대부금과 담보, 증거금과 증권이 어우러진 이곳은 재정의 세계였다. 이곳에 인간 세계나 자연 세계가 끼어들 여지는 없었다.

점심시간이 다가오자 정신없이 돌아가던 일이 조금 잠잠해졌다.

맥스웰은 전보와 메모지를 양손에 가득 들고 오른쪽 귀에 만년필을 꽂은 채 책상 옆에 서 있었다. 이마 위로 머리카락이 어지럽게 헝클어져 내린 모습이었다. 창문은 열려 있었다. 사랑스러운 관리인인 봄이 깨어나는 대지에 약간의 온기를 불어넣고 있어서 창문을 열어둔 것이었다.

그때 여기저기 떠돌아다니는, 아마도 길을 잃고 헤매는 미묘하고 달콤한 라일락 향기가 창문을 넘어 들어와 브로커는 잠시 동안 꼼짝도 할 수 없었다. 레슬리 양의 향기였기 때문이다. 레슬리 양이 간직한, 그녀에게서만 나는 향기였다.

그 향기에 그녀의 모습이 생생하게, 손에 잡힐 것처럼 선명하게 브로커의 눈앞에 살아났다. 갑자기 재정의 세계가 작은 점으로 줄어들었다. 레슬리 양은 바로 옆방에 있었다. 스무 걸음 떨어진 곳에.

"맙소사, 지금 당장 할 거야."

맥스웰이 약간 크게 소리 내어 말했다.

"지금 당장 그녀에게 청혼하는 거야. 왜 진작 안 했나 모르겠군."

맥스웰은 공을 잡으려는 유격수처럼 서둘러서 안쪽 사무실로 달려 들어갔다. 그러고는 속기사 책상으로 돌진했다.

속기사가 미소를 지으며 맥스웰을 올려다보았다. 그녀의 뺨이 부드러운 분홍빛으로 물들었고, 두 눈은 다정하고 솔직하게 빛났다. 맥스웰은 그녀의 책상에 한쪽 팔꿈치를 올렸다. 여전히 양손에는 펄럭거리는 종이 뭉치들이 들려 있었고, 귀에는 만년필이 꽂혀 있었다.

"레슬리 양, 잠깐밖에 시간을 못 내요."

맥스웰이 다급하게 말했다.

"지금 당신한테 하고 싶은 말이 있어요. 내 아내가 되어줄래요? 시간이 없어서 보통 사람들처럼 구애하지는 못하지만 전 정말로 당신을 사랑합니다. 빨리 대답해주세요. 유니언 퍼시픽 주가 지금 타격을 받고 있거든요."

"어머, 지금 무슨 소리를 하는 거예요?"

젊은 아가씨가 흥분해서 소리쳤다. 그녀는 일어서서 눈을 동그랗게 뜨고 맥스웰을 쳐다보았다.

"무슨 말인지 모르겠어요?"

맥스웰이 초조해하며 말했다.

"당신과 결혼하고 싶어요. 당신을 사랑합니다, 레슬리 양. 이 말을 하고 싶어서 일이 좀 한산해졌을 때 짬을 낸 겁니다. 지금 절 찾는 전화가 걸려오고 있어요. 피처, 잠깐만 기다려달라고 해. 나와 결혼해주지 않겠습니까, 레슬리 양?"

　　　　　　　　　　　어느 바쁜 브로커의 로맨스

속기사는 아주 이상한 반응을 보였다. 처음에는 깜짝 놀라서 정신을 차리지 못하는 것 같더니 이윽고 의혹으로 가득한 두 눈에서 눈물이 흘러내렸다. 그녀는 젖은 얼굴에 환한 미소를 띠며 한 팔로 부드럽게 브로커의 목을 감쌌다.

"이제 알겠어요."

속기사가 부드럽게 말했다.

"당신은 일을 할 때 다른 모든 일을 잊어버리나보네요. 정말 놀랐어요. 기억 안 나요, 여보? 우리 어젯밤 여덟 시에 작은 모퉁이 교회에서 결혼했잖아요."

20년 후

　순찰 중인 한 경찰이 참으로 인상적인 모습으로 길을 따라 올라가고 있었다. 주변에 구경꾼들이 거의 없는 걸 보니 과시용이 아니라 습관적으로 그렇게 행동하는 모양이었다. 밤 열 시가 다 된 시각이었고, 비 내음을 실은 차가운 돌풍이 불어 거리가 텅 비다시피 했다.

　건장한 체격에 약간 으스대는 경찰은 길을 따라 걸으면서 집집마다 문이 잘 잠겨 있는지 건드려보고, 곤봉을 복잡하고 기교 섞인 동작으로 수차례 빙빙 돌리며, 이따금씩 돌아서서 경계 어린 눈빛으로 고요한 큰길을 살펴보았다. 그 모습이 꼭 평화의 수호자를 흉내 내는 듯했다. 이 동네 사람들은 아침 일찍 하루를 시작했다. 담배 가게나 24시간 간이식당의 불빛이 드문드문 보였지만 대부분의 영업점들은 문을 닫은 지 오래였다.

어느 블록 중간쯤에서 경찰이 한 남자를 발견하고 다가가자 그 남자가 재빨리 입을 열었다.

"아무 문제 없습니다, 경관님."

남자가 경찰을 안심시켰다.

"전 그냥 친구를 기다리고 있어요. 20년 전에 여기서 만나기로 약속을 했거든요. 제 말이 좀 우습게 들리시죠? 뭐, 제 말을 믿을 수 있는지 확인하고 싶으시다면 다 설명해드리죠. 한 20년 전에 이 가게 자리에 식당이 하나 있었는데, 그게 '빅 조 브래디' 식당이었어요."

"5년 전까지는 있었죠. 철거됐습니다."

가게 문간에 서 있던 남자가 성냥 한 개비를 꺼내 담배에 불을 붙였다. 그 불빛에 남자의 얼굴이 드러났다. 눈빛이 날카롭고 오른쪽 눈썹 근처에 작고 하얀 흉터가 있는 창백한 사각턱 얼굴이었다. 그의 넥타이핀에는 커다란 다이아몬드가 기묘하게 박혀 있었다.

"20년 전 오늘 밤이었죠."

남자가 이야기를 풀어놓기 시작했다.

"전 여기 빅 조 브래디 식당에서 절친한 친구이자 이 세상에서 가장 멋진 녀석인 지미 웰스와 식사를 했어요. 지미와 전 여기 뉴욕에서 형제처럼 함께 자랐죠. 그때 전 열여덟 살이었고 지미는 스무 살이었어요. 그다음 날 아침에 전 한몫 벌려고 서부로 떠날 예정이었죠. 지미를 뉴욕 밖으로 끌어낼 수는 없었어요. 지미는 뉴욕이 지구상에서 유일한 땅이라고 생각했거든요. 뭐, 어쨌든 그날 밤 우리는 그날 그 시각으로부터 정확하게 20년 후에 여기서 다시 만나기로 했답니다. 우리 상황이 어떠하든, 얼마나 멀리 떨어져 지내든 상관없이 말이죠. 20년 후면 우리 운명이 어떻게 풀리든 잘돼서 둘 다 한 재산 벌었겠지 생각했답니다."

"상당히 흥미로운 이야기군요. 너무 긴 세월 후로 잡은 것 같긴 하지만요. 이곳을 떠난 후로 그 친구 소식을 듣지 못했나요?"

"뭐, 한동안은 서로 편지를 주고받았죠. 하지만 한 1, 2년 후에 연락이 끊어졌어요. 아시겠지만 서부라는 곳이 상당히 커서 전 아주 정신없이 누비고 다녔죠. 하지만 지미가 살아 있기만 하다면 절 만나러 이곳에 올 겁니다. 지미는 언제나 이 세상 누구보다 믿음직스럽고 충직한 녀석이었으니까요. 절대 저와의 약속을 잊어버리지 않을 겁니다. 전 오늘 밤 이 가게 문 앞에 서 있으려고 1,600킬로미터를 달려왔어요. 제 오랜 친구가 이곳에 나타나준다면 충분히 그럴 가치가 있었던 거죠."

친구를 기다리는 남자가 근사한 시계 하나를 꺼냈는데, 시계 뚜껑에는 작은 다이아몬드들이 박혀 있었다.

"열 시까지 삼 분 남았어요."

남자가 선언하듯 말했다.

"옛날 그 식당 문 앞에서 우리가 헤어졌을 때가 정확하게 열 시 정각이었죠."

"서부에서 일이 상당히 잘 풀렸나보죠?"

"두말하면 잔소리죠! 지미가 제 반만큼만 잘돼 있었으면 좋겠어요. 지미는 일을 느릿느릿 처리하는 편이었지만 좋은 녀석이었죠. 전 제 재산에 눈독 들이는 약삭빠른 인간들을 상대해야 했어요. 뉴욕에 살면 판에 박힌 생활을 하게 되죠. 그런데 서부에서는 아슬아슬한 생활이 이어진답니다."

경찰관이 곤봉을 휘두르며 한두 걸음 내딛었다.

"전 이만 가던 길을 가야겠습니다. 당신 친구가 무사히 나타나기를 바랍니다. 정시에 올 거라고 생각하나요?"

"그건 아니죠! 적어도 삼십 분은 더 기다릴 겁니다. 지미가 살아 있다면 늦어도 그때까지는 올 거니까요. 그럼 안녕히 가십시오, 경관님."

"네, 그럼 이만."

경찰관이 순찰 구역을 지나가면서 가게 문들을 살폈다. 이제 차갑고 가는 가랑비가 내리기 시작했고, 변덕스럽게 몰아치던 바람이 잔잔하게 잦아들었다. 몇몇 행인들이 외투 깃을 높이 세우고 양손을 주머니에 넣은 채 조용히 쓸쓸한 발걸음을 재촉했다. 철물점 문 앞에서는 어이없을 만큼 불확실한 약속을 지키려고 1,600킬로미터를 달려온 남자가 담배를 피우며 친구를 기다리고 있었다.

그렇게 한 이십 분쯤 지났을까, 긴 외투를 걸친 키 큰 남자가 깃을 양쪽 귀까지 세워 올린 채 맞은편에서 서둘러 거리를 가로질러 왔다. 그리고 철물점 앞에 서 있는 남자에게 곧장 다가갔다.

"너니, 밥?"

남자가 의심스러운 말투로 물었다.

"너야, 지미 웰스?"

"세상에!"

새롭게 등장한 남자가 상대의 두 손을 꽉 움켜쥐면서 외쳤다.

"밥, 너 맞구나. 네가 아직 살아 있다면 만날 수 있을 거라고 확신했어. 와, 이게 진짜야? 믿을 수가 없군! 20년이면 긴 세월이지. 옛날 식당은 사라졌어, 밥. 그 식당이 남아 있었다면 좋았을 텐데 말이야. 그럼 거기서 다시 함께 식사를 할 수 있을 테니까. 서부 생활은 어땠나, 친구?"

"환상적이었지. 거기서 내가 원하는 모든 것을 얻었거든. 넌 많이 변했구나, 짐. 키도 이렇게 크지 않았던 같은데. 4, 5센티미터는 더 커졌네."

"아, 스무 살 지나서 좀 컸지."

"뉴욕에서는 잘 지냈어, 지미?"

"그럭저럭. 난 시 당국의 한 부서에서 일하고 있어. 밥, 우리 여기서 이러지 말고 내가 아는 곳에 가자. 거기서 옛날 이야기를 풀어봐보자고."

두 사람은 팔짱을 끼고 거리를 따라 올라갔다. 서부에서 성공해 돌아온 남자는 자신감에 부풀어 자신의 과거사를 대략적으로 이야기하기 시작했다. 다른 남자는 외투 속에 몸을 푹 파묻은 채 귀 기울여 들었다.

길모퉁이에 다다르자 전등들이 환하게 켜진 약국이 나타났다. 그 불빛 속으로 들어섰을 때, 두 사람은 동시에 서로의 얼굴을 바라보았다.

그 순간, 서부에서 온 남자가 갑자기 발걸음을 멈추고 팔짱을 풀었다.

"당신은 지미 웰스가 아냐. 20년이 긴 세월이긴 해도 오뚝한 코가 들창코로 변할 정도로 길지는 않아."

"좋은 사람이 나쁜 사람으로 변할 수는 있지."

키 큰 남자가 말했다.

"넌 십 분 전에 나한테 체포된 거야, '실키' 밥. 네가 이곳에 들를 것 같다면서 너와 얘기를 좀 해야겠다는 전보가 시카고에서 도착했어. 나와 함께 조용히 가는 거야, 알겠지? 그게 현명할 거야. 아 참, 경찰서에 가기 전에 너한테 전해달라는 쪽지가 있었어. 여기서 읽어봐. 웰스 순찰 경관이 보낸 쪽지야."

서부에서 온 남자가 건네받은 쪽지를 펼쳤다. 읽기 시작했을

때는 괜찮았는데 다 읽고 나자 손이 약간 떨렸다. 상당히 짧은
쪽지였다.

밥에게

난 약속 시간에 딱 맞춰서 약속 장소에 갔어. 네가 담배에 불
을 붙였을 때, 시카고에서 수배 중인 남자의 얼굴이 보였지. 아
무래도 내가 직접 널 체포할 수는 없어서 순찰을 돌다가 사복 경
찰관 한 명에게 그 일을 대신 해달라고 했어.

지미가

20년 후

손질된 램프

이 문제는 당연히 두 가지 측면에서 바라볼 수 있다. 그중 한 가지 측면을 살펴보자. 흔히 여점원을 '숍걸'이라고 하는데 그런 사람이 애초에 따로 있는 것은 아니다. 그저 숍에서 일하는 아가씨들이 있을 뿐이다. 그들은 그 일로 생계를 이어나간다. 그런데 왜 그들의 직장이 형용사가 되어 '숍걸'이라는 한 단어를 이룬단 말인가? 공평하게 하자면 5번가에 사는 결혼한 여자들을 '매리지걸'이라고 불러야겠지만 실제로는 그러지 않는다.

루와 낸시는 친한 친구였다. 두 사람은 고향에서 먹고살기 힘들어서 일자리를 찾아 대도시로 왔다. 낸시는 열아홉 살, 루는 스무 살이었다. 둘 다 예쁘고 활기찬 시골 아가씨였고 배우가 되겠다는 야망은 없었다.

저 하늘에 계시는 천사 케루빔이 두 사람을 저렴하고 괜찮은 하숙집으로 이끌었다. 두 사람은 모두 일자리를 얻어 월급쟁이가 되었다. 그들은 여전히 친하게 지냈다. 그렇게 6개월이 지났을 무렵이었다. 이쯤에서 이 두 사람을 소개하고자 하니 모두 앞으로 한발 나와 귀를 기울여주기 바란다. 참견쟁이 독자 여러분, 제 친구 낸시 양과 루 양을 소개합니다. 이 두 사람과 악수를 하면서 이들의 옷차림을 조심스럽게 살펴보기 바란다. 아주 조심스럽게 말이다. 안 그랬다가는 이 두 아가씨가 마술 경연대회 특등석에 앉은 귀부인처럼 화가 나서 눈을 흘길 테니까 말이다.

루는 수작업 세탁소에서 다리미질하는 삯일을 했다. 몸에 맞지 않는 자주색 옷을 입었고, 모자에 달린 깃은 10센티미터나 되었다. 하지만 루의 담비 모피 토시와 스카프는 25달러나 했다. 물론 철이 바뀔 무렵에는 그런 물건들이 7.98달러로 진열장에 전시되지만 말이다. 루의 뺨은 발그레하고 옅은 파란색 눈은 반짝거린다. 루의 온몸에서는 만족감이 흘러나온다.

낸시는 사람들이 흔히 습관대로 '숍걸'이라고 부르는 사람이다. 사실 그런 유형의 사람은 없다. 하지만 별스런 세대는 언제나 유형을 찾는다. 사람들이 말하는 '그런 유형'은 이렇다. 퐁파두르 스타일로 이마가 훤하게 드러나도록 앞머리를 봉긋하게 올린다. 싸구려지만 주름이 제대로 잡힌 플레어스커트를 입는다. 싸늘한 봄기운을 막아주는 모피를 두르지는 않지만

손질된 램프

짤막한 브로드 재킷을 페르시아 양털 옷이라도 되는 양 뽐내며 입는다! 유형 좋아하는 냉혹한 사람들이 보기에는 그 얼굴과 눈에 전형적인 숍걸의 표정이 떠올라 있을 것이다. 속고 사는 여자의 기질을 말없이 경멸하는 반항의 표정이자 복수를 예언하는 슬픈 표정이다. 가장 큰 소리로 웃을 때조차 이 표정은 사라지지 않는다. 러시아 농민들한테서 찾아볼 수 있는 표정이다. 가브리엘 천사가 우리를 심판하러 올 때, 살아남은 사람들은 천사의 얼굴에서 이 표정을 볼 수 있으리라. 이는 또한 남자를 무안하게 만들고 말려 죽이는 표정이다. 하지만 남자는 그런 표정에도 싱글벙글 웃으며 끈으로 묶은 꽃다발을 바친다.

이제 독자 여러분은 "또 봐요"라고 명랑하게 말하는 루의 인사를 받고, 당신을 그리워하며 지붕 너머 별을 향해 날아가는 흰 나비 같은 낸시의 냉소적이면서도 달콤한 미소에 답하면서, 모자를 벗어 들고 물러나주기 바란다.

두 사람은 길모퉁이에서 댄을 기다렸다. 댄은 루의 한결같은 애인이다. 충실한 사람이냐고? 음, 뭐랄까, 성모마리아가 잃어버린 양을 찾으려고 열두 명을 불러야 할 때 마침 그 곁에 있는 사람이다.

"춥지 않니, 낸시?"

루가 물었다.

"그런 오래된 가게에서 주급 8달러를 받고 일하다니 멍청한 짓 아니니! 나는 지난주에 18달러 50센트를 벌었어. 물론 다림질은 카운터 뒤에서 레이스를 파는 일만큼 근사하지는 않지. 하지만 돈이 되잖아. 다림질하는 사람들은 못해도 10달러는 번다고. 게다가 그게 버젓하지 못한 일이라고 생각하지도 않아."

"그런 일은 너나 하렴."

낸시가 콧대를 추켜올리며 말했다.

"난 주급 8달러를 받으며 작은 문간방에서 살 테니까. 나는 멋진 물건들을 다루고 근사한 사람들과 어울리며 살고 싶어. 내가 어떤 기회를 잡을 수 있을지 생각해봐! 장갑 매장 점원 한 명은 철강업인가 제철업인가를 하는 피츠버그 출신 백만장자랑 결혼했다고. 나도 언젠가는 근사한 사람을 잡을 거야. 내 외모를 과시하고 다니지는 않겠지만 근사한 먹잇감이 나타나면 꽉 잡을 거라고. 세탁소에서 여자가 뭘 보여줄 수 있겠니?"

"어머, 난 거기서 댄을 만났다고."

루가 의기양양하게 말했다.

"댄이 일요일에 셔츠를 가지러 왔다가 맨 앞쪽 다림대에서 다림질하는 날 본 거지. 우리는 모두 앞쪽 다림대에서 일하려고 해. 그날 엘라 마기니스가 아파서 못 나오는 바람에 내가 그 자리를 차지한 거지. 댄은 제일 먼저 둥글고 하얀 내 팔이 눈에 들어왔대. 소매를 걷어 올리고 있었거든. 세탁소에도 멋진 사람들이 찾아와. 그런 사람들은 옷을 넣은 가방을 들고 갑작스럽게 문을 열고 들어오지."

"넌 어떻게 그런 옷을 입을 수 있니, 루?"

낸시가 속눈썹 짙은 눈으로 경멸의 빛을 던지면서 루의 볼썽사나운 옷을 내려다보았다.

"취향이 그게 뭐니?"

"이 옷 말하는 거야?"

루가 눈을 크게 뜨고 화를 내며 말했다.

"애, 이건 16달러나 주고 산 거야. 원래는 25달러고 말이야. 어떤 여자가 세탁해달라고 맡겨놓고 찾아가지 않은 거지. 세탁소 주인한테서 샀어. 엄청나게 많은 무늬를 손으로 직접 수놓은 옷이야. 그러는 넌 그 밋밋하고 흉한 옷이 대체 어디서 났니?"

"이 흉하고 밋밋한 옷은 말이야."

낸시가 차분하게 말했다.

"밴 알스타인 피셔 부인이 입고 있던 옷을 본딴 거야. 매장 직원들이 그러는데 그 부인이 지난해에 매장에서 1만 2,000달러를 썼대. 이 옷은 내가 직접 만들었어. 1달러 50센트가 들었지. 3미터쯤 떨어져서 보면 그 부인 옷이랑 구별하지 못할 정도라고."

"아, 그렇구나."

루가 상냥하게 말했다.

"쫄쫄 굶으면서도 멋을 부리고 싶다면 그렇게 해. 하지만 난 내 일 하면서 돈을 많이 벌란다. 그리고 근무가 끝나면 내가 살 수 있는 멋지고 매혹적인 옷을 살 거니까 소개해줘."

그때 댄이 나타났다. 기성 넥타이를 맨 진지한 그 젊은이한테서는 도시인의 경박함을 조금도 찾아볼 수 없었다. 주급 30달러를 받는 전기 기술자 댄은 로미오처럼 슬픈 눈으로 루의 옷을 바라보면서, 파리가 기꺼이 걸려들고 싶어 할 만한 거미줄 같다고 생각했다.

"낸시, 이쪽은 내 친구 댄 오언스 씨야. 댄, 댄포스 양과 악수해요."

루가 두 사람을 소개했다.

"만나게 되어 기쁩니다, 댄포스 양."

댄이 손을 뻗으며 말했다.

"루한테 말씀 많이 들었어요."

"고마워요."

낸시가 서늘한 손끝으로 댄의 손가락을 건드리며 말했다.

"저도 루한테서 당신 이야기를 몇 번 들었어요."

루가 깔깔거렸다.

"밴 알스타인 피셔 부인을 흉내 내느라고 그렇게 악수한 거야?"

루가 물었다.

"너도 따라해도 괜찮아."

낸시가 말했다.

"아니, 난 그렇게 못 해. 나한테는 너무 과한 것 같거든. 그런

손질된 램프

악수는 다이아몬드 반지를 보여주고 싶을 때나 하는 거지. 다이아몬드 반지 몇 개를 사서 끼게 되면 한번 해볼게."

"먼저 배워둬. 그럼 더 쉽게 다이아몬드 반지를 갖게 될지도 모르잖아."

낸시가 지혜롭게 말했다.

"그 이야기는 이제 그만하죠."

댄이 재빨리 상냥한 미소를 지으며 말했다.

"제가 제안 하나 할게요. 두 분을 티파니(뉴욕에 있는 보석점—옮긴이)에 모시고 갈 수는 없지만 작은 극장으로 모시고 가면 어떨까요? 연극표가 있거든요. 진짜 보석을 낀 사람과 악수할 수는 없으니까 무대에 나오는 다이아몬드를 구경하는 게 어때요?"

충실한 기사가 차도 가까이에 붙어서 걷고, 그 옆에서는 루가 작은 공작처럼 밝고 예쁜 옷을 뽐내며 걸어갔다. 보도 안쪽에서는 참새처럼 단정히 차려입은 가냘픈 낸시가 밴 알스타인 피셔 부인의 걸음걸이를 흉내 내며 걸었다. 그렇게 세 사람은 적절한 저녁 여흥을 즐기러 갔다.

많은 대형 백화점들이 교육 시설처럼 보인다고 생각하지는 않는다. 하지만 낸시에게는 그녀가 일하는 백화점이 교육 시설과 같았다. 낸시는 고상한 취향과 세련미를 뽐어내는 아름다운 것들에 둘러싸여 지냈다. 사치스러운 분위기 속에서 살다보면 자기 돈으로든 남의 돈으로든 그런 사치를 즐기게 된다.

낸시는 사교계에서 기준이 되는 옷차림과 태도, 지위를 갖춘 여자들을 주로 상대했다. 그러면서 그들 각각한테서 제일 좋다 싶은 점들을 배우기 시작했다.

한 사람한테서는 몸짓을, 또 다른 사람한테서는 우아하게 눈썹을 추켜올리는 동작을 배웠고, 다른 사람들한테서는 손가방을 드는 법과 미소 짓는 법, 친구에게 인사하는 법, 아랫사람에게 자신을 소개하는 법을 배웠다. 낸시가 가장 좋아하는 본보기인 밴 알스타인 피셔 부인한테서는 가장 좋은 것을 배웠다. 바로 은처럼 맑고 개똥지빠귀 소리처럼 또렷하게 부드럽고 나지막한 목소리로 말하는 법이다. 이와 같은 상류 사교계의 세련미와 예의범절에 젖어 살다보면 깊은 영향을 받지 않을 수 없다. 바람직한 습관이 바람직한 원칙보다 낫다는 말처럼, 바람직한 태도가 바람직한 습관보다 나을지도 모르겠다. 부모님의 훈계 가지고는 뉴잉글랜드의 양심을 지켜나갈 수 없지만, 의자에 등을 꼿꼿이 세우고 앉아서 '프리즘스와 필그림즈'라는 단어를 40번 반복하며 발음을 교정한다면 악마도 쫓아낼 수 있으리라. 그리하여 낸시가 밴 알스타인 피셔 부인의 목소리를 완벽하게 흉내 냈을 때, 그녀는 '노블레스 오블리주' 정신이 뼛속까지 파고드는 전율을 느꼈다.

대형 백화점 학교에는 또 다른 배움의 원천이 있었다. 숍걸 서너 명이 모여서 딱 보기에도 경박한 잡담을 늘어놓으며 쇠줄

손질된 램프

로 된 팔찌를 짤랑거리는 모습을 보더라도, 그들이 에델의 뒷머리 모양을 흉보고 있다고 생각해서는 안 된다. 물론 이 모임은 남자들의 신중한 모임에 비한다면 위엄이 부족할지도 모른다. 하지만 이브와 그녀의 첫딸이, 아담이 집안에서 어떤 자리를 차지하고 있는지 일깨워주려고 머리를 맞댔던 것만큼이나 중요한 의미가 있다. 이 모임은 말하자면 '여성의 공동방어와 공격 및 반격의 전략적 이론 교환 회담'이다. 세상은 무대이고, 남자는 꽃다발을 던져주는 관객이다. 여자는 어린 동물들 중에서 가장 연약한 존재로, 새끼 사슴의 우아함을 갖추고 있으나 그 민첩함은 갖지 못했고, 새의 아름다움을 가졌지만 그 비행 실력을 지니지 못했으며, 꿀벌의 달콤한 꿀을 가졌지만…… 아, 이 비유는 그만두자. 벌에 쏘인 사람이 있을지도 모르니까.

이들은 이렇게 작전회의를 하면서 서로 무기를 주고받고, 각자가 처세술에서 고안해내어 이론화한 전략들을 교환한다.

"내가 이렇게 말하는 거야."

새디가 말했다.

"'당신 풋내기죠! 내가 누군 줄 알고 그런 말을 하는 거예요?' 그럼 남자가 뭐라고 할 것 같아?"

갈색 머리와 검정 머리, 옅은 황갈색 머리, 빨강 머리, 노랑머리가 다 함께 끄덕거린다. 답이 나왔기 때문이다. 마침내 남자의 공격을 피하자는 결정이 내려지고, 공동의 적인 남자와 교전

할 때 모두들 그 전략을 쓰기로 한다.

이렇게 낸시는 방어술을 배웠다. 여자에게 성공적인 방어는 곧 승리를 의미한다.

대형 백화점의 교과 과정은 폭넓은 편이다. 성공적인 결혼을 꿈꾸는 낸시의 야망을 대형 백화점만큼 완벽하게 채워주는 대학은 없을 것이다.

낸시가 일하는 백화점 매장은 아주 괜찮은 곳이었다. 근처에 음악실이 있어서 일류 작곡가들의 작품을 들으며 귀에 익힐 수 있었다. 그 덕택에 그녀가 막연하지만 야심차게 발을 들여놓으려고 하는 사교계에서 적어도 논평 정도는 할 수 있게 되었다. 낸시는 도자기와 값비싸고 섬세한 직물, 여자에게는 교양이나 다름없는 장신구에 관한 것도 모조리 배웠다.

오래지 않아 다른 여자들이 낸시의 야망을 알아차렸다.

"네가 찾는 백만장자가 저기 와, 낸시."

그들은 낸시의 기준에 들어맞을 것 같은 사람이 매장 카운터로 다가올 때마다 이렇게 말했다. 남자들은 함께 온 여자가 쇼핑을 하는 동안 어슬렁거리다가 손수건 매장으로 가서 하얀 삼베 손수건 주변을 배회하곤 했다. 낸시는 몸에 익힌 고상한 태도와 타고난 섬세한 아름다움으로 사람들의 시선을 끌었다. 그래서 많은 남자들이 그녀 앞에서 멋을 부렸다. 그중 몇몇은 백만장자일지도 모르지만 대부분은 애써 백만장자인 척하는 사람들이었다. 낸시는 그런 사람들을 구별해내는 법을 배웠다. 손수건 매장 카운터 끝에는 창문이 있었다. 낸시는 창밖으로 거리에서 쇼핑객들을 기다리고 있는 차량들을 볼 수 있었다. 그 차들을 내려다보면서 차들이 그 주인들만큼이나 제각각이라는 사실을 알아차렸다.

한번은 매력적인 신사가 손수건 네 타를 사고는, 거지 소녀와 결혼했다는 코페투아 왕처럼 카운터 너머로 낸시에게 청혼했다. 그가 떠났을 때 한 여점원이 이렇게 말했다.

"대체 뭐가 문제니, 낸시? 저런 사람이 싫다니 말이야. 내가 보기에는 아주 근사한 사람 같은데."

"그 사람이?"

낸시가 더없이 싸늘하면서도 달콤하게, 밴 알스타인 피셔 부인처럼 미소 지으며 자기랑 상관없는 일이라는 듯 말했다.

"내가 찾는 사람이 아냐. 그 사람이 타고 온 차를 봤거든. 12마력 자동차를 아일랜드 운전수가 모는 거야! 게다가 그가 산 손수건들을 봐. 전부 다 명주야! 그리고 풀을 묻히고 다니잖아. 난 진짜가 아니면 안 해."

매장에서 가장 '세련된' 여자들인 매장 감독과 현금 출납계원은 '멋진 신사 친구들' 몇 명과 이따금씩 식사를 같이 했다. 한번은 낸시도 그 식사에 초대를 받았다. 식사 장소는 1년 전에 예약해야 새해 전날 밤에 식사를 할 수 있는 근사한 카페였다.

그 두 '신사 친구들' 중 한 명은 대머리였는데 사치스러운 생활을 해서 머리카락이 자라지 않는 것이었다. 그것을 증명할 수도 있다. 다른 한 사람은 재산이 많고 지적이라는 인상을 주고 싶어 하는 젊은이였다. 두 가지 설득력 있는 방법으로 그렇게 했는데, 먼저 모든 포도주에서 코르크 마개 냄새가 난다고 아는 척했고, 그다음으로는 다이아몬드 커프스단추로 부를 과시했다. 이 젊은이는 낸시한테서 억누를 수 없는 미덕들을 발견했다. 그렇지 않아도 여점원들에게 마음이 끌리던 터였는데, 낸시는 여점원 계층의 솔직한 매력에다 사교계에 어울리는 목소리와 태도까지 갖추고 있었다. 그래서 다음 날, 그 젊은이는 낸시의 매장에 가서 헴스티치로 수를 놓고 표백한 아일랜드 아마포 손수건 상자 너머로 진지하게 청혼을 했다. 낸시는 거절했다. 3미터쯤 떨어진 곳에서 퐁파두르 스타일의 갈색머리 여자가 눈을 빛내며 귀를 쫑긋 세우고 있었다. 거절당한 구혼자가 떠나자 그 여자가 비난과 충격을 가득 담은 유리병을 낸시의 머리 위에 차곡차곡 쌓아올렸다.

"너 왜 그렇게 어리석니! 저 남자는 백만장자야. 밴 스키틀스 영감의 조카라고. 저 남자는 진심으로 너한테 청혼한 거야. 너 미친 거 아니니, 낸시?"

"내가 미쳤다고? 그를 거절했다고 말이니? 그는 그렇게 부자가 아냐. 1년에 2만 달러를 가족한테서 타 쓰는 신세라고. 어

손질된 램프

젯밤에 같이 식사할 때 대머리 신사가 그걸 갖고 그 사람을 놀리더라니까."

갈색 머리가 낸시에게 가까이 다가서며 눈을 가늘게 떴다.

"그럼 넌 뭘 원하니?"

갈색 머리가 껌을 충분히 씹지 못해서 걸걸한 목소리로 물었다.

"그 정도면 충분하지 않아? 모르몬교도가 돼서 록펠러와 글래드스턴 도위, 스페인의 왕을 모두 남편으로 맞이하려고? 1년에 2만 달러면 충분하지 않아?"

똑바로 쏘아보는 검고 옅은 눈동자에 낸시의 뺨이 살짝 붉어졌다.

"돈이 다가 아냐, 캐리."

낸시가 설명했다.

"요전날 밤에 그가 친구에게 거짓말을 했다가 들통 나기도 했어. 어떤 여자랑 함께 극장에 간 적이 없다고 거짓말을 했지. 난 거짓말쟁이는 못 참아. 이것저것 생각해보면 난 그 사람이 싫어. 그러니까 뭐, 끝난 거지. 내 자신을 판다면 할인가에 팔지는 않을 거야. 나는 남자답게 의자에 꼿꼿이 앉는 그런 사람을 원해. 그래, 대어를 찾고 있지. 장난감 저금통처럼 요란스럽기만 한 사람보다는 더 나은 사람을 찾을 거야."

"정신병원에나 가봐!"

갈색 머리가 이렇게 말하고 자리를 떴다.

낸시는 주급 8달러를 받으면서도 이상까지는 아니지만 드높은 생각을 품고 살았다. 매일 마른 빵을 먹고 허리띠를 졸라매가면서 미지의 근사한 '대어'를 찾아 헤맸다. 얼굴에는 숙명적인 남자 사냥꾼의 희미하고도 전투적이며 달콤하면서도 슬픈 미소가 떠올라 있었다. 그녀에게는 매장이 숲이었다. 낸시는 엽총으로 뿔이 널찍하고 커 보이는 사냥감을 수차례 겨냥했다. 하지만 깊고 정확한 본능, 사냥꾼이나 어쩌면 여자의 본능에 가로막혀 총을 쏘지 못하고 다시 사냥감을 찾아 나섰다.

루는 세탁소에서 잘해나가고 있었다. 주급 18달러 50센트 중에서 6달러로 방값과 밥값을 치렀다. 나머지는 주로 옷값으로 썼다. 루가 취향과 태도를 개선할 수 있는 기회는 낸시에 비하면 거의 없었다. 김이 모락모락 나는 세탁소에서는 일 말고 다른 것을 할 수 없었다. 루는 일하면서 저녁에 뭘 하고 놀지 생각했다. 값비싸고 화려한 많은 옷들이 루의 다리미 아래로 지나갔다. 다리미를 통해서 루에게 옷에 대한 애착이 전해지는지도 모르겠다.

하루 일이 끝나면 댄이 바깥에서 그녀를 기다렸다. 댄은 루가 어느 등불 아래 서 있든 항상 그녀를 따라다니는 충직한 그림자였다.

때때로 댄은 고상해지기보다는 점점 화려해져가는 루의 옷을 솔직하고 걱정스러운 눈길로 바라보았다. 그렇다고 해서 루만 바라보는 충직한 마음이 사라진 것은 아니었다. 거리에서 루에게 쏠리는 사람들의 시선이 싫을 뿐이었다.

루는 낸시와 여전히 친하게 지냈다. 루와 댄이 어디를 가든 낸시도 함께 가야 한다는 것이 법이었다. 댄은 낸시라는 여분의 짐도 진심 어린 마음으로 흔쾌히 짊어졌다. 즐길 거리를 찾아다니는 이 삼인조에서 루는 화려한 색채를, 낸시는 기품을, 댄은 무게를 맡고 있다고 할 수 있었다. 깔끔하지만 기성복임에 틀림없는 양복과 넥타이 차림으로 두 사람을 호위하는 댄은 언제나 상냥하게 재치를 발휘했으며 깜짝 놀라거나 언성을 높이는 일이 없었다. 있을 때는 잊어버리기 쉽지만 없으면 또렷하게 생각나는 좋은 남자였다.

이 두 사람과 어울려 다니는 '기성품' 같은 즐거움이 고상한 취향에 맞지 않아 낸시는 때때로 약간 씁쓸했다. 하지만 낸시는 젊었다. 젊은이는 미식가가 될 수 없을 때 대식가가 된다.

"댄은 언제나 당장 결혼하자고 해."

한번은 루가 이렇게 말했다.

"하지만 왜 그래야 하지? 난 독립적으로 살고 싶어. 내가 번 돈으로 내가 좋아하는 걸 할 수 있으니까. 게다가 댄은 내가 일하지 못하게 할 거야. 그런데 낸시, 넌 입을 것도 제대로 못 사면서 왜 계속 그 케케묵은 매장에 붙어 있으려고 하니? 너만 좋으면 세탁소에서 일할 자리를 당장 구해줄 수 있어. 네가 돈을 좀 많이 벌면 그 거만함도 좀 사그라질 것 같은데 말이야."

"난 내가 거만하다고 생각하지 않아, 루. 하지만 제대로 먹지 못해도 지금 이대로 사는 게 좋아. 이런 생활에 익숙해진 것 같아. 난 기회를 잡고 싶어. 언제까지나 카운터 뒤에서 일할 거라고 생각하지는 않아. 난 매일 새로운 걸 배우고 있거든. 언제나 세련되고 부유한 사람들을 대하니까 말이야. 손님들 시중만 들면 되지만, 나는 지나가는 충고 한마디도 놓치지 않고 귀담아들어."

"백만장자는 아직 못 잡았어?"

루가 비웃으며 물었다.

"아직 고르지 못했어. 살펴보고 있는 중이야."

"맙소사! 고른다고! 한 사람이라도 꼭 붙들어! 몇 달러도 아까워서 못 쓰는 그런 사람이라도 말이야. 하기야 네가 진심으로 그런 소리를 하는 건 아니겠지. 백만장자들은 우리 같은 여자들을 거들떠보지도 않는다고."

"그러지 않는 게 그들에게 좋을 거야. 우리 중에서 어떤 사람들은 그들에게 돈을 신중하게 쓰는 법을 가르쳐줄 수 있거든."

낸시가 차분하고도 현명하게 말했다.

"부자가 나한테 말을 걸면 난 발작을 일으킬 거야."

"그건 네가 부자를 몰라서 하는 소리야. 자세히 살펴봐야 부자와 보통 사람을 구별할 수 있어. 빨간색 명주 안감이 그 외투에는 너무 밝은 것 같지 않니, 루?"

루가 친구의 수수하고 칙칙한 올리브색 재킷을 바라보았다.

"아니, 그런 것 같지 않은데. 하지만 네가 입고 있는 빛바랜 옷과 비교하면 그렇게 보일지도 모르겠다."

"이 재킷은 말이야."

낸시가 흡족한 목소리로 말했다.

"요전 날에 알스타인 피셔 부인이 입었던 옷과 똑같이 재단해서 만든 거야. 재료 값만 3달러 98센트가 들었어. 피셔 부인의 옷은 100달러가 넘을걸."

"그래, 그렇겠지."

루가 가볍게 말했다.

"하지만 백만장자를 낚을 만한 미끼는 못 되는 것 같네. 너보다 내가 먼저 백만장자를 낚아도 이상하지 않겠다."

이 두 친구가 주장하는 이론의 가치를 평가하려면 철학자가 나서야 할 것이다. 루는 상점과 사무실에서 일하며 간신히 생계를 이어가는 여자들만큼 자존심이 세거나 까다롭지 않아서, 시끄럽고 질식할 것 같은 세탁소에서도 활기차게 다림질을 하며 일했다. 안락한 생활 그 이상을 누릴 수 있는 돈을 벌었다. 그래서 점점 더 좋은 옷을 사 입게 되었고, 한편 옆길로 새는 법 없이 한결같은, 깔끔하지만 세련되지 못한 댄의 옷차림을 이따금씩 짜증스럽게 흘겨보기도 했다.

낸시는 보기 드문 사람이었다. 취향과 교양을 중시하는 상류 사회의 명주와 보석, 레이스, 장신구, 향수, 음악은 모두 여자를 위해 만들어진 것들이다. 그러므로 낸시도 공평하게 나눠 가질 권리가 있었다. 낸시가 그런 것들을 인생의 일부로 생각한다면 그 곁에서 살게 해주자. 낸시는 에서(자신의 장자 상속권을 야곱에게 판 이삭의 장남—옮긴이)처럼 자기 자신을 팔지는 않는다. 보통 아주 적은 돈을 벌면서도 자신의 타고난 권리를 지켜나간다.

낸시는 그런 환경에 어울렸다. 그런 환경에서 굳세게 살아가고 보잘것없는 음식을 먹으면서도 적은 돈으로 의연하게 옷 만들 궁리를 하면서 만족스러워했다. 낸시는 이미 여자라는 생물을 잘 알고 있었다. 그래서 이제는 남자라는 동물의 습성과 자격을 연구하고 있었다. 언젠가는 원하는 사냥감을 잡을 것이다. 하지만 가장 크고 가장 근사한 것이어야 한다고, 그보다 못한 것은 안 된다고 속으로 다짐했다.

낸시는 그렇게 램프의 불이 꺼지지 않게 잘 손질하면서 미래의 신랑을 맞을 준비를 했다.

하지만 낸시는 자기도 모르게 또 다른 교훈을 얻었다. 낸시의 가치 판단 기준이 달라지기 시작했다. 때때로 달러 기호가 흐릿해지고, '진실'과 '명예', 때로는 '친절'이라는 글자로 변했다. 어떤 무성한 숲에서 무스나 엘크를 사냥하는 사람과 비슷해지는 것이다. 이끼가 끼고 나무가 무성하며 개울이 흐르는 작은 골짜기는 사냥꾼에게 안식과 위안의 말을 속삭인다. 이럴 때는 니므롯(성서에 나오는 위대한 사냥꾼—옮긴이)의 창도 무뎌진다.

그래서 낸시는 때때로 페르시아 양의 시장가격을 결정하는 것은 그 안의 심장이 아닐까 하는 생각을 했다.

어느 목요일 저녁, 낸시는 매장을 나서 6번가를 가로질러 세탁소를 향해 서쪽으로 나아갔다. 루와 댄과 함께 희가극을 구경하기로 했던 것이다.

낸시가 세탁소에 도착했을 때 댄이 막 나오는 길이었다. 댄은 기이하고 긴장된 표정을 짓고 있었다.

"세탁소 사람들이 그 사람 소식을 들었나 싶어서 들렀어요."

댄이 말했다.

"누구 소식이요? 루가 안에 없나요?"

"알고 있는 줄 알았는데요. 월요일부터 루는 집에도 없고 세탁소에도 나가지 않았어요. 소지품을 다 챙겨 갔어요. 세탁소에서 일하는 한 사람에게 유럽으로 갈지도 모른다고 했대요."

"루를 본 사람이 없나요?"

댄은 턱을 앙다물고 차분한 회색 눈에 차가운 빛을 띠며 낸시를 바라보았다.

"세탁소 사람들이 루가 어제 자동차를 타고 지나가는 걸 봤다고 했어요. 당신과 루가 항상 꿈꾸던 백만장자를 만났나 보죠."

댄이 거친 목소리로 말했다.

낸시는 생애 처음으로 남자 앞에서 움츠러들었다. 낸시는 떨리는 손으로 댄의 소매를 잡았다.

"댄, 저한테 그러지 마세요. 전 아무 잘못도 없다고요!"

"그러려고 했던 게 아닙니다."

댄이 누그러진 목소리로 말했다. 댄은 조끼 주머니를 뒤졌다.

"오늘 밤 공연 표가 있어요."

댄이 씩씩하고 가볍게 말했다.

"혹시……."

낸시는 그렇게 용기 있는 모습을 언제나 좋아했다.

"좋아요, 같이 가요, 댄."

그로부터 3개월 후 낸시는 루를 다시 만났다.

어느 날 황혼 무렵에 낸시는 조용한 공원 가장자리를 따라 집으로 서둘러 가고 있었다. 자기 이름을 부르는 소리에 뒤돌아본 순간, 루가 그녀의 품에 안겼다.

두 사람은 그렇게 포옹을 하고 나서, 공격이나 유혹을 하려는 뱀처럼 머리를 뒤로 젖히고는 빠르게 질문들을 쏟아냈다. 잠시 후 낸시는 값비싼 모피와 번쩍거리는 보석들, 맞춤옷을 보고 루가 성공했음을 알아차렸다.

"이 바보야!"

루가 애정 어린 목소리로 크게 소리쳤다.

"아직 그 매장에서 일하고 있구나. 예전과 다름없이 초라한

몰골을 보니 말이야. 대어를 잡겠다는 건 어떻게 됐니? 아직 못 잡았어?"

그때 루는 낸시가 재산보다 더 나은 것을 얻었음을 알아차렸다. 낸시의 눈 속에서 보석보다 더 밝게 빛나고, 두 뺨에서 장미보다 더 붉게 타오르며, 혀끝에서 흘러나오려고 전기처럼 춤추는 뭔가가 있었다.

"응, 아직 매장에서 일해. 하지만 다음 주에 그만둘 거야. 대어를 잡았거든. 이 세상에서 제일 큰 대어야. 이제는 너한테 말해도 괜찮겠지? 저, 난 댄과 결혼해. 댄과 말이야. 댄은 이제 내 사람이야. 놀랍지, 루?"

머리를 짧게 깎은 둥글둥글한 얼굴의 젊은 경찰이 공원 모퉁이를 돌고 있었다. 이런 경찰들 덕분에 적어도 겉보기로는 물리력도 견딜 만한 것이 됐다. 여하튼 그 경찰은 값비싼 외투를 걸치고 다이아몬드 반지를 낀 채 공원 철책 앞에 웅크리고 앉아 격하게 흐느끼는 여자를 발견했다. 수수한 옷차림의 가냘픈 여자가 그 곁에서 여자를 달래고 있었다. 하지만 이 경찰은 새로운 시대의 인간이었기 때문에 모른 척하고 지나갔다. 야경봉으로 길바닥을 두드려 그 소리가 가장 멀리 떨어진 별까지 닿는다 한들, 이런 문제는 경찰의 힘으로 도와줄 수 없다는 걸 현명하게도 잘 알고 있었기 때문이다.

시계추

"81번가입니다, 내리세요."

파란색 옷을 입은 양치기가 소리쳤다.

그러자 한 무리의 양 떼 같은 시민들이 우르르 내리고 또 다른 무리의 양 떼가 우르르 올라탔다. 딩딩! 가축 운반 차량 같은 맨해튼 고가 전차가 털털거리며 지나갔고, 존 퍼킨스는 전차에서 내린 양 떼에 섞여 역 계단을 내려갔다.

존은 천천히 집으로 걸어갔다. 그의 일상생활 사전에는 '혹시'라는 단어가 없었기 때문에 천천히 걸어가는 것이었다. 결혼 2년 차에 아파트에서 사는 남자에게는 깜짝 놀랄 만한 일이란 게 없었다. 존은 집으로 걸어가면서 뻔히 보이는 단조로운 하루의 끝을 냉소적으로 우울하게 떠올려보았다.

케이티가 문간에 나와 콜드크림과 버터스카치 사탕 맛이 나는 키스로 맞아주겠지. 나는 외투를 벗고 자갈 깔린 도로마냥 딱딱한 의자에 앉아 저녁 신문을 펼쳐들고 자동식자기로 냉혹하게 인쇄된 러시아인들과 일본인들의 사망 소식을 읽을 거고. 저녁은 고기찜이겠지. 거기다 가죽에 묻어도 가죽이 갈라지거나 상하지 않는다는 드레싱을 뿌린 샐러드와 대황 스튜 요리, 상표에 찍힌 화학적 순도 인증 표기에 불그레해진 딸기잼 한 병이 나올 거야. 저녁을 먹고 나면 케이티는 얼음 배달부가 잘라서 준 넥타이 끝을 마구잡이로 기워서 새로 만든 헝겊 조각을 보여주겠지. 일곱 시 삼십 분에는 케이티와 함께 신문지로 가구를 덮어놓을 거야. 위층 뚱보가 운동을 시작하면 천장에서 석회 가루가 떨어질 테니까. 정확하게 여덟 시에는 복도 건넛집에 사는 보드빌 촌극 팀(출연 계약을 맺지 않은 상태)의 히키와 무니가 가벼운 섬망증 증세를 보이면서 의자들을 뒤엎기 시작하겠지. 흥행사 해머스타인이 주당 500달러짜리 계약을 맺자고 자기들을 쫓아올 거라는 환상에 빠져서 말이야. 그러면 통풍구 저편에 사는 신사가 창가에서 플루트를 꺼내 들 거야. 밤마다 새어나오는 가스는 큰길에서 까불거리며 몰래 돌아다니겠지. 식기 운반 승강기는 미끄러져 떨어지고, 관리인이 자노위스키 부인의 다섯 아이들을 압록강 저 너머로 한 번 더 쫓아 보낼 거야. 샴페인 색 신발을 신고 스카이테리어를 데리고 다니는 여자는 아래층으로 내려가 자기 집 초인종과 우편함에다 목요일에 쓰는 이름을 붙이겠지. 프로그모어 아파트의 저녁 일상은 이렇게 흘러갈 거야.

존 퍼킨스는 그런 일들이 일어날 것임을 알고 있었다. 여덟 시 십오 분에는 자신이 용기를 내어 모자로 손을 뻗고, 아내의 투덜거리는 목소리가 이어질 거라는 사실도 알고 있었다.

"존 퍼킨스 씨, 지금 이 시간에 어디 가려는 거예요?"

"맥클로스키 집에 가서 친구들과 당구 한두 게임 치려고."

존은 이렇게 대답할 것이다.

그렇게 당구를 치러 가는 게 존 퍼킨스의 최근 습관이었다. 존은 열 시나 열한 시에 집으로 돌아간다. 케이티는 먼저 잠들어버리기도 하고, 때로는 분노의 도가니에 빠진 채 결혼이라는 단련된 강철의 금박을 좀 더 녹여내기 위해 자지 않고 기다리기도 한다. 이 모든 것은 큐피드가 프로그모어 아파트의 다른 희생자들과 함께 법정에 설 때 해명해야 할 문제다.

오늘 밤 집에 도착한 존 퍼킨스는 일상을 뒤집어놓는 변화를 감지했다. 사탕 냄새 나는 애정 어린 키스로 맞아주는 케이티가 없었다. 세 방은 모두 어지럽혀져 있어 불길한 기운을 뿜어내는 것 같았다. 케이티의 물건들도 모두 어지럽게 널려 있었다. 신발이 바닥 한가운데 떨어져 있고, 머리 손질용 인두와 나비 머리핀, 화장 가운, 분갑이 화장대와 의자 위에 흩어져 있었다. 케이티는 보통 그렇게 물건을 어질러두지 않았다. 존은 심장이 덜컥 내려앉는 것 같았다. 그때 케이티의 곱실한 갈색 머리카락 한 뭉치가 끼여 있는 빗을 발견했다. 뭔가 급한 일이 생겨서 케이티가 당황했던 것이 틀림없었다. 케이티는 언제나 빠진 머리카락을 벽난로 위의 작은 파란색 병에 조심스럽게 넣어두곤 했다. 그것들을 모아서 머리를 땋을 때 넣는 여성스러운 장식 머리를 만들 생각이었기 때문이다.

그때 가스버너에 끈으로 묶여 매달려 있는 접힌 종이 한 장이 존의 눈에 띄었다. 존은 그 종이를 잡아챘다. 그것은 아내가 쓴 쪽지였다.

존에게

엄마가 많이 아프다는 전보를 받았어요. 그래서 네 시 삼십 분 기차를 타려고요. 동생 샘이 역으로 마중 나온대요. 냉장고에 차가운 양고기가 있어요. 엄마가 또 후두염에 걸린 게 아니었으면 좋겠어요. 우유 장수에게 50센트를 주세요. 지난해 봄에 엄마가 후두염으로 무척 고생했어요. 가스 회사에 편지를 써서 가스계량기 문제를 알리는 일도 잊지 말아요. 당신 양말은 맨 위 서랍에 있어요. 내일 편지 쓸게요.

그럼 바빠서 이만.

케이티가

결혼 생활 2년 동안 존은 하룻밤도 케이티와 떨어져 지낸 적이 없었다. 존은 어쩔 줄 몰라하며 아내의 쪽지를 읽고 또 읽었다. 단 한 번도 변하지 않았던 일상이 깨어지자 존은 멍해졌다.

의자 등받이에는 케이티가 식사 준비를 할 때 항상 입는 빨간색 바탕의 검은 땡땡이 무늬 실내복이 애처로울 정도로 후줄근하게 걸려 있었다. 급하게 떠났는지 평소에 입는 옷들이 여기저기에 나뒹굴고 있었다. 케이티가 좋아하는 버터스카치 사탕이 든 작은 종이봉지가 끈이 풀린 채 놓여 있었다. 기차 시간표가 네모나게 오려진 일간신문이 바닥에 펼쳐져 있었다. 방 안의 모든 것들이 뭔가를 잃어버렸다고, 가장 중요한 것이 사라졌다고, 영혼이자 생명이 떠나버렸다고 아우성쳤다. 존 퍼킨스는 유해처럼 널브러진 물건들 사이에 서 있자니 이상하게도 가슴이 황량해졌다.

존은 할 수 있는 한 깨끗하게 방을 치우기 시작했다. 케이티의 옷가지에 손을 대자 공포에 짓눌린 것처럼 오싹해졌다. 케이티 없이 어떻게 살아갈지 한 번도 생각해본 적이 없었다. 케이티는 존의 인생에 완전히 녹아들어 있었기 때문에, 존에게는 마치 필요하지만 그 존재를 알아차리지 못하는 공기와 같았다. 그런데 지금 케이티가 경고도 없이, 마치 처음부터 존재하지 않았던 것처럼 감쪽같이 사라져버린 것이다. 물론 며칠, 길어봤자 1주일이나 2주일 후에는 돌아오겠지만 존은 죽음의 손이

시계추

자신의 안전하고 평화로운 집을 향해 손가락질하는 것 같다고 느꼈다.

존은 냉장고에서 차가운 양고기를 꺼내고 커피를 준비해 식탁에 홀로 앉아서 뻔뻔하게 순도 인증 표시를 단 딸기잼을 마주 보았다. 사라져버린 축복들 가운데서 고기찜과 황갈색 드레싱이 뿌려진 샐러드의 유령들이 존의 눈앞에 선명하게 나타났다. 존의 집이 무너져버렸다. 후두염에 걸린 장모가 그의 집을 지키는 수호신들을 하늘 높이 날려 보냈다. 존은 혼자서 식사를 하고 난 후에 앞쪽 창가에 앉았다.

존은 담배를 피우고 싶지도 않았다. 바깥 도시는 존에게 밖으로 나와서 어리석은 향락의 춤에 동참하라고 소리쳤다. 밤은 그의 것이었다. 존은 아무런 추궁도 받지 않고 밖으로 나가서 쾌활한 독신자처럼 향락의 악기를 연주할 수 있었다. 흥청망청 술을 마시고 이리저리 돌아다니며 원한다면 새벽까지 신나게 놀 수 있었다. 케이티가 기쁨의 찌꺼기만 남은 잔을 든 채 분노로 이글거리며 기다릴 일도 없었다. 존은 여명의 여신 오로라가 전기 등불 빛을 약하게 만들 때까지 맥클로스키 집에서 시끌벅적한 친구들과 당구를 칠 수도 있었다. 프로그모어 아파트 생활이 지겹게 느껴질 때도 언제나 존을 칭칭 감고 있었던 결혼이라는 끈이 느슨하게 풀려버렸다. 케이티가 떠나버렸기 때문이다.

존 퍼킨스는 자신의 감정을 분석하는 데 익숙하지 않았다.

그런데 케이티를 잃어버린 채 가로 3미터 세로 3.6미터 정도 되는 방에 앉아 있는 지금은 자신이 불안해하고 있음을 정확하게 짚어냈다. 케이티가 있어야 행복할 수 있음을 깨달았다. 따분한 가정생활에 파묻혀 의식하지 못했던 케이티에 대한 감정이 케이티가 사라지자 선명하게 떠올랐다. 달콤한 노래를 부르던 새가 날아가고 나서야 그 노래의 소중함을 알게 된다는 속담과 연설, 우화, 혹은 그에 못지않게 화려하고 진실한 말을 질리도록 들어보지 않았는가?

"내가 진짜 어리석을 짓을 했어."

존 퍼킨스가 생각에 잠겨 중얼거렸다.

"케이티를 그렇게 대했다니. 밤마다 집에서 케이티와 함께 지내지 않고 친구들과 당구를 치고 술을 마시고 다녔어. 불쌍한 케이티가 여기서 혼자 심심하게 지낼 때 난 그러고 다녔다니! 존 퍼킨스, 넌 최악의 인간이야! 사랑스런 케이티에게 보상을 해줘야겠어. 케이티를 데리고 나가서 재미있게 즐길 거리를 찾아줘야지. 맥클로스키 일당과 어울리는 건 당장 그만두겠어."

그랬다. 바깥 도시는 조롱의 신 모무스 일행과 함께 춤을 추자고 존 퍼킨스에게 소리치고 있었다. 맥클로스키 집에서는 존의 친구들이 밤 게임을 앞두고 빈둥대며 당구공을 구멍에 집어넣고 있었다. 하지만 그 어떤 환락 생활도, 딸각거리는 당구 큐대도 상실의 아픔에 양심의 가책을 느끼는 존의 영혼을 손에 넣을 수는 없었다. 존은 자기 것이었던 사람, 가볍게 여기고 반쯤 조롱했던 그 사람을 잃어버리고 나서야 그 사람을 간절하게 원하게 됐다. 죄책감에 빠져 기억을 거슬러 올라가보니, 천사 케루빔이 낙원에서 추방했던 아담이라는 조상이 나타났다.

존 퍼킨스의 오른손 근처에 의자 하나가 있었다. 의자 등받이에는 케이티의 파란색 블라우스가 걸쳐져 있었다. 케이티가 입었던 흔적이 아직 남아 있는 옷이었다. 케이티가 존을 편안하고 즐겁게 해주려고 팔을 움직여 일하느라 생긴 작은 주름들이 소매 중간에 잡혀 있었다. 그 옷에서 희미하지만 마음을 사로잡는 초롱꽃 향기가 났다. 존은 그 블라우스를 집어 들고 아무 반응도 없는 그 얇은 명주옷을 한참 동안 뚫어지게 바라보았다. 케이티는 무반응으로 일관한 적이 한 번도 없었다. 눈물, 그래, 눈물이 존 퍼킨스의 눈에 고였다. 케이티가 돌아오기만 하면 달라질 것이다. 그동안 소홀하게 대했던 일을 모두 보상해줄 것이다. 케이티 없는 삶이 무슨 의미가 있단 말인가?

그때 문이 열렸다. 케이티가 작은 손가방을 들고 걸어 들어왔다. 존은 멍하니 그녀를 응시했다.

"아, 집에 오니까 좋네요."

케이티가 말했다.

"엄마는 그다지 많이 아프지 않았어요. 샘이 역에 나와서, 엄마가 잠시 발작을 일으켰지만 전보를 치고 나서 곧 괜찮아졌다고 하더라고요. 그래서 다음 기차를 잡아타고 돌아왔죠. 커피 생각이 간절해요."

프로그모어 아파트 3층 전면의 기계장치가 윙윙거리며 돌아가면서 사물의 질서를 찾아가기 시작했지만, 톱니바퀴가 딸깍하고 달가닥거리며 돌아가는 소리는 아무도 듣지 못했다. 벨트가 미끄러져 움직이고 용수철이 튀어 오르고 기어가 조절되면서 바퀴들이 예전의 궤도를 따라 돌기 시작했다.

존 퍼킨스는 시계를 쳐다보았다. 여덟 시 십오 분이었다. 존은 모자를 집어 들고 문으로 걸어갔다.

"존 퍼킨스 씨, 지금 어디 가려는 거예요?"

케이티가 투덜거렸다.

"맥클로스키 집에 가서 친구들과 당구 한두 게임 치려고."

존은 이렇게 대답했다.

마지막 잎새

워싱턴 광장 서쪽의 좁은 구역에는 거리들이 어지럽게 얽혀 있어서 '공간들'이라는 길쭉하고 좁은 조각들로 나누어진다. 이 '공간들'은 이상한 각도와 곡선으로 이루어져 있다. 한 거리가 쭉 이어지다가 한두 번 휘어서 다시 그 길로 돌아가기도 했다. 한번은 한 예술가가 그 거리의 가치 있는 가능성을 발견했다. 물감과 종이, 캔버스 값을 받으러 다니는 수금원이 그 길을 따라가다가 외상값 한 푼 받지 못한 채 왔던 길로 다시 나간다고 생각해보라!

그리하여 이 기이하고 낡은 그리니치 빌리지에 예술가들이 몰려들어 북향 창문과 18세기 박공, 네덜란드풍 다락방, 저렴한 셋방을 찾아 돌아다녔다. 그렇게 살 집을 찾고 나면 6번가에서 백랍 컵 몇 개와 탁상형 조리기 한두 개를 사와서 '예술인 마을'을 이뤘다.

땅딸막한 3층 벽돌집 맨 꼭대기에는 수와 존시의 화실이 있었다. 한 사람은 메인, 다른 한 사람은 캘리포니아 출신이었다. 두 사람은 8번가의 델모니코 식당에서 만났는데, 예술 취향부터 시작해서 치커리 샐러드와 소매가 풍성하게 부푼 옷을 좋아하는 기호까지 너무나 비슷해서 공동 화실을 차린 것이었다.

그때가 5월이었다. 11월이 되자 의사들이 폐렴이라고 부르는 차갑고 눈에 보이지 않는 이방인이 예술인 마을에 가만히 들어와서 그 차가운 손가락으로 이 사람 저 사람을 건드리기 시작했다. 이 파괴범은 이스트사이드를 대담하게 돌아다니며 수많은 희생자들을 냈지만, 좁고 이끼가 무성한 '공간들'의 미로 속에서는 발걸음이 느려졌다.

폐렴 씨는 기사도가 충만한 노신사라고는 할 수 없었다. 주먹을 휘두르며 숨을 몰아쉬는 악독한 그 늙은이에게, 캘리포니아의 산들바람에 수척해진 작은 여자는 전혀 정당한 상대가 아니었으니 말이다. 그럼에도 존시는 그 늙은이에게 얻어맞아 거의 움직이지 못한 채 페인트칠한 쇠 침대에 누워서, 작은 네덜란드풍 창밖으로 옆집의 텅 빈 벽돌 벽을 내다보고 있었다.

어느 날 아침, 바쁘게 움직이던 의사가 텁수룩한 회색 눈썹을 찡긋하며 수를 복도로 불러냈다.

"환자가 회복될 가망은…… 뭐랄까, 열에 하나 정도?"

의사가 체온계를 흔들어 수은을 아래로 가라앉히며 말했다.

"그것도 환자가 살고자 하는 의지가 있어야 가능하지. 이렇게 장의사 쪽으로 마음이 기운 사람들은 약 먹는 게 어리석은 짓이라고 생각하니까. 저 여린 아가씨는 자기가 회복되지 못할 거라고 생각하고 있어. 저 아가씨가 마음 쓰고 있는 게 뭐가 있나?"

"존시는…… 그 애는 언젠가는 나폴리 만을 그려보고 싶다고 했어요."

수가 말했다.

"그림이라고? 쓸데없는 소리야! 저 아가씨가 생각하고 또 생각할 만한 게 없냐고. 이를테면 남자라든가?"

"남자요?"

수가 코멘소리로 말했다.

"남자라니, 그게 그럴 가치가 있는지…… 어쨌든, 아니에요, 선생님. 그런 건 없어요."

"그건 안 좋은걸."

의사가 말했다.

"의술로 할 수 있는 모든 방법을 다해서 힘닿는 데까지 치료해보지. 하지만 환자가 장례식 행렬에 따라올 마차 수를 헤아리기 시작하면 약물 치료 효과가 반으로 줄어들어. 그 대신 겨울에 어떤 망토 소매가 유행할지 알고 싶어 한다면 회복 가능성이 열에 하나가 아니라 다섯에 하나가 될 거야."

의사가 가고 나서 수는 작업실로 들어가 일본제 냅킨이 젖어서 흐물흐물해지도록 펑펑 울었다. 그러고는 재즈 가락을 휘파람으로 불면서 화판을 가지고 존시의 방으로 들어갔다.

존시는 얼굴을 창가로 돌린 채 이불에 주름 하나 잡히지 않을 정도로 가만히 누워 있었다. 수는 존시가 잠들었다고 생각해서 휘파람을 그만 불었다.

수는 화판을 내려놓고 잡지 글에 넣을 삽화를 펜으로 그리기 시작했다. 젊은 화가들은 젊은 작가들이 문학계에 등단하려고 쓰는 잡지 글에 삽화를 그려서 미술계에 들어갈 길을 개척해나갔다.

수가 아이다호 출신 카우보이 주인공의 마술 경연대회용 승마복과 외알 안경을 그리고 있을 때, 나지막한 소리가 몇 차례 반복해서 들렸다. 수는 재빨리 침대로 다가갔다.

존시가 두 눈을 크게 뜨고 있었다. 존시는 창밖을 바라보면서 숫자를 거꾸로 세어나갔다.

"열둘."

잠시 후에 또 존시의 목소리가 들렸다.

"열하나."

이어서 존시가 "열" 그리고 "아홉" 하고 말했다. 그러더니 "여덟, 일곱" 하고 연이어 말했다.

수는 걱정스러운 표정으로 창밖을 내다보았다. 창밖에 헤아릴 만한 게 뭐가 있지? 황량하고 쓸쓸한 마당과 6미터쯤 떨어진 텅 빈 벽돌 벽밖에 보이지 않았다. 그 벽돌 벽에는 뿌리가 뒤틀리고 썩어가는 아주 오래된 담쟁이덩굴이 중간까지 뻗어 올라와 있었다. 잎사귀들이 가을의 차가운 숨결에 떨어져 나가서 뼈처럼 앙상해진 가지들이 무너져가는 벽돌 벽에 달라붙어 있었다.

"뭐 하는 거야?"

수가 물었다.

"여섯."

거의 속삭이는 것 같은 존시의 목소리가 들렸다.

"훨씬 빨리 떨어지고 있어. 3일 전에는 100개쯤 붙어 있어서 다 헤아리려니까 머리가 아팠는데 말이야. 하지만 이제는 세기가 쉬워졌어. 하나 더 떨어지네. 이제 다섯 개밖에 안 남았어."

"뭐가 다섯 개야? 나한테도 말해줘."

"잎사귀 말이야. 저 담쟁이덩굴 잎사귀. 마지막 잎사귀가 떨어지면 나도 가는 거야. 3일 전에 알았지. 의사 선생님이 말 안 해주던?"

"아니, 그런 헛소리는 듣지도 못했어."

수가 호되게 나무라는 것 같은 어조로 투덜거렸다.

"오래된 담쟁이덩굴 잎사귀랑 네 건강이 무슨 상관이 있다는 거니? 게다가 넌 저 덩굴을 무척 좋아했잖아, 골칫덩이 아가씨야. 어리석은 소리 하지 마! 오늘 아침에 의사가 그랬는데 네가 회복될 가망은…… 정확하게 뭐라고 했냐면, 그래, 열에 아홉 이랬어! 뉴욕에 살면서 전차를 타거나 새 건물 옆을 지나갈 때 감수해야 하는 위험 정도지. 자, 이제 수프 좀 먹고 기운차려. 그래야 내가 안심하고 다시 그림을 그려 편집자에게 팔아서 아픈 아이에게 포트와인을 사줄 수 있지. 난 식탐이 많으니까 돼지고기를 사 먹고 말이야."

"이제는 와인을 살 필요가 없어."

존시가 창밖에서 시선을 떼지 않은 채 말했다.

"또 하나가 떨어져. 수프는 먹기 싫어. 이제 잎사귀가 네 개밖에 남지 않았네. 어두워지기 전에 마지막 잎사귀가 떨어지는 걸 보고 싶어. 그럼 나도 떠날 거야."

"존시, 제발."

수가 허리를 굽히며 말했다.

"내가 그림을 다 그릴 때까지 눈을 감고 창밖을 보지 않겠다고 약속해줄래? 난 내일까지 이 그림을 완성해야 해. 빛이 있어야 그림을 그릴 수 있어. 그게 아니면 커튼을 쳐버릴 텐데."

"다른 방에서 그리면 안 돼?"

존시가 차갑게 물었다.

"난 네 곁에 있고 싶어. 게다가 네가 어리석게 담쟁이덩굴 잎

마지막 잎새

사귀만 보고 있는 게 싫어."

"그림을 다 그리고 나면 말해줘."

존시가 쓰러진 동상처럼 미동도 없이 창백한 모습으로 누운 채 눈을 감으며 말했다.

"마지막 잎사귀가 떨어지는 걸 보고 싶어. 기다리는 건 지긋지긋해. 지쳐서 아무 생각도 하기 싫어. 그냥 모든 것을 다 놓아버리고 저 가련하고 지친 잎사귀처럼 아래로, 아래로 떨어져 내리고 싶어."

"잠을 좀 자봐. 난 베어먼 할아버지한테 은둔 생활을 하는 광부의 모델이 되어달라고 부탁해야겠어. 금방 돌아올게. 내가 올 때까지 꼼짝도 하지 말고 있어."

베어먼 노인은 1층에 사는 화가였다. 예순이 넘은 나이에 미켈란젤로의 모세 상과 흡사하게 수염을 길렀다. 반인반수 사티로스 같은 머리부터 꼬마 도깨비 같은 몸통에 이르기까지 수염이 구불구불 흘러내렸다. 베어먼은 실패한 화가였다. 40년 동안 붓을 휘둘렀지만 예술의 여신의 옷자락도 건드리지 못했다. 언제나 걸작을 그리려고 했지만 아직 시작도 하지 못했다. 몇 년 동안 상업용이나 광고용으로 어설픈 그림만 간간이 그렸을 뿐이었다. 베어먼은 전문 모델을 쓰지 못하는 예술인 마을의 젊은 화가들에게 모델이 되어주면서 약간의 돈을 벌었다. 진을 지나치게 많이 마셨고, 걸작을 그리겠다고 말로만 떠들고 다녔다. 다른 사람들에게는 나약한 점을 꼬집어 조롱하는 사나운 노인이었지만, 위층 화실에 사는 젊은 두 화가에게는 그들을 지켜주는 특별한 맹견 마스티프 노릇을 자처했다.

수는 아래층의 어두침침한 굴속에서 술에 취해 노간주나무 열매 냄새를 강하게 풍기는 베어먼을 발견했다. 한쪽 구석에는 25년 동안 걸작의 첫 획이 그려지기만을 기다리며 이젤에 놓여 있는 텅 빈 캔버스가 있었다. 수는 베어먼에게 존시가 어떤 환상에 빠져 있는지 말하고는, 이 세상을 가볍게 잡고 있는 그 힘이 더 약해져서 나뭇잎처럼 날아가버릴까봐 두렵다고 했다.

베어먼 노인은 벌건 눈에 눈물을 흘리면서 큰 소리로 그 어리석은 망상을 꾸짖었다.

"몹쓸 소리야! 담쟁이덩굴 잎사귀가 떨어지면 자기도 죽을 거라고 생각하는 어리석은 인간이 어디 있어? 그런 소리는 들어보지도 못했어. 그리고 멍청한 은둔자 모델 노릇은 안 할 거야. 그런데 왜 존시가 그런 어리석은 생각을 하게 내버려두는 거야? 에구, 가여운 것 같으니라고."

"존시는 지금 많이 아프고 약해져 있어요. 거기다가 열에 들떠서 병적인 생각을 하고 이상한 환상에 사로잡히는 것 같아요. 좋아요, 할아버지가 싫다면 모델 노릇을 안 해주셔도 돼요. 하지만 할아버지는 정말 지독하고…… 무책임한 노인네예요."

"너도 여자라서 별수 없구나!"

　　　　　　　　　　　　　　　　　　마지막 잎새

베어먼이 소리쳤다.

"내가 모델 안 할 거라고 누가 그러든? 가자, 함께 가자고. 삼십 분 전부터 모델이 되어주겠다고 말하려고 했다고. 가자! 여기는 그 착한 존시가 아파 누워 있을 곳이 아니라고. 언젠가는 내가 걸작을 그려서 우리 모두 여기를 떠날 거야. 물론 그렇고말고!"

두 사람이 위층으로 올라갔을 때 존시는 잠들어 있었다. 수는 창문 커튼을 내리고 베어먼에게 다른 방으로 가자고 손짓했다. 그곳에서 두 사람은 창밖의 담쟁이덩굴을 걱정스럽게 바라보았다. 그러다가 잠시 동안 아무 말 없이 서로를 바라보았다. 차가운 진눈깨비가 줄기차게 쏟아졌다. 베어먼은 낡은 파란색 셔츠 차림으로 바위 대신 엎어놓은 주전자에 앉아 은둔자 광부 포즈를 취했다.

다음 날 아침, 수가 한 시간쯤 잠들었다가 깨어나 보니 존시가 흐릿한 눈을 크게 뜨고 초록색 커튼을 보고 있었다.

"커튼 걷어! 보고 싶어."

존시가 자그마한 목소리로 다그쳤다. 수는 지쳐서 그 말대로 했다.

하지만 맙소사! 밤새 세찬 비와 거센 돌풍이 이어졌는데도 벽돌 벽에는 담쟁이덩굴 잎사귀 하나가 남아 있었다. 마지막 잎사귀였다. 잎자루 근처는 아직 짙은 초록색이었지만 톱니 같은 가장자리는 갈라지고 시들기 시작해서 노랗게 물들어 있었다. 그 마지막 잎사귀는 땅에서 6미터쯤 떨어진 줄기에 용감하게 매달려 있었다.

"마지막 잎사귀야."

존시가 말했다.

"틀림없이 어젯밤에 떨어졌을 거라고 생각했는데. 바람 소리를 들었거든. 오늘은 떨어지겠지. 그럼 나도 죽을 거고."

"제발, 그러지 마!"

수가 수척해진 얼굴을 베개에 묻으며 말했다.

"네 자신은 아무래도 좋다고 생각하더라도 날 좀 생각해줘. 난 어떡하라는 거니?"

하지만 존시는 대답을 하지 않았다. 이 세상에서 가장 고독한 존재는 신비하고도 머나먼 여행을 떠날 준비를 하고 있는 영혼이다. 존시를 친구들 그리고 세상과 이어주는 끈이 하나씩 하나씩 느슨해지면서 존시는 점점 더 강하게 환상에 사로잡히는 것 같았다.

하루가 훌쩍 지나 땅거미가 내려앉았지만 하나뿐인 담쟁이 덩굴 잎사귀는 여전히 벽에 붙은 줄기에 매달려 있었다. 밤이 다가오자 북풍이 다시 고삐 풀린 듯 몰아쳤고 빗방울이 창문을 두드리며 나지막한 네덜란드풍 처마 아래로 후두둑 떨어졌다.

날이 밝았을 때 존시는 가차 없이 커튼을 걷으라고 명령했다.

담쟁이덩굴 잎사귀는 아직도 그곳에 매달려 있었다.

존시는 한참 동안 가만히 누워서 마지막 잎사귀를 바라보았다. 그러더니 난로에서 닭 수프를 휘휘 젓고 있던 수를 불렀다.

"내가 정말 못되게 굴었어, 수. 내가 얼마나 못된 애였는지를 보여주려고 마지막 잎사귀가 저렇게 남아 있는 거야. 죽고 싶어 하는 건 죄악이지. 이제 수프를 좀 갖다 줘. 와인을 조금 탄우유도 주고. 아냐, 먼저 손거울을 갖다 줘. 그리고 내 등 뒤에 베개를 좀 쌓아줘. 일어나 앉아서 네가 요리하는 걸 지켜볼래."

한 시간 후에 존시가 이렇게 말했다.

"수, 언젠가는 나폴리 만을 그리고 싶어."

그날 오후에 의사가 찾아왔다. 의사가 떠날 때 수는 존시에게 핑계를 대고 복도에 나갔다 오겠다고 했다.

"가능성이 반반이야."

의사가 수의 떨리는 가냘픈 손을 잡고 말했다.

"잘 돌봐주면 회복될 거야. 난 이만 아래층의 다른 환자를 보러 가야 해. 베어먼이라는 환자인데…… 화가인 것 같아. 그 환자도 폐렴에 걸렸어. 늙고 약한 데다 급성폐렴이지. 희망이 없는 환자야. 하지만 좀 더 편히 지낼 수 있게 오늘 병원으로 데려가려고."

다음 날 의사가 수에게 말했다.

"위험한 고비를 넘겼어. 이제 자네가 이긴 거야. 먹을 걸 잘

챙겨주고 잘 보살펴줘. 그럼 문제없어."

그날 오후, 수는 존시가 누워 있는 침대로 다가갔다. 존시는 흡족한 표정으로 그다지 쓸모없어 보이는 파란색 울 스카프를 뜨고 있다가 한 팔을 뻗어 베개와 다른 모든 것들과 함께 수를 끌어안았다.

"할 이야기가 있어, 새하얀 생쥐 같은 아가씨야."

수가 말했다.

"베어먼 할아버지가 오늘 병원에서 폐렴으로 돌아가셨어. 겨우 이틀 앓다가 돌아가신 거지. 할아버지가 병이 걸린 첫날 아침에 아래층 방에서 힘없이 고통스러워하고 있는 걸 관리인이 봤대. 할아버지 신발과 옷이 젖어서 얼음처럼 차가웠다는 거야. 그렇게 날씨가 사나웠던 밤에 할아버지가 어디에 있었는지 아무도 짐작 못 했지. 그런데 랜턴이 아직 켜져 있고, 사다리가 바깥에 나와 있었대. 붓이랑 초록색, 노란색이 섞여 있는 팔레트가 흩어져 있었고. 그리고…… 저기 창밖에 마지막 남은 담쟁이덩굴 잎사귀를 봐. 그렇게 바람이 불었는데 저 잎사귀가 팔락거리지도 않았다는 게 이상하지 않니? 아, 존시, 저게 베어먼 할아버지의 걸작이야. 마지막 잎사귀가 떨어졌던 날 밤에, 베어먼 할아버지가 저걸 그린 거야."

백작과 결혼식 손님

어느 날 저녁, 2번가 하숙집의 앤디 도너번이 식사를 하러 가자 스캇 부인이 새로 하숙을 든 젊은 아가씨 콘웨이 양을 소개해주었다. 콘웨이 양은 몸집이 작고 행동이 조심스러운 아가씨였다. 그녀는 우중충한 갈색의 수수한 드레스 차림을 하고 아무래도 상관없다는 듯 무관심하게 접시를 내려다보았다. 그러다가 수줍은 듯 눈꺼풀을 들어 올려 또렷하고 날카로운 눈빛으로 도너번 씨를 힐끗 쳐다보더니 정중하게 그의 이름을 속삭이고는 다시 양고기로 시선을 돌렸다. 도너번 씨는 우아하게 허리를 굽혀 인사하며, 사교계와 사업계와 정계에서 순식간에 사람을 사로잡는 환한 미소를 지었다. 그리고는 우중충한 갈색 드레스 차림의 여자를 눈여겨 살펴봐야 할 명단에서 지워버렸다.

그로부터 2주 후, 앤디는 현관 계단에서 담배를 피우고 있었다. 그때 뒤쪽에서 부드럽게 살랑거리는 소리가 들려서 고개를 돌렸다가 그 자세 그대로 굳어버렸다.

콘웨이 양이 문밖으로 나오고 있었다. 그녀는 새카만 검정색 드레스, 크레이프…… 크레이프 뭐라는 얇은 검정색 옷을 입고 있었다. 모자도 새까만 색이었고, 모자에서 흘러내린 검은 베일은 거미줄처럼 가늘었다. 콘웨이 양은 맨 위쪽 계단에 서서 검정색 실크 장갑을 꼈다. 그녀의 옷차림 어디에서도 하얀색이나 다른 색깔을 찾아볼 수 없었다. 풍성한 금발머리는 한 치의 흔들림 없이 쭉 뻗어 내려가 목덜미에서 묶인 채 부드럽게 반짝거렸다. 콘웨이 양의 얼굴은 예쁘다기보다는 수수했지만 지금 이 순간에는 광채를 뿜어냈고 아름다워 보이기까지 했다. 거리 저편의 집들 너머 하늘로 더없이 절절한 슬픔과 우울이 깃든 눈빛을 던지는 커다란 두 눈 때문이었다.

여자들이여, 온통 새까만 크레이프, 아, 그래, 그거, 중국산 크레이프로 온몸을 감싸는 것이 어떻겠는가? 검은 옷을 걸치고 우수에 잠겨 꿈꾸는 듯한 표정으로, 검은 베일 아래에 윤기 나는 머리카락을 숨긴 채(물론 금발머리다), 막 인생의 문턱을 껑충 뛰어넘으려는 순간에 젊음이 시들어버렸다는 느낌을 풍기면서, 공원에서 산책이라도 하면 좋겠다는 기색을 내비춰라. 그리고 바로 그 순간에 문간을 나서면 백발백중 남자의 마음을 사로

　　　　　　　　　　　　백작과 결혼식 손님

잡을 것이다. 하지만 상복 차림을 이렇게 묘사하다니 지나치게 냉소적인 건 아닐까?

도너번 씨는 갑자기 마음속 수첩에 콘웨이 양의 이름을 다시 적어 넣었다. 그러고는 아직 팔 분은 더 피울 수 있는, 1인치의 4분의 1쯤 남은 담배를 던져버리고 재빨리 에나멜가죽 단화에 몸을 실었다.

"상쾌하고 맑은 저녁입니다, 콘웨이 양."

도너번 씨가 말을 꺼냈다. 그 어투가 어찌나 자신만만한지, 기상청에서 들었더라면 맑은 날씨를 알리는 하얗고 네모난 깃발을 높은 기둥에 못박아버렸을 것이다.

"이 저녁을 즐기고 싶어 하는 사람에게는 그렇겠죠, 도너번 씨."

콘웨이 양이 한숨을 쉬며 말했다. 도너번 씨는 마음속으로 맑은 날씨를 저주했다. 무정한 날씨 같으니라고! 콘웨이 양의 기분에 걸맞게 우박이 내리고 세찬 바람이 불고 눈이 내려야 했다.

"혹시 친척 중에 누가 돌아가신 것은 아니겠죠?"

도너번 씨가 용기 내어 물어보았다.

"죽음이 앗아간 사람은……."

콘웨이 양이 머뭇거렸다.

"제 친척이 아니라…… 아니에요, 제가 슬픔에 젖어 있다고 해서 당신한테도 그 슬픔을 느껴보라고 강요할 수는 없어요, 도너번 씨."

"강요라뇨?"

도너번 씨가 반박했다.

"세상에, 콘웨이 양, 제가 당신의 슬픔을 덜어줄 수 있다면 더없이 기쁠 겁니다. 그런 일을 겪으셨다니 정말 마음이 아프겠어요. 저보다 더 진심으로 당신의 마음을 이해할 수 있는 사람은 없다고 전 확신합니다."

콘웨이 양이 살그머니 미소를 지었다. 그런데 맙소사, 평온한 표정을 짓고 있을 때보다 훨씬 더 애처로워 보였다.

"웃어라, 그럼 세상이 당신을 따라 웃으리라. 울어라, 그러면 사람들이 그대에게 웃음을 줄 것이다."

콘웨이 양이 명언 하나를 읊었다.

"이 말이 절실하게 느껴지네요, 도너번 씨. 이 도시에는 친구도 아는 사람도 없어요. 하지만 당신이 저한테 친절하게 대해주셨죠. 정말 감사해요."

도너번 씨는 식탁에서 콘웨이 양에게 두 차례 후추를 건네주었다.

"뉴욕에서 혼자 지내는 건 힘든 일입니다. 그건 두말할 것도 없죠."

도너번 씨가 말했다.

"하지만 뭐랄까, 이 작고 오래된 도시는 마음을 터놓고 친근한 모습을 보이기 시작하면 그 끝을 보여주죠. 잠시 동안 공원

을 산책하면 슬픔이 좀 사라지지 않을까요? 괜찮으시다면 제
가…….”

“고마워요, 도너번 씨. 가슴속에 슬픔이 가득 차 있는 여자와
함께할 생각이 있으시다면 기꺼이 당신과 함께 공원을 거닐고
싶어요.”

두 사람은 선택받은 사람들이 한때 바람을 쐬었던, 강철 울
타리에 둘러싸인 낡은 도심지 공원의 열려 있는 문으로 들어가
한적한 벤치를 찾아냈다. 젊은이의 슬픔과 늙은이의 슬픔은 다
르다. 젊은이의 짐은 다른 사람과 나누면서 가벼워지지만 늙은
이의 슬픔은 나눠 주고 또 나눠 주어도 그대로다.

“제 약혼자가 죽었어요.”

한 시간이 흘렀을 때 콘웨이 양이 털어놓았다.

“우린 내년 봄에 결혼하려고 했어요. 제가 거짓말을 한다고
생각하지는 말아주세요. 그이는 진짜 백작이었어요. 이탈리아
에 영지와 성이 있었죠. 페르난도 마치니 백작이 그이 이름이에
요. 그이보다 더 품위 있는 사람은 본 적이 없어요. 아버지는 저
희 결혼을 반대했어요. 한번은 우리 둘이 달아났지만 아버지한
테 붙잡혀 돌아왔죠. 전 아버지와 페르난도가 결투를 벌일 거라
고 확신했어요. 아버지는 피키프시에서 말 대여 사업을 하세요.”

“마침내 아버지가 좋다고 허락하셔서 우리는 다음 해 봄에
결혼하려고 했죠. 페르난도는 자신의 작위와 재산을 증명해주

는 서류들을 아버지에게 보여드리고 나서 성을 수리하려고 이탈리아로 돌아갔어요. 아버지는 자부심이 대단하신 분이라서 페르난도가 결혼 준비금으로 몇천 달러를 주겠다고 했을 때 그를 아주 무섭게 꾸짖었죠. 아버지는 제가 반지나 다른 어떤 선물도 받지 못하게 하셨어요. 페르난도가 배를 타고 떠났을 때 전 이 도시로 와서 과자 가게 계산원으로 일하기 시작했죠."

"그러다가 3일 전에 피키프시에서 온 편지를 받았는데, 페르난도가 곤돌라 사고로 죽었다고 적혀 있었어요."

"그래서 제가 지금 상복을 입고 있는 거랍니다. 도너번 씨, 제 심장은 영원히 그이의 무덤 속에 머물 거랍니다. 전 좋은 동행인이 되지 못하겠죠, 도너번 씨. 전 누구에게도 관심을 가질 수가 없답니다. 당신의 유쾌한 기분을 망쳐놓아서도 안 되고, 미소 지으며 당신을 즐겁게 해줄 친구들한테서 당신을 떼어놓아서도 안 되는데 말이죠. 다시 하숙집으로 돌아가는 게 좋겠다 싶죠?"

여자들이여, 젊은 남자가 곡괭이와 삽을 찾아 허둥대는 꼴을 보고 싶다면 당신의 심장이 다른 남자의 무덤 속에 있다고 말하라. 젊은 남자들은 천성적으로 도굴꾼들이니까. 아무 미망인이나 붙들고 물어보라. 남자들은 중국산 크레이프를 입고 눈물을 흘리는 천사들에게 잃어버린 장기를 되찾아주려고 들게 분명하다. 죽은 남자들은 상대가 되지 못한다.

백작과 결혼식 손님

"정말 마음이 아프시겠습니다."

도너번 씨가 부드럽게 말했다.

"아 참, 전 아직 하숙집으로 돌아가지 않을 겁니다. 그리고 이 도시에 친구가 한 명도 없다고 말하지 마세요, 콘웨이 양. 전 당신 마음이 얼마나 아플지 느낄 수 있으니까요. 믿어주세요, 전 당신 친구랍니다. 그리고 진심으로 당신의 아픔을 이해하고 있어요."

"제 로켓 목걸이에 약혼자 사진이 들어 있어요."

콘웨이 양이 손수건으로 눈을 닦고 나서 말했다.

"아무한테도 그 사진을 보여주지 않았어요. 하지만 당신한 테는 보여드릴게요, 도너번 씨. 당신이 진정한 제 친구라고 믿으니까요."

도너번 씨는 콘웨이 양이 열어 보여준 로켓 목걸이 속의 사진을 오랫동안 관심 있게 살펴보았다. 마치니 백작의 얼굴은 흥미를 끌 만했다. 부드럽고 지적이며 밝은 데다 잘생겼다고 해도 지나치지 않은 얼굴이었다. 거기다가 동료들을 이끄는 지도자라고 할 만큼 강인하고 혈기 넘치는 남자의 얼굴이었다.

"제 방에 더 큰 사진이 있어요. 액자에 넣어두었죠. 하숙집으로 돌아가면 보여드릴게요. 페르난도를 떠올리게 해주는 건 이 것들뿐이에요. 하지만 그이는 언제나 제 마음속에 있을 거예요. 두말할 것도 없이 말이죠."

도너번 씨는 까다로운 과제에 봉착했다. 콘웨이 양의 마음속을 차지한 불운한 백작의 자리를 빼앗는 것이었다. 도너번 씨는 콘웨이 양을 숭배했기 때문에 그 과제를 수행하기로 결심했다. 하지만 그 과제의 규모나 비중에 짓눌린 것 같지는 않았다. 도너번 씨는 유쾌한 친구 역할을 택해서 성공적으로 해냈다. 그리하여 그 후 삼십 분 동안 아이스크림 접시를 앞에 두고 콘웨이 양과 진솔하게 대화를 나누었다. 비록 콘웨이 양의 커다란 회색빛 눈에 서린 슬픔은 조금도 사그라지지 않았지만 말이다.

그날 저녁, 두 사람이 홀에서 헤어지기 전에 콘웨이 양이 위층으로 올라가 하얀 실크 스카프에 정성스럽게 싼 액자 사진을 가지고 내려왔다. 도너번 씨는 알 수 없는 눈빛으로 그 사진을 살펴보았다.

"페르난도가 이탈리아로 떠난 날 밤에 저한테 이걸 줬어요. 이 사진을 축소해서 로켓 목걸이 사진을 만들었고요."

"잘생긴 사람이네요."

도너번 씨가 진심으로 말했다.

"다음 일요일 오후에 당신과 함께 코니에 가고 싶은데 어떠신가요, 콘웨이 양?"

그로부터 한 달 후, 두 사람은 스콧 부인과 다른 하숙인들에게 약혼 소식을 전했다. 콘웨이 양은 계속 검정색 옷을 입었다.

약혼 발표를 하고 일주일이 지났을 때 두 사람은 도심지 공원에서 예전과 똑같은 벤치에 자리를 잡고 앉았다. 달빛 아래 드러난 두 사람의 모습은 살랑거리는 나뭇잎들 때문에 초창기 영화 속의 흐릿한 한 장면처럼 보였다. 하지만 도너번은 그날 종일 침울한 표정이었다. 지금도 그가 너무나 말이 없어서 연인의 입술은 심장에서 나오는 질문들을 더 이상 억눌러둘 수 없었다.

"앤디, 왜 그래요? 오늘 밤 왜 이렇게 무뚝뚝하고 부루퉁해 있는 거죠?"

"아무 일도 아냐, 매기."

"그렇지 않잖아요. 제가 모를 것 같아요? 당신은 한 번도 이렇게 행동한 적이 없었어요. 무슨 일이에요?"

"별일 아냐, 매기."

"아뇨, 그렇지 않아요. 무슨 일인지 말해주세요. 다른 여자를 생각하고 있는 게 분명하군요. 좋아요. 그 여자를 원한다면 그 여자한테 가지 그러세요? 그리고 팔 좀 치워줘요."

"알겠어, 말할게."

도너번이 현명하게 말했다.

"하지만 당신은 내가 무슨 말을 하는지 제대로 이해하지 못할 거야. 마이크 설리번이라는 이름 들어봤어? 다들 그를 '빅 마이크' 설리번이라고 부르지."

"아뇨, 처음 듣는 이름이에요. 그 사람 때문에 당신이 이렇게 행동하는 거라면 그런 이름은 듣고 싶지 않군요. 그 사람이 대체 누구죠?"

"뉴욕에서 가장 영향력이 큰 사람이야."

앤디가 숭배하는 것 같은 말투로 말했다.

"태머니 파든 정계의 다른 집단이든 아랑곳하지 않고 자기가 원하는 일을 할 수 있는 사람이야. 키가 1.6킬로미터는 되고 이스트 강처럼 어깨가 넓지. 빅 마이크에 관해서 안 좋은 소리를 했다가는 2초 만에 100만 명에게 목덜미를 잡힐 거야. 그가 잠시 고향에 들르면 거물들이 토끼처럼 구멍 속으로 숨어버리지."

"빅 마이크는 내 친구야. 난 별로 영향력이 없는 사람이지만, 마이크는 대단한 사람에게 그러듯이 나처럼 하찮은 사람, 아니 불쌍한 사람에게도 좋은 친구가 되어주지. 오늘 바워리가에서 그를 만났는데 그가 어떻게 했는지 알아? 나한테 다가와서 악수를 했어. 그러고는 이렇게 말했지. '앤디, 줄곧 널 지켜봤어. 네 분야에서 잘해나가고 있더군. 네가 자랑스러워. 우리 한잔하러 갈까?' 빅 마이크는 시가를 피우고 난 하이볼을 마셨어. 나는 2주 후에 결혼한다고 그에게 말했지. 그러자 빅 마이크가 '앤디, 날 초대해줘. 그럼 잊지 않고 네 결혼식에 갈게'라고 하는 거야. 빅 마이크가 그렇게 말했다고. 빅 마이크는 항상 자기가 내뱉은 말을 지키는 사람이지."

백작과 결혼식 손님

"내가 무슨 말을 하려는 건지 모르겠지, 매기? 난 손 하나를 잘라내는 일이 생기더라도 빅 마이크 설리번을 우리 결혼식에 초대하고 싶어. 그가 내 결혼식에 와준다면 그날은 내 인생에서 가장 자랑스러운 날이 될 테니까. 빅 마이크가 어떤 남자의 결혼식에 참석한다면 그 남자는 성공적인 인생이 열리는 결혼을 하게 되는 거지. 그래서 내가 오늘 밤 이렇게 시무룩해 있는 거야."

"그가 그렇게 중요한 사람이라면 초대하면 되잖아요?"

매기가 가볍게 말했다.

"그럴 수 없는 이유가 있어."

앤디가 슬픈 목소리로 말했다.

"그가 우리 결혼식에 와서는 안 되는 이유 말이야. 그게 뭔지는 묻지 마. 말해줄 수 없으니까."

"아, 전 신경 안 써요. 당연히 정치에 관한 일이겠죠. 하지만 그게 당신이 저한테 웃어주지 못할 이유가 되는 건 아니잖아요."

"매기, 마치니 백작을 사랑한 것만큼 날 사랑해?"

도너번이 한참 동안 기다렸지만 매기는 대답하지 않았다. 그러다가 갑자기 매기가 도너번의 어깨에 기대 울기 시작했다. 도너번의 두 팔을 단단히 거머쥔 채 온몸을 떨면서 중국산 크레이프가 눈물로 흠뻑 젖도록 흐느꼈다.

"그만, 그만!"

도너번이 자신의 걱정거리를 젖혀둔 채 매기를 달랬다.

"왜 이러는 거야?"

"앤디."

매기가 흐느꼈다.

"당신한테 거짓말을 했어요. 이제 당신은 나와 결혼하지 않겠죠. 아니, 날 더 이상 사랑하지 않을 거예요. 하지만 진실을 말해야 할 것 같아요. 앤디, 사실 그 백작이라는 사람은 존재하지 않아요. 전 남자를 사귀어본 적이 한 번도 없었어요. 하지만 다른 여자들에게는 남자친구가 있었죠. 그들이 남자친구 이야기를 하면 남자들이 오히려 더 좋아하는 것 같았어요. 그리고 당신도 알겠지만 전 검정색 옷이 잘 어울려요. 그래서 사진관에 가서 그 사진을 사고, 그걸로 로켓 목걸이 사진을 만들었죠. 그러고는 백작에 관한 이야기를 지어내서 그가 죽었다고 거짓말을 했어요. 그럼 검정색 옷을 입을 수 있으니까요. 거짓말쟁이를 사랑하는 사람은 아무도 없겠죠. 당신은 이제 절 떨쳐내 버리겠죠. 앤디, 전 수치심에 죽어버릴 거예요. 제가 사랑한 사람은 당신뿐이에요……. 이제 다 털어놨어요."

하지만 앤디는 매기를 밀쳐내지 않았다. 오히려 매기를 더 가까이 끌어안았다. 매기가 고개를 들자 환하게 미소 짓는 앤디의 얼굴이 보였다.

"날, 날 용서할 수 있나요, 앤디?"

백작과 결혼식 손님

"물론이지. 다 괜찮아. 백작은 무덤으로 꺼지라고 해. 당신이 모든 일을 바로잡았어, 매기. 나는 결혼식 전에 당신이 그렇게 해주기를 바라고 있었지. 잘했어, 매기!"

"앤디."

매기가 틀림없이 용서받았다고 확신하고서 수줍은 미소를 지으며 말했다.

"백작에 관한 제 이야기를 모두 믿었어요?"

"뭐, 그다지 믿지는 않았지."

앤디가 시가 케이스로 손을 뻗으며 말했다.

"당신 로켓 목걸이에 든 게 빅 마이크 설리번의 사진이었으니까."

구두쇠 연인

비기스트 백화점에는 여직원 3,000명이 일하고 있었다. 메이지는 그중 한 명이었다. 열여덟 살의 메이지는 신사 장갑 판매원이었다. 그곳에서 일하다보니 두 부류의 인간에 대해 잘 알게 되었다. 한 부류는 백화점에서 직접 장갑을 사는 신사들이었고, 다른 한 부류는 불운한 신사들에게 장갑을 사주는 여자들이었다. 메이지는 인간에 대한 그런 해박한 지식 말고도 또 다른 정보를 얻었다. 다른 2,999명의 여자들이 퍼뜨리는 지혜에 귀를 기울이고, 몰타 섬에서 자란 고양이처럼 비밀스럽고 조심스러운 머리에 그것들을 간직했다. 조물주는 아마도 메이지에게 현명한 조언자들이 부족할 것이라 예견하시고 대신 빈틈없는 성격과 아름다움을 섞어 주셨다. 다른 동물들보다 값진 털을 지닌 은색 여우에게 교활함을 주셨듯이 말이다.

메이지는 아름다웠다. 창가에서 버터케이크를 굽는 귀부인처럼 차분한, 짙은 금발머리 아가씨였다. 그녀는 비기스트 백화점의 매장 카운터 뒤에 서서 일했다. 장갑 사이즈를 재려고 메이지가 내민 줄자 위에 손을 올려놓으면 청춘과 봄의 여신 헤베가 떠오르고, 다시 한번 메이지를 바라볼 때면 그녀가 어떻게 미네르바의 눈을 갖게 됐는지 궁금해진다.

메이지는 매장 감독의 눈을 피해서 과일을 설탕에 절여 만든 과자를 씹어 먹었다. 그러다가 감독과 시선이 마주치면 구름이라도 바라보는 것처럼 고개를 들고 꿈꾸는 듯한 미소를 지었다.

그것은 여점원의 미소였다. 냉담한 심장이나 캐러멜로 철저하게 무장하고 있는 게 아니라면, 혹은 큐피드의 장난에 익숙하지 않다면 그런 미소를 피하는 게 좋다. 그 미소는 메이지가 매장에서가 아니라 휴식 시간에만 보여주는 그녀 자신의 것이었다. 하지만 매장 감독도 자신만의 특유한 미소를 갖고 있는 것이 틀림없었다. 감독은 백화점의 냉혹한 고리 대금업자 샤일록이었다. 그는 코를 킁킁거리며 돌아다녔는데, 그 콧등은 마치 통행세를 받는 다리와도 같았다. 예쁜 여자를 쳐다볼 때는 추파를 던지거나 '꺼져'라는 눈빛을 보낸다. 물론 모든 감독이 다 그런 것은 아니다. 며칠 전에는 80세가 넘은 한 매장 감독의 이야기가 신문에 실렸다.

어느 날, 화가이자 백만장자요, 여행가이자 시인이며 자동차를 운전해서 다니는 어빙 카터가 비기스트 백화점에 들렀다. 하지만 오해의 여지가 없도록 그가 자발적으로 온 것이 아니라는 사실을 밝혀두어야겠다. 카터는 자식의 의무에 발목이 잡혀 백화점으로 끌려 들어왔고, 그동안 그의 어머니는 청동과 테라코타 조각상들을 이것저것 만져보고 다녔다.

카터는 잠시 한가롭게 어슬렁거리다가 장갑 매장 카운터 앞에 이르렀다. 때마침 깜박하고 장갑을 안 가져오는 바람에 장갑이 정말로 필요했다. 그의 이런 행동에 대해서는 전혀 변명할 필요가 없다. 카터는 장갑 매장에서 연애를 한다는 소리는 들어보지도 못했고, 그저 순수하게 장갑을 사려고 했을 뿐이니까.

카터는 운명적인 순간이 가까워졌을 때, 갑자기 큐피드가 저지르는 그다지 가치 없는 미지의 일을 의식하고 머뭇거렸다.

요란하게 차려입은 천박한 남자 서너 명이 장갑을 중매자 삼아 만지작거리면서 매장 카운터에 기대서 있었고, 여점원들은 낄낄거리면서 귀에 거슬리게 끈적끈적한 목소리로 남자들에게 맞장구를 쳤다. 카터는 물러서려고 했지만 그러기에는 너무 멀리 와버렸다. 메이지가 그를 바라보고 있었다. 남극의 바다에 떠다니는 빙산에 반사되어 반짝이는 여름날 햇살처럼, 서늘하고 아름다우며 따뜻한 눈에 의아한 빛을 띠고 있었다.

그 순간 화가이자 백만장자요, 기타 등등인 어빙 카터는 자신의 귀족적인 창백한 얼굴이 확 붉어지면서 따끈따끈해지는 걸 느꼈다. 하지만 수줍어서 그런 것은 아니었다. 지적인 이유 때문이었다. 자신이 다른 매장 카운터에서 낄낄거리는 여자들과 시시덕거리는 기성품 같은 남자들과 같은 부류임을 순간적으로 알아차렸기 때문이었다. 카터 자신도 장갑 매장 여점원의 마음을 얻으려고 큐피드의 밀회 장소인 떡갈나무 카운터에 기대서 있었다. 카터는 빌과 잭, 믹키라는 흔한 이름의 보통 남자와 다를 바가 없었다. 그러자 갑자기 그런 남자들을 너그럽게 봐줄 수 있었다. 게다가 대담하게도 자신의 몸에 밴 관습들을 열렬히 비난했으며, 그 완벽한 창조물을 자신의 것으로 삼겠다고 주저 없이 결단했다.

장갑 값을 치르고 나서 포장이 끝났을 때 카터는 잠시 머뭇거렸다. 메이지의 장밋빛 입술 가장자리에 있는 보조개가 깊어졌다. 장갑을 산 모든 신사들이 카터처럼 그렇게 머뭇거리곤 했다. 메이지는 블라우스 소매 밖으로 드러난, 마치 프시케의 것 같은 팔을 구부려 진열장 가장자리에 팔꿈치를 올렸다.

카터는 무엇이든 척척 처리해나가지 못하는 상황에 처해본 적이 없었다. 그런데 지금은 빌이나 잭, 혹은 믹키 같은 보통 남자들보다 훨씬 꼴사나운 모습으로 서 있었다. 눈앞의 아름다운 여자와 사귈 수 있는 가능성이 전혀 보이지 않았다. 어디서 읽거나 들은 여점원의 기질과 습관을 떠올리려고 애썼다. 그러다 마침내 여점원은 때로 서로를 소개하는 정식 절차를 지나치게 고집하지 않는다는 사실을 간신히 떠올렸다. 사랑스럽고 순결한 아가씨에게 관습에서 벗어난 방식으로 데이트 신청을 하겠다고 마음먹으니 심장이 시끄럽게 쿵쾅대며 뛰었다. 하지만 그렇게 마음속에서 격정이 일어나자 오히려 용기가 생겼다.

카터는 일반적인 화젯거리를 다정하게 꺼내서 여점원과 순조롭게 몇 마디 주고받은 뒤, 진열장에 놓인 여점원의 손 옆에 자신의 명함을 꺼내놓았다.

"제가 너무 뻔뻔하게 구는 건 아닌지 모르겠군요."

카터가 말을 꺼냈다.

"하지만 전 진심으로 아가씨를 다시 만나고 싶습니다. 명함에 제 이름이 적혀 있어요. 제 친구…… 아니, 저와 알고 지내는 사이가 되어달라고 최대한 정중하게 부탁드립니다. 제게 그런 특권을 주실 수 있을까요?"

메이지는 남자들, 특히 장갑을 사는 남자들을 잘 알고 있었다. 그래서 주저하지 않고 솔직한 눈빛으로 그를 바라보며 눈웃음을 치면서 말했다.

"물론이죠. 당신은 괜찮은 분인 것 같네요. 하지만 전 보통 낯선 신사분과 데이트를 하지 않는답니다. 저를 언제 다시 만나고 싶으세요?"

"최대한 빨리요. 아가씨 집으로 찾아가도 된다면 제가……."

메이지가 노래하듯 웃었다.

"오, 맙소사, 그건 안 돼요!"

메이지가 단호하게 말했다.

"우리 집을 보고 어떻게 생각하실지 상상도 안 가네요! 방 세 개짜리 집에 다섯 명이 살거든요. 제가 신사 친구를 집에 데려가면 엄마가 어떤 표정을 지을지 보고 싶네요."

"그럼 어디든 좋습니다."

넋이 나간 카터가 말했다.

"아가씨가 편한 곳에서 만나요."

"그럼."

메이지가 발그레한 얼굴을 환하게 밝히며 말을 꺼냈다.

"목요일 밤이 좋겠어요. 8번가와 48번 도로가 교차하는 모퉁이에서 일곱 시 삼십 분에 만나요. 전 그 모퉁이 근처에 살거든요. 열한 시까지는 집에 들어가야 해요. 엄마가 열한 시 이후에는 바깥에 돌아다니지 못하게 하거든요."

카터는 연신 감사하면서 약속 장소에 꼭 나가겠다고 말하고는, 청동 디아나 상을 사달라고 하려고 아들을 찾고 있던 어머니에게 서둘러 돌아갔다.

눈이 작고 코가 뭉툭한 여점원 한 명이 다정하게 눈을 흘기면서 메이지 곁으로 어슬렁어슬렁 다가왔다.

"저 부자를 낚은 거야, 메이지?"

여점원이 친근한 목소리로 물었다.

"우리 집으로 찾아와도 괜찮은지 묻더라니까."

메이지는 카터의 명함을 블라우스 가슴 주머니에 슬쩍 집어넣으면서 젠체하며 말했다.

"집으로 찾아와도 괜찮겠냐고!"

눈이 작은 여점원이 낄낄거리면서 되풀이했다.

"월도프 호텔에서 식사를 하고 나서 자기 차로 드라이브를 하자고 하지는 않았어?"

"얘, 그만해!"

메이지가 진저리난다는 듯 말했다.

"넌 그런 호화스러운 생활을 잘 모르잖아. 소방차 운전수와 중국 음식집에 한번 갔다 오더니 머릿속에 허영이 가득 찼구나. 아니, 그 사람은 월도프 얘기는 꺼내지 않았어. 하지만 그 사람 명함에 5번가 집 주소가 적혀 있더라고. 그러니까 그가 저녁을 산다면 분명히 변발 종업원이 주문을 받는 곳은 아닐 거야."

카터는 전기 자동차에 어머니를 태우고 비기스트 백화점을 나올 때, 가슴에 느껴지는 둔탁한 통증에 입술을 깨물었다. 그는 29년 평생에 처음으로 사랑에 빠졌음을 깨달았다. 게다가 그 사랑의 대상이 그처럼 서슴없이 길거리 모퉁이에서 만날 약속을 해주자 불안이 덮쳐왔다. 물론 그 만남이 그의 소망을 이루어주는 첫 단계가 되겠지만 말이다.

카터는 그 여점원에 대해서 아는 게 없었다. 그녀의 집이 살기에 적당하다고 하기 어려울 만큼 작다거나, 이따금씩 몰려오는 친척들로 터져나갈 것 같다는 사실을 전혀 몰랐다. 그녀에게는 거리 모퉁이가 거실이고, 공원이 응접실이며, 가로수 길이 정원 산책로다. 그럼에도 그녀는 태피스트리로 꾸민 방에 사는 귀부인만큼이나 몸가짐이 깨끗했다.

어느 날 저녁, 땅거미가 내려앉을 무렵이었다. 만난 지 2주가 된 카터와 메이지는 팔짱을 끼고 어둑어둑한 작은 공원을 거닐었다. 두 사람은 나무 그늘이 드리워진 으슥한 곳에서 벤치 하나를 발견하고는 거기에 앉았다.

카터는 한 팔을 뻗어 처음으로 부드럽게 메이지를 안았다. 메이지의 구릿빛 금발머리가 일렁이며 카터의 어깨에 살포시 닿았다.

"어머나!"

메이지가 감동해서 한숨을 쉬었다.

"왜 진작 이렇게 할 생각을 하지 못했나요?"

"메이지."

카터가 진지한 어조로 말했다.

"내가 당신을 사랑한다는 건 당신도 잘 알 거예요. 진심으로 당신과 결혼하고 싶어요. 이제는 날 잘 아니까 조그만 의혹도 없겠죠. 당신을 원해요. 당신을 가져야만 한다고요. 우리의 신분이 달라도 난 상관하지 않아요."

"신분이 다르다니요?"

메이지가 호기심 어린 어조로 물었다.

"그런 건 없어요."

카터가 재빨리 말했다.

"어리석은 사람들 마음속에나 있는 거죠. 당신이 호화스러운 생활을 누리게 해줄 수 있어요. 내 사회적 지위는 논쟁할 것도 없이 확실하고 재산도 많아요."

"남자들은 다 그렇게 말하죠. 그렇게 여자를 속이는 거예요. 실제로 당신은 식료품점에서 일하거나 경마장에 들락거리겠죠. 전 보기만큼 그렇게 순진하지 않답니다."

"당신이 어떤 증거를 요구하든 다 보여줄 수 있어요."

카터가 부드럽게 말했다.

"당신을 원해요, 메이지. 당신을 처음 본 그 순간 사랑하게 됐어요."

"남자들은 다 그러죠."

메이지가 재미있다는 듯 웃으며 말했다.

"그렇게 여자들의 마음을 얻는 거예요. 만약에 세 번째 만났을 때 절 좋아하게 됐다고 말하는 남자가 있다면, 전 아마 그 사람에게 빠져들걸요."

"그런 말 하지 말아요."

카터가 간청했다.

"내 말 들어봐요. 처음 당신의 눈을 들여다봤을 때부터 이 세상에서 내 여자는 당신뿐이었어요."

"어머나, 농담 그만하세요!"

메이지가 미소 지었다.

"얼마나 많은 여자한테 그런 말을 했나요?"

하지만 카터는 포기하지 않았다. 마침내는 여점원의 사랑스러운 가슴 깊숙한 곳 어딘가에서 연약하게 팔락거리는 영혼을 찾아냈다. 가벼운 행동이 가장 안전한 갑옷이라고 생각하는 여자의 마음이 적나라하게 드러났다. 메이지가 무슨 말인지 알겠다는 표정으로 카터를 바라보았다. 메이지의 차가운 뺨이 따뜻하게 달아올랐다. 메이지는 바르르 떨리는 날개를 접고 사랑의 꽃에 앉으려는 듯했다. 장갑 매장 카운터 저편에 펼쳐지는 삶과 가능성이 희미하게 빛나며 그녀의 가슴에 찾아들었다. 카터는 그러한 변화를 알아채고 그 기회를 잡아서 밀어붙였다.

"나와 결혼해줘요, 메이지."

카터가 부드럽게 속삭였다.

"이 추한 도시를 떠나 아름다운 곳으로 갑시다. 일 따위는 다 잊어버리고 긴 휴일 같은 인생을 살아요. 당신을 데려갈 만한 곳도 알고 있어요. 내가 자주 가봤던 곳이죠. 여름이 영원히 머무는 해변을 상상해봐요. 사랑스러운 해변에 언제나 파도가 일렁거리고 사람들은 아이처럼 행복하고 자유롭죠. 그 해변으로 배를 타고 가서 당신이 원하는 만큼 머무는 거예요. 저 멀리 떨어진 도시에는 아름다운 그림과 조각상이 가득한 웅장하고 사랑스러운 궁전과 탑이 있어요. 도시의 거리에는 물이 차 있어서 사람들이……."

"저도 알아요."

메이지가 갑자기 일어서면서 말했다.

"곤돌라를 타고 다니죠."

"맞아요."

카터가 미소 지었다.

"그럴 줄 알았어요."

"그러고 나서 어떻게 할지 알아요?"

카터가 말을 계속 이어나갔다.

"우리는 여행을 계속하면서 이 세상에서 보고 싶은 것을 다 보러 다닐 거예요. 유럽의 도시들을 여행하고 나서 인도의 고대 도시들을 구경하고 코끼리를 타고 힌두교와 바라문교의 경이로운 절에 가보는 거죠. 일본에 가서 정원을 산책하고, 페르시아에 가서 낙타 행렬과 전차 경주를 구경하고, 그 밖에 모든 기이한 외국 관광지를 돌아다니는 거예요. 마음에 들 것 같지 않아요, 메이지?"

메이지가 자리에서 일어섰다.

"집에 가는 게 좋겠어요."

구두쇠 연인

메이지가 차갑게 말했다.

"늦었거든요."

카터는 메이지의 기분을 맞춰주었다. 메이지가 이리저리 흔들리는 엉겅퀴 꽃처럼 변덕스러워서, 그 기분에 맞서는 것이 소용없는 짓임을 알게 되었기 때문이다. 그럼에도 카터는 행복한 승리감을 느꼈다. 잠시 동안이나마 자유로운 프시케의 영혼을 사로잡았기 때문이었다. 비록 가는 명주실로 잡은 것이었지만, 카터의 마음속에서는 희망이 점점 커져갔다. 메이지가 날개를 접고 내려앉아 차가운 손으로 그의 손을 감싸기까지 했다.

다음 날, 비기스트 백화점에서 메이지의 친구 루루가 진열장 모퉁이에서 메이지를 막아섰다.

"그 부자 친구랑 어떻게 됐어?"

"아, 그 사람?"

메이지가 곱실거리는 옆머리를 만지면서 말했다.

"진짜 못 말릴 사람이었다니까. 세상에, 루루, 그가 나한테 뭘 원했는지 알아?"

"배우가 되라고 했어?"

루루가 숨을 몰아쉬면서 넘겨짚었다.

"아니, 짠돌이라서 그런 말도 못 할 인간이야. 자기랑 결혼해서 코니아일랜드 유원지로 신혼여행을 가자는 거야!"

자동차가 기다리는 동안

황혼이 질 무렵, 조용하고 작은 공원의 한적한 모퉁이에 회색 옷차림의 여자가 다시 나타났다. 여자는 벤치에 앉아 책을 읽었다. 책을 다 읽으려면 삼십 분은 더 필요했다.

다시 말하지만 여자의 옷은 회색이었고, 어쩌나 수수한지 보기 좋게 몸에 딱 맞는데도 그 장점이 별로 드러나지 않을 정도였다. 커다란 망사 베일이 여자의 터번식 모자를 감쌌고, 그 안에 갇힌 얼굴은 자기도 모르게 뿜어내는 차분한 아름다움으로 빛났다. 여자는 어제도 그저께도 같은 시간에 그 자리에 앉아 있었다. 그리고 그 사실을 아는 사람이 한 명 있었다.

그 젊은이는 여자 주변을 맴돌면서 행운이라는 위대한 신에게 제물을 불태워 바치며 그가 찾아오기를 기다렸다. 그러다 마침내 그 신앙의 보답을 받았다. 여자가 책장을 넘기던 중, 책이 손가락에서 미끄러져 벤치에서 1미터 가까이 떨어진 곳까지 굴러갔던 것이다.

젊은이는 그 즉시 탐욕스럽게 책을 낚아채서 주인에게 돌려주었다. 대담함, 희망, 순찰 경관을 경계하는 마음이 뒤섞인 그러한 행동은 공원과 공공장소에서 흔히 볼 수 있는 것이었다. 젊은이는 유쾌한 목소리로 얼토당토않게 날씨 이야기를 꺼냈다. 대화를 시작하는 이런 화제가 이 세상에 얼마나 많은 불행을 불러왔는지 모른다. 어찌 됐든 젊은이는 결과를 운명에 맡긴 채 그 자리에서 잠시 동안 가만히 기다렸다.

여자는 천천히 남자를 훑어보았다. 평범하고 단정한 옷차림, 전혀 특별할 게 없는 표정이 오히려 기품 있어 보이는 얼굴이었다.

"원하신다면 앉아도 괜찮아요."

여자가 최대한 목소리를 낮게 깔고 느릿느릿 말했다.

"실은 당신이 제 곁에 앉아주시면 좋겠어요. 책을 읽기에는 빛이 좋지 않아서 그보다는 누군가와 이야기를 나누고 싶어요."

젊은이는 행운을 받들어 모시는 가신처럼 순순히 여자의 옆자리에 앉았다.

"그거 아십니까?"

젊은이가 공원에서 개회사를 하는 사회자처럼 공식적인 어투로 말을 시작했다.

"지금껏 오랫동안 당신처럼 눈부시게 아름다운 여성은 보지 못했습니다. 실은 어제 당신을 지켜봤어요. 당신의 어여쁜 두 눈에 빠져버린 사람이 있다는 걸 당신은 몰랐을 겁니다, 그렇죠, 인동초 아가씨?"

"누구신지 모르겠지만 제가 숙녀라는 사실을 잊지 마세요. 방금 절 인동초 아가씨라고 부른 건 용서해드리죠. 인도에 어긋나는 실수는 분명 아니니까요. 댁 같은 사람들 사이에서는 말이에요. 제가 앉으시라고 말씀드렸다고 해서 절 그렇게 불렀다면 그 말을 취소해야겠어요."

여자가 얼음처럼 차갑게 말했다.

"제 무례를 진심으로 사과드립니다."

젊은이가 간절하게 말했다. 만족스러워하던 그의 얼굴이 후회와 수치로 물들었다.

"제가 실수를 했군요. 아시겠지만 그게, 공원에 나오면 여자들이 있어서…… 아니, 물론 당신은 모르시겠지만……."

"제발 그 이야기는 그만하죠. 물론 저도 알아요. 지금은 이 길 저 길을 따라 지나다니고 몰려다니는 저 사람들 이야기를 해주세요. 저 사람들은 어디로 가는 걸까요? 왜 저렇게 서두르죠? 저 사람들은 행복할까요?"

그 즉시 젊은이는 여자의 환심을 사려고 아첨하는 태도를 버렸다. 이제는 기다리는 역할을 맡아야 했다. 하지만 그 역할을 어떻게 해내야 할지 감이 오지 않았다.

"사람들을 지켜보는 건 참 흥미롭죠."

젊은이가 여자의 기분을 짐작해보며 말했다.

"놀라운 인생 드라마를 보는 것 같으니까요. 어떤 사람들은 저녁을 먹으러 가고, 또 어떤 사람들은…… 어…… 어디 다른 곳으로 가고요. 사람들을 보고 있으면 그들의 과거가 어떨지 궁금해지죠."

"전 그렇지 않아요. 전 그렇게 남의 일을 캐고 다니는 사람이 아니거든요. 제가 여기 앉아 있는 건, 오직 이곳에 있을 때만 평범하고도 위대한, 박동하는 인간의 심장을 가까이 느낄 수 있기 때문이에요. 제 인생은 그런 심장박동을 전혀 느끼지 못하는 곳에서 펼쳐지고 있거든요. 제가 왜 당신과 이야기를 나누고 있는지 짐작이 가시나요. 저……?"

"파켄스태커입니다."

젊은이가 뒷말을 이었다. 그러고는 열의와 희망에 찬 눈을 빛냈다.

"전혀 모를 거예요."

여자가 가는 손가락 하나를 치켜들고 가볍게 미소 지으며 말했다.

"곧 알아차리겠지만요. 언론 지면에 이름이 실리지 않게 막을 수는 없으니까요. 사진도 마찬가지고요. 지금은 이렇게 제 하녀의 베일과 모자로 제 모습을 숨기고 있죠. 제가 지켜보고 있다는 걸 모른 채 이런 제 모습을 바라보던 운전사의 눈빛을 당신이 봤어야 하는데 말이에요. 솔직하게 말씀드리면 고귀한 이름이 대여섯 개 있는데 제가 우연히 그중 한 이름을 갖고 태어났답니다. 제가 당신과 이야기를 나누는 이유가 뭐냐면 말이죠, 스태켄팟…….."

"파켄스태커입니다."

젊은이가 조심스럽게 자기 이름을 바로잡았다.

"파켄스태커 씨, 한 번이라도 꾸밈없는 사람과 이야기를 나눠보고 싶기 때문입니다. 경멸스러운 부의 허울과 허깨비 같은 사회적 우월감에 망가지지 않은 사람 말이에요. 아, 돈, 돈, 돈, 그 돈이라는 것에 얼마나 진저리가 나는지 당신은 모르실 거예요! 제 주변의 모든 사람들이 똑같은 모양으로 만들어진 작은 꼭두각시 인형처럼 춤을 추고 있답니다. 오락이니 보석이니 여행이니 사교니 하는 온갖 사치가 전부 다 지긋지긋해요."

"전 언제나 이런 생각을 했는데 말입니다."

젊은이가 머뭇거리다가 과감하게 말했다.

"돈은 상당히 좋은 것이 틀림없다고요."

"돈은 부족하지 않을 정도만 갖고 있는 게 좋죠. 돈이 너무 많아서 수백만에 달하면, 맙소사!"

자동차가 기다리는 동안

여자는 절망스럽다는 몸짓으로 말을 끝맺었다.

"아주 진저리가 나죠."

여자가 말을 이어나갔다.

"지긋지긋해요. 드라이브와 정찬, 극장, 무도회, 만찬, 그 모든 것들이 넘쳐나는 돈으로 도배되니까요. 어떤 때는 제 샴페인 유리잔 속의 얼음이 부딪히는 소리에 미쳐버릴 것만 같아요."

파켄스태커 씨는 천진하게 흥미롭다는 표정을 지었다.

"전 언제나 부유한 사교계 사람들의 이야기를 듣고 읽는 걸 좋아했답니다. 그래서 그 세계를 좀 안다고 할 수 있죠. 그렇지만 제가 알던 걸 정확하게 바로잡고 싶군요. 샴페인은 유리잔에 얼음을 넣어서가 아니라 병째로 차갑게 한다고 알고 있었거든요."

여자가 진심으로 재미있어하는 것처럼 노래하듯 웃었다.

"알아두셔야 할 게 있어요."

여자가 부드러운 어조로 말했다.

"우리처럼 무익한 계층 사람들은 관례를 깨는 일을 즐긴답니다. 지금은 샴페인에 얼음을 넣는 게 유행이죠. 이 나라를 방문한 타타르 왕자가 월도프에서 정찬을 즐길 때 그렇게 해서 유행이 된 거예요. 머지않아 또 무슨 변덕이 일겠죠. 이번 주에 매디슨가 정찬에서는 손님들 접시 옆에 초록색 아이 장갑이 놓여 있어서 다들 그걸 끼고 올리브를 먹었대요."

"그렇군요."

젊은이가 겸손하게 수긍했다.

"사교계 내부의 그런 특별한 여흥은 일반 사람들에게 낯선 것들이죠."

"전 가끔씩 이런 생각을 해요."

여자는 자신의 실수를 인정하는 남자의 말에 수긍하듯 가볍게 고개를 숙여 보이고 말을 이었다.

"제가 사랑에 빠진다면 지위가 낮은 남자를 사랑하게 될 거라고요. 빈둥거리는 게으름뱅이가 아니라 일하는 노동자 말이에요. 하지만 결국에는 이런 제 취향보다 사회적 지위와 부에 끌려 다니게 되겠죠. 전 지금 두 사람에게 구애를 받고 있어요. 한 사람은 독일 공국의 대공이랍니다. 그의 주벽과 잔인한 성격 때문에 미쳐버린 아내가 있거나 있었던 것 같아요. 또 한 사람은 영국의 후작인데 너무 냉담하고 돈만 아는 남자라서 차라리 악마 같은 대공이 나을 것 같다니까요. 왜 제가 당신한테 이런 이야기를 털어놓게 되는 걸까요, 패컨스태커 씨?"

"파켄스태커입니다."

젊은이가 속삭였다.

"저한테 그런 속내를 털어놔주셔서 제가 얼마나 감사하고 있는지 모르실 겁니다."

여자는 남자와 차이 나는 자신의 신분에 걸맞게 차분하고 냉담한 눈빛으로 남자를 살펴보았다.

"어떤 일을 하시나요, 파켄스태커 씨?"

"지금은 아주 보잘것없는 일을 하고 있지만 성공하고 싶답니다. 지위가 낮은 남자를 사랑할 수 있을 거라는 말씀은 진심이었나요?"

"네, 그래요. 하지만 '그럴지도 모른다'고 말한 거였죠. 아시겠지만 지금 제 주변에는 대공과 후작이 있으니까요. 물론 제가 원하는 남자가 나타난다면 그 사람이 무슨 일을 하든 보잘것없다고 생각할 수는 없을 거예요."

"전 레스토랑에서 일하고 있습니다."

파켄스태커 씨가 단호하게 말했다. 여자가 살짝 움찔했다.

"종업원은 아니겠죠?"

여자가 다소 애원하는 듯한 어조로 말했다.

"노동은 고귀하지만 시중을 드는 주차원과······."

"종업원은 아닙니다. 계산원이죠."

공원 맞은편 거리에 '레스토랑'이라는 전광판이 번쩍이고 있었다.

"전 저기 보이는 레스토랑에서 일합니다."

여자가 왼쪽 손목에 찬 고급스러운 디자인의 팔찌에 달린 작은 시계를 보고는 서둘러 일어섰다. 그러고는 허리춤에서 반짝거리는 손가방에 책을 쑤셔 넣었지만 책이 너무 커서 다 들어가지 않았다.

"왜 지금은 일을 안 하세요?"

"전 밤에 일합니다. 근무 시간까지 아직 한 시간이 남아 있어요. 다시 만날 수는 없을까요?"

"모르겠어요. 어쩌면 만날 수 있겠죠. 하지만 제가 다시는 이런 변덕에 사로잡히지 않을지도 몰라요. 빨리 가봐야 해요. 만찬에 참석해야 하고, 연극 특석을 잡아놔서…… 에휴, 언제나 똑같답니다. 여기 오실 때 공원 저 위쪽 모퉁이에 주차된 차를 보셨을 거예요. 하얀색 차 말이에요."

"빨간색 바퀴가 달린 차 말이죠?"

젊은이가 생각에 잠겨 눈썹을 찌푸리며 물었다.

"네, 전 항상 그 차를 타고 와요. 피에르가 차 안에서 절 기다리고 있죠. 그 사람은 제가 광장 건너편의 백화점에서 쇼핑을 하고 있다고 생각해요. 운전사까지 속여야 할 정도로 구속받는 삶이라니, 상상이 가세요? 그럼 안녕히 계세요."

"하지만 날이 어두워져서 공원에 불량배들이 가득합니다. 제가 함께……?"

"제가 원하는 대로 해주실 생각이라면, 제가 떠난 후에 10분 동안 이 자리에 그대로 있어주세요."

여자가 단호하게 말했다.

"당신을 책망하려는 건 아니지만, 자동차에는 보통 소유주의 이름이 붙어 있다는 걸 아시잖아요. 그럼 진짜 안녕히 계세요."

여자는 재빠르게 성큼성큼 어둠을 뚫고 나아갔다. 젊은이는 여자가 우아한 걸음걸이로 공원 가장자리의 보도에 올라서서 자동차가 있는 모퉁이까지 걸어가는 모습을 지켜보았다. 그 순간 젊은이는 여자의 믿음을 저버리고 망설임 없이 공원 나무들과 덤불들을 헤치고 여자 뒤를 쫓아갔다.

모퉁이에 다다른 여자는 고개를 돌려 자동차를 힐끗 쳐다보더니 그대로 지나쳐 계속 걸어갔다. 젊은이는 편리하게도 마침 그 자리에 서 있는 자동차 뒤에 숨어서 여자의 움직임을 주의 깊게 눈으로 쫓았다. 여자는 공원 맞은편 거리의 보도를 따라 걸어가서 반짝거리는 간판이 걸린 레스토랑으로 들어갔다. 그 레스토랑은 온통 하얀색에 유리로 디자인되어 있었고, 싼값에 한껏 기분을 내어 식사를 할 수 있는 곳이었다. 여자는 레스토랑을 가로질러 안쪽의 구석진 곳으로 사라지더니 순식간에 모자와 베일을 벗은 채 다시 나타났다.

계산대는 레스토랑 앞쪽에 있었다. 계산대에 앉아 있던 빨간 머리 여자가 날카롭게 시계를 힐끗 쳐다보면서 의자에서 내려왔다. 그리고 그 자리에 회색 옷차림의 여자가 앉았다.

젊은이는 두 손을 주머니에 찔러 넣고 천천히 보도를 따라 돌아갔다. 젊은이가 모퉁이에 다다랐을 때, 종이 표지의 작은 책이 그의 발에 부딪혀 잔디밭 가장자리까지 굴러갔다. 젊은이는 표지 그림을 보고 그것이 여자가 읽던 책임을 알아보았다.

책을 집어 들고 《뉴 아라비안나이트》라는 제목을 확인했다. 스티븐슨이라는 이름의 작가가 지은 책이었다. 젊은이는 책을 다시 잔디밭에 던져놓고 잠시 동안 우물쭈물하며 어슬렁거렸다. 그러다가 모퉁이에 서 있는 자동차로 들어가 쿠션에 기대고는 운전사에게 두 마디를 던졌다.

"헨리, 클럽으로."

낙원에 들른 손님

　브로드웨이에는 피서지 개발업자들이 찾아내지 못한 호텔이 하나 있다. 이 호텔은 깊고 넓고 시원하다. 방들은 서늘하고 거무스름한 떡갈나무로 마감되어 있다. 인공적인 산들바람이 불고 짙은 초록색 덤불이 우거져 있어서 힘들게 애디론댁 산맥에 가지 않고도 이곳에서 즐겁게 지낼 수 있다. 널찍한 계단을 올라가거나, 놋쇠 단추를 단 안내원들의 안내를 받아 공중 엘리베이터를 타고 꿈꾸듯 올라가면서 알프스 산 등반가들도 느껴보지 못한 고요한 기쁨을 맛볼 수 있다. 주방에서는 요리사가 화이트 산맥에서 맛볼 수 있는 것보다 훨씬 나은 민물송어 요리, 올드포인트컴포트 휴양지에서 "세상에나"라고 감탄하며 부러워할 만한 해산물 요리, 수렵 감시인의 딱딱한 마음을 녹여주는 메인 주의 사슴고기 요리를 내놓는다.

적은 수의 사람들만이 사막 같은 7월의 맨해튼에서 이 오아시스를 찾아낸다. 7월에는 손님들이 줄어들어서, 그들은 고상한 호텔 식당의 서늘하고 어슴푸레한 불빛 아래에 사치스럽게도 드문드문 앉아 있다. 눈처럼 하얗게 비어 있는 식탁들 너머로 서로를 바라보며 말없이 축하의 눈빛을 주고받는다.

주의 깊은 종업원들이 손님들 주변을 공기처럼 가볍게 맴돌며 필요한 것들을 알아서 척척 가져다준다. 실내의 온도는 언제나 4월의 기온이다. 천장에는 가냘픈 구름들이 떠돌아다니는 여름 하늘이 수채화로 그려져 있다. 그림 속의 구름들은 우리에게 아쉬움을 남기는 자연의 진짜 구름처럼 흩어져 사라지지 않는다.

이 호텔의 행복한 손님들에게는 저 멀리서 들리는 브로드웨이의 유쾌하고 왁자지껄한 소리가 숲을 가득 채우는 안락한 폭포수 소리처럼 느껴진다. 손님들은 낯선 발소리가 들릴 때마다, 향락을 찾아 자연 깊숙한 곳까지 파고들어가는 지칠 줄 모르는 사람들이 자신들의 은둔 생활을 찾아내 방해할까봐 두려워서 귀를 쫑긋 세운다.

이 높은 식견을 가진 소수의 사람들은 한창 더운 계절이 되면 이 한적한 호텔에 조심스럽게 숨어 지내며, 예술과 기술이 힘을 합쳐 제공하는 산과 해변의 즐거움을 최대한 만끽한다.

낙원에 들른 손님

이번 7월에는 한 여자 손님이 호텔에 들어와서, 숙박부를 작성하려는 접수계원에게 '엘로이즈 다르시 보몽 부인'이라고 적힌 명함을 내밀었다.

보몽 부인은 로터스 호텔이 반길 만한 손님이었다. 상류층의 기품을 풍기고 거짓 없이 상냥한 사람이었기 때문에, 호텔 직원들은 그녀에게 사로잡혀 그녀의 노예가 되었다. 사환들은 그녀가 누르는 벨에 응답하는 영예를 서로 차지하려고 싸웠다. 호텔 직원들은 자기들 소유가 아니라는 문제만 없었다면 호텔과 호텔 안의 모든 것을 보몽 부인에게 넘겨주려 했을 것이다. 다른 손님들은 보몽 부인이 여성스럽고 고귀하며 아름다운 모습으로 그 호텔을 완벽하게 만들어준다고 생각했다.

이 단연 돋보이는 손님은 호텔 밖으로 거의 나가지 않았다. 로터스 호텔의 남다른 단골 고객들이 으레 그러듯이 말이다. 이 즐거운 호텔을 맘껏 즐기려면 도시가 멀리 떨어져 있는 것처럼 무시해버려야 한다. 밤에는 잠깐 근처에 나갔다 와도 좋지만 푹푹 찌는 낮에는 제일 좋아하는 맑은 안식처에 머무는 송어처럼 시원한 로터스 요새 안에 머문다.

보몽 부인은 로터스 호텔에서 외롭게 혼자 지냈지만 여왕의 자리를 차지했다. 그녀가 외로운 것은 다만 그 자리 탓일 뿐이었다. 그녀는 열 시에 아침식사를 했는데 그 근사하고 달콤하며 여유롭고 섬세한 모습은 마치 해 질 무렵에 부드럽게 빛나는 재스민 같았다.

하지만 보몽 부인의 광채가 최고조에 이르는 때는 저녁이었다. 보몽 부인은 협곡에 숨어 보이지 않는 커다란 폭포에 걸린 안개처럼 아스라하게 아름다운 드레스를 입었다. 나는 이 옷의 이름이 무엇인지 짐작조차 할 수 없다. 레이스로 장식된 드레스 앞가슴에는 언제나 옅은 붉은색 장미가 꽂혀 있었다. 수석 종업원이 존경의 빛을 보이며 출입문에서 맞이하는 옷이었다. 그 옷을 보면 파리가 생각나거나 어쩌면 신비스러운 백작 부인들이 떠오르고, 베르사유와 결투용 칼, 여배우 피스크 부인, 루주에 누아르 카드 게임이 생각날 게 분명했다. 보몽 부인이 실은 국제적인 인물로서, 러시아를 위해 하얗고 가는 손으로 줄을 잡아당겨 여러 국가들을 조종한다는 출처를 알 수 없는 소문까지 나돌았다. 이 세상을 거침없이 돌아다니는 여성이 미국의 뜨거운 한여름에 편하게 쉴 수 있는 가장 이상적인 곳이 세련된 로터스 호텔임을 재빨리 알아낸 것은 조금도 놀라운 일이 아니었다.

보몽 부인이 로터스 호텔에 묵은 지 3일째 되던 날, 젊은 남자가 호텔에 들어와 묵었다. 사람을 평가하는 널리 인정된 순서에 따라 그 남자를 묘사하자면, 어느 정도 유행을 따른 옷을 입었고, 균형 잡힌 잘생긴 얼굴에 세상 물정을 잘 아는 듯한 세련되고 침착한 표정을 짓고 있었다. 남자는 호텔 직원에게 사

낙원에 들른 손님

나흘 정도 머물겠다고 말하더니 유럽행 증기선의 운행 일정을 물었다. 그러고는 좋아하는 여관을 찾은 여행객처럼 만족스러운 표정으로 그 비할 데 없이 근사한 호텔의 즐거운 나른함 속으로 빠져들어갔다.

그 젊은이는 숙박부에 적힌 그대로라면 해럴드 패링턴이었다. 해럴드는 로터스 특유의 차분한 삶 속으로 어찌나 조심스럽고도 조용히 흘러들어왔는지, 휴식을 찾아서 온 다른 손님들을 놀라게 할 만한 파문을 전혀 일으키지 않았다. 그는 로터스에서 식사를 하고 세상의 시름을 잊은 채 다른 운 좋은 사람들과 함께 즐거운 평온 속으로 빠져들었다. 하루 만에 전용 식탁과 전담 종업원을 얻었으며, 브로드웨이를 달구며 헐떡거리면서 쉴 곳을 찾아다니는 이들이 가까우면서도 찾기 힘든 이 안식처를 공격해 망가뜨릴까봐 두려워졌다.

해럴드 패링턴이 도착한 이튿날, 보몽 부인이 저녁을 먹고 나가는 길에 손수건을 떨어뜨렸다. 패링턴 씨는 그 손수건을 발견하고 보몽 부인에게 돌려주었지만, 그 기회를 틈타서 보몽 부인과 안면을 트려는 의도는 전혀 없었다.

로터스의 이 특별한 두 손님은 신비하게도 서로 통하는 데가 있었던 것 같다. 둘 다 운 좋게도 브로드웨이의 한 호텔에서 최고의 여름 휴양지를 발견한 사람이었기 때문에 서로에게 끌렸는지도 모른다. 예의 바른 고상한 말들과 형식에서 벗어날 듯 말 듯한 말들이 두 사람 사이에 오갔다. 그리하여 안락한 진짜 여름 휴양지에서 그렇듯이 친밀함이 마술사의 신비한 식물처럼 자라나서 꽃을 피우고 열매를 맺었다. 두 사람은 잠시 동안 복도 끝의 발코니에 서서 가벼운 대화를 주고받았다.

"전형적인 휴양지들은 지겨워요."

보몽 부인이 희미하지만 달콤한 미소를 지으며 말했다.

"소음과 먼지를 피해서 산이나 바닷가로 떠나봤자 소음과 먼지를 내는 사람들이 따라오니 무슨 소용이 있겠어요?"

"바다 한가운데로 나가도 마찬가지죠."

패링턴이 슬픈 어조로 말했다.

"교양 없는 인간들이 거기까지 따라오니까요. 최고급 유람선이 나룻배나 다름없죠. 이 로터스 호텔이 사우전드 제도나 매키노 섬보다도 브로드웨이에서 더 멀리 떨어진 느낌이라는 사실을 피서객들이 알아낸다면 맙소사, 생각만 해도 끔찍하군요!"

"우리만 아는 이 비밀이 일주일만이라도 안전하게 지켜졌으면 좋겠어요."

보몽 부인이 한숨을 내쉬고 미소를 지으며 말했다.

"이 안락한 로터스에 사람들이 몰려들면 어디로 가야 할지 모르겠어요. 여름을 아주 즐겁게 보낼 수 있는 곳을 딱 한 군데 더 알고 있죠. 우랄 산맥에 있는 폴린스키 백작의 성이랍니다."

"올여름에는 바덴바덴이나 칸도 한산하다고 들었어요."

　　　　　　　　　　　　낙원에 들른 손님

패링턴이 말했다.

"기존의 휴양지들은 해마다 평이 나빠져요. 아마도 많은 사람들이 우리처럼 사람들 눈에 잘 띄지 않는 조용하고 구석진 곳을 찾는 것 같습니다."

"전 이 근사한 휴식처에서 3일 더 지내려고요. 월요일에는 세드릭호가 출발하거든요."

보몽 부인이 말했다. 해럴드 패링턴의 두 눈에 아쉬움이 서렸다.

"저도 월요일에 떠나야 합니다. 하지만 외국으로 가는 건 아니에요."

보몽 부인이 이국적인 몸짓으로 동그란 한쪽 어깨를 으쓱거렸다.

"아무리 좋아도 이곳에 영원히 숨어 지낼 수는 없죠. 성에서 한 달이 넘도록 절 기다리고 있는 사람들이 있거든요. 꼭 치러야 하는 파티가 한둘이 아니니 정말 성가신 일이죠! 하지만 로터스 호텔에서 보낸 한 주는 결코 잊지 않을 거예요."

"저도 그렇습니다."

패링턴이 나지막하게 말했다.

"게다가 세드릭호가 떠난다니 용서할 수가 없군요."

그로부터 3일 후 일요일 저녁에 두 사람은 그 발코니의 작은 식탁 앞에 앉아 있었다. 사려 깊은 종업원이 얼음과 적포도주 두 잔을 가져왔다.

보몽 부인은 저녁마다 입는 아름다운 이브닝 가운을 걸치고 있었다. 그녀는 생각에 잠긴 것 같았다. 식탁에 놓인 보몽 부인의 손 옆에는 사슬 끈이 달린 작은 가방이 있었다. 보몽 부인은 얼음을 먹고 나서 가방을 열어 1달러짜리 지폐를 꺼냈다.

"패링턴 씨."

보몽 부인이 로터스 호텔을 사로잡았던 그 미소를 지었다.

"말씀드리고 싶은 게 있어요. 전 아침식사 전에 떠날 거예요. 이제 일터로 돌아가야 하거든요. 전 케이시 매머드 백화점의 양말 매장에서 일해요. 제 휴가는 내일 여덟 시에 끝이 나죠. 다음 토요일 밤에 주급 8달러를 받을 때까지는 이 돈이 제가 가진 전부예요. 당신은 정말 신사다운 분이시고 저한테 친절하셨죠. 그래서 떠나기 전에 솔직하게 말씀드리고 싶었어요. 1년 동안 돈을 모아서 여기로 휴가를 온 거예요. 2주까지는 안 되어도 한 주 동안은 귀부인처럼 지내고 싶었죠. 매일 아침 일곱 시에 침대에서 기어 나오는 게 아니라 마음 내킬 때 일어나고 싶었어요. 부자들처럼 최상의 생활을 누리고 시중을 받으며 벨을 눌러서 사람들을 부리고 싶었죠. 이제 그 모든 것을 해봤고 제 평생 가장 행복한 시간을 보냈어요. 이제 일터와 제 작은 방으로 돌아가지만 한 1년 동안 만족스러운 기분이 사라지지 않을 거예요. 당신한테 이 이야기를 하고 싶었어요, 패링턴 씨. 그게, 당신이 절…… 좋아하는 것 같아서요. 저, 저도 당신을 좋아해

낙원에 들른 손님

요. 하지만, 아, 지금까지는 당신을 속일 수밖에 없었어요. 저한테는 이 모든 게 동화 같은 일이니까요. 제가 했던 유럽 이야기와 다른 이야기들은 모두 책에서 읽은 거예요. 귀부인 행세를 하려고 그런 이야기를 했던 거죠. 이 옷은 제 몸에 맞는 하나뿐인 옷이에요. 오도우드 앤 레빈스키 상점에서 할부로 산 거죠. 75달러를 주고 맞춘 옷이에요. 선금으로 10달러를 줬고 매주 1달러씩 수금원에게 주기로 했죠. 이게 제가 말씀드리고 싶었던 전부예요, 패링턴 씨. 아, 한 가지 더 있군요. 제 이름은 보몽 부인이 아니라 메이미 시비터예요. 그동안 친절하게 대해주셔서 감사합니다. 이 1달러는 내일 옷값으로 줄 거예요. 이제 그만 제 방으로 올라가봐야겠네요."

해럴드 패링턴은 로터스의 가장 사랑스러운 손님이 털어놓는 이야기를 무표정한 얼굴로 듣고 있었다. 여자의 이야기가 끝나자 그는 외투 주머니에서 수표책 같은 작은 책자를 꺼냈다. 그러고는 몽땅한 연필로 거기에 뭔가를 쓰고는 한 장을 찢어내 여자에게 던져주고 1달러를 집어 들었다.

"저도 내일 아침에 일하러 가야 합니다. 뭐, 지금 일을 시작해도 괜찮겠죠. 1달러 할부금 영수증입니다. 전 3년째 오도우드 앤 레빈스키의 수금원으로 일하고 있어요. 참 재미있죠? 당신과 제가 똑같은 휴가 계획을 세웠다니 말입니다. 전 항상 일류 호텔에 가보고 싶었어요. 그래서 20달러씩 버는 돈을 조금씩 떼어 저축해서 이곳으로 온 거죠. 메이미, 저와 함께 토요일 밤에 배를 타고 코니아일랜드로 가실래요?"

엘로이즈 다르시 보몽 부인 사칭자의 얼굴이 밝게 빛났다.

"네, 좋아요, 패링턴 씨. 백화점은 토요일 열두 시에 문을 닫아요. 우리가 이곳에서 부자들과 일주일을 지내긴 했지만, 코니아일랜드에 가는 것도 괜찮을 것 같네요."

발코니 아래에서는 더위에 지친 도시가 7월 밤에 파묻혀 으르렁거렸다. 로터스 호텔 안에서는 부드럽고 서늘한 그림자들이 위세를 떨쳤고, 세심한 종업원이 고갯짓 한 번에 부인과 그 호위자의 시중을 들러 올 태세로 나지막한 창문 근처에서 서성거렸다.

엘리베이터 앞에서 패링턴이 보몽 부인에게 작별인사를 했고, 보몽 부인은 마지막으로 엘리베이터를 타고 올라갔다. 하지만 두 사람이 그 조용한 새장 같은 엘리베이터에 도착하기 전에 패링턴이 말했다.

"해럴드 패링턴이란 이름은 잊어버려주시겠어요? 맥매너스가 제 이름입니다. 제임스 맥매너스요. 지미라고 부르는 사람들도 있죠."

"잘 자요, 지미."

부인이 말했다.

되찾아진 개심

간수가 교도소 구두 수선방으로 가서 구두 표면의 가죽을 열심히 수선하고 있던 지미 밸런타인을 본관 사무실로 데려갔다. 그곳에서 교도소장이 그날 아침에 주지사의 승인을 받은 사면장을 지미에게 건네주었다. 지미는 지쳤다는 듯 사면장을 받아들었다. 4년 형을 선고받고 거의 열 달이나 복역하고 있었기 때문이다. 원래는 길어도 석 달 정도만 복역할 거라고 생각했었다. 지미 밸런타인처럼 교도소 바깥 세상에서 친구를 많이 사귄 사람은 '큰집'에 들어가봤자 얼마 있지 않기 때문에, 머리를 짧게 자르는 건 쓸데없는 짓이다.

"잘 들어, 밸런타인, 넌 내일 아침에 출소할 거야. 마음을 다잡고 바르게 살도록 해. 넌 사실 그렇게 나쁜 사람이 아냐. 금고털이는 그만두고 똑바로 살아."

교도소장이 말했다.

"저한테 하는 말씀입니까?"

지미가 깜짝 놀라서 물었다.

"어, 제 평생 금고를 털어본 적이 없는데요."

"아, 그렇지."

교도소장이 웃었다.

"물론 그렇고말고. 어디 보자. 어쩌다가 스프링필드 사건에 연루되어 감옥에 들어왔지? 아주 높으신 상류사회 인사에게 해가 될까봐 두려워서 알리바이를 증명하지 못했기 때문이었나? 아니면 단순하게 너한테 앙심을 품은 비열한 늙은이 판사 때문이었나? 너처럼 결백한 피해자들이 감옥살이를 하는 경우는 언제나 그 둘 중 하나지."

"제가요?"

지미가 여전히 무고하다는 듯 멍하니 말했다.

"저, 교도소장님, 전 스프링필드에 한 번도 가본 적이 없어요!"

"이 사람을 데리고 가, 크로닌."

교도소장이 미소를 지었다.

"바깥에서 입을 옷을 준비해줘. 그리고 오전 일곱 시에 풀어주고 대기실로 내보내. 내 충고를 잘 생각해보는 게 좋을 거야, 밸런타인."

되찾아진 개심

다음 날 일곱 시 십오 분에 지미는 교도소장의 사무실에 서 있었다. 지미가 입고 있는 지독하게도 몸에 착 달라붙는 기성복 정장과 뻣뻣해서 끽끽거리는 신발은 주 정부가 강제노역 죄수들을 출소시킬 때 제공하는 것들이었다.

직원이 지미에게 선량한 시민으로 거듭나 잘 살라는 뜻에서 법적으로 지급되는 기차표와 5달러짜리 지폐 한 장을 건네주었다. 교도소장은 지미에게 시가 하나를 건네주고 지미와 악수를 했다. 죄수번호 9762번 밸런타인은 '주지사에게 사면받았다'고 명단에 기록되었고, 제임스 밸런타인 씨가 되어 햇볕 속으로 걸어 나갔다.

지미는 새들의 노랫소리와 초록빛 나무들의 손짓과 꽃향기를 무시한 채 곧장 식당으로 향했다. 거기서 삶은 닭고기와 백포도주 한 병의 형태로 달콤한 자유의 기쁨을 음미했다. 이어서 교도소장한테서 받은 것보다 훨씬 질 좋은 시가 한 대를 피웠다. 그러고는 한가롭게 기차역으로 나아갔다. 기차역 문 옆에 앉아 있는 장님의 모자에 25센트 동전을 하나 던져 넣어주고 기차에 올라탔다. 세 시간 후에 주 경계선 근처의 작은 마을에 내렸다. 지미는 마이크 돌란의 카페로 가서 바 뒤에 혼자 있는 마이크와 악수를 했다.

"더 빨리 빼내주지 못해서 미안해, 지미."

마이크가 말했다.

"스프링필드에서 안 된다고 이의를 제기했거든. 주지사도 승인을 보류할 뻔했어. 기분은 괜찮아?"

"괜찮아. 내 열쇠는 어디 있지?"

지미는 열쇠를 받아 위층으로 올라가서 안쪽 방문을 열었다. 모든 것이 그가 떠났을 때 그대로였다. 지미가 제압당해 체포됐을 때 유명한 형사 벤 프라이스의 셔츠 깃에서 떨어져 나왔던 단추가 여전히 바닥에 놓여 있었다.

지미는 벽에서 접이식 침대를 꺼내고 벽 안쪽의 합판 하나를 밀어젖혀 먼지 쌓인 가방을 꺼냈다. 가방을 열고 동부 최고의 도둑질 장비 세트를 사랑스럽게 바라보았다. 특별히 달군 강철로 만든 완벽한 장비들이었다. 최신형 디자인의 드릴과 펀치, 손잡이가 직각으로 굽은 돌림 송곳, 조립식 쇠지레, 죔쇠, 나사 송곳, 그 밖에도 지미가 직접 고안해 자랑스럽게 여기는 새로운 장비 두세 가지로 구성되어 있었다. 그 계통 사람들에게 그런 물건들을 만들어주는 모처에서 900달러 이상을 내고 구입한 것들이었다.

삼십 분 후, 지미는 아래층으로 내려가 카페를 가로질렀다. 이제는 몸에 잘 맞는 세련된 옷을 입고 먼지를 털어 깨끗해진 가방을 손에 들고 있었다.

"건수가 생겼어?"

마이크 돌란이 싹싹하게 물었다.

되찾아진 개심

"저한테 하신 말인가요?"

지미가 뭐가 뭔지 모르겠다는 듯 물었다.

"무슨 소리인지 모르겠군요. 전 '뉴욕 통합 쇼트스냅 비스킷 크래커와 구운 밀 회사' 직원인데요."

이 말에 마이크는 어찌나 기뻤는지 그 자리에서 지미에게 우유를 탄 셀처 탄산수를 한 잔 건네주었다. 지미는 절대 '독한' 술을 마시지 않기 때문이었다.

죄수번호 9762번 밸런타인이 풀려난 지 일주일 후, 인디애나 주 리치먼드에서 깔끔한 금고털이 사건이 일어났는데 범인에 대한 단서가 하나도 없었다. 금고에 들어 있던 돈은 겨우 800달러에 불과했다. 그로부터 2주 후, 로건스포트에서 특허받은 개선형 도난방지 금고가 치즈처럼 털려 현금 1,500달러가 사라졌고, 증권과 은화는 그대로 남아 있었다. 그러자 악당을 잡는 형사들이 관심을 보이기 시작했다. 그때 제퍼슨 시의 구형 은행 금고가 열려 그 분화구에서 5,000달러에 달하는 은행권들이 쏟아져 나오는 사태가 일어났다. 그 피해가 상당히 커서 벤 프라이스가 나서야 할 지경이었다. 기록들을 비교해보니 금고털이 사건들의 수법이 비슷하다는 사실이 드러났다. 벤 프라이스는 금고털이 사건 현장들을 조사해서 그 결과를 보고했다.

"이건 멋쟁이 짐 밸런타인 짓이야. 그가 다시 활동하기 시작했어. 저 콤비네이션 자물쇠를 보라고. 비 오는 날에 무 뽑듯

쉽게 뽑아냈잖아. 저렇게 할 수 있는 쬠쇠를 갖고 있는 건 짐 밸런타인뿐이야. 게다가 저 회전판들에 얼마나 깔끔하게 구멍이 뚫려 있는지 보라고! 지미는 구멍을 하나 이상 뚫지 않아. 그래, 미스터 밸런타인을 잡을 거야. 다음번에는 어리석게 단기 복역이나 감형 조치를 취해주지 않고 형을 받은 만큼 다 살게 만들겠어."

벤 프라이스는 지미의 습관들을 알고 있었다. 스프링필드 사건을 해결할 때 알아낸 것이었다. 지미는 재빠르게 멀리 도주하고 공범을 두지 않으며 상류사회 생활을 선호하는 습관 덕분에 법의 응징을 성공적으로 피하는 걸로 유명했다. 벤 프라이스가 그 잡기 어려운 금고털이범을 쫓는다는 사실이 공표되면서 도난방지 금고를 소유한 사람들은 좀 더 안심할 수 있었다.

어느 날 오후, 지미 밸런타인은 참나무가 늘어선 아칸소 주 시골 철도에서 8킬로미터쯤 떨어진 작은 마을 엘모어에서 가방을 들고 우편마차 바깥으로 나왔다. 그는 고향에 갓 돌아온 대학교 4학년 운동선수 같은 모습으로 넓은 보도를 따라 호텔로 걸어갔다.

한 젊은 아가씨가 길을 건너와 길모퉁이에서 지미를 지나치더니 엘모어 은행 문으로 들어갔다. 지미 밸런타인은 그 여자의 두 눈을 들여다보는 순간, 자신이 누구인지 잊어버린 채 완전히 다른 사람이 되었다. 여자는 눈을 내리깔고 볼을 살짝 붉혔다.

지미 같은 스타일과 외모를 갖춘 젊은이는 엘모어에서 흔치 않았기 때문이다.

지미는 주주라도 되는 것처럼 은행 앞 계단에서 빈둥거리는 한 소년을 붙들고 간간이 동전을 주면서 그 마을에 관해 묻기 시작했다. 이윽고 젊은 아가씨가 서류가방을 든 젊은이를 전혀 보지 못한 것처럼 지나쳐 갔다.

"저 아가씨가 폴리 심슨 양 아니니?"

지미가 그럴듯하게 능청을 떨며 물었다.

"아닌데요."

소년이 대답했다.

"애너벨 애덤스죠. 저 여자 아버지가 이 은행 소유주라고요. 엘모어에는 뭐하러 왔어요? 그 시곗줄, 금이죠? 전 불도그가 그려진 걸 살 거예요. 동전 더 주실 수 있어요?"

지미는 팔머 호텔로 들어가 랠프 D. 스펜서라는 이름을 숙박부에 기록하고 방을 예약했다. 그러고는 접수대에 기대어 접수계원에게 사업 장소를 물색하러 엘모어에 왔다고 말했다. 지금 이 마을에서 신발가게를 열면 어떨까?

접수계원은 지미의 옷차림과 태도에 깊은 인상을 받았다. 그는 자신이 엘모어의 많지 않은 귀공자들에게 패션의 본보기가 되는 사람이라고 생각했는데, 지미와 비교하니 자신의 단점들이 보였다. 접수계원은 지미가 어떤 식으로 넥타이를 맸는지 알아내려고 애쓰면서 지미에게 성심껏 정보를 제공했다.

"그럼요. 신발 업종에서는 틀림없이 좋은 기회를 잡을 수 있을 겁니다. 이곳에는 신발 전문매장이 없어서 포목점과 잡화점에서 신발을 파니까요. 여기서는 모든 업종의 사업이 상당히 잘된답니다. 스펜서 씨가 엘모어에 정착하면 좋겠군요. 여기는 살기 좋고 사람들도 붙임성이 좋죠."

스펜서 씨는 며칠 마을에 머물면서 상황을 살펴보기로 마음먹었다. 접수계원은 짐꾼을 부를 필요가 없었다. 스펜서 씨가 직접 자기 가방을 들고 갔으니까. 가방은 상당히 무거웠다.

선택을 강요하는 갑작스러운 사랑의 공격을 받아 그 불길에 타버린 지미 밸런타인, 그 잿더미에서 되살아난 불사조인 랠프 스펜서는 엘모어에 정착해서 성공했다. 신발 가게를 차려 장사를 잘해나갔다.

사교성도 좋아서 친구들을 많이 사귀었다. 그리고 마음속 소망도 이루었다. 애너벨 애덤스를 만난 것이다. 랠프 스펜서 씨는 그녀의 매력에 점점 더 깊이 사로잡혀갔다.

한 해가 끝날 무렵, 랠프 스펜서 씨의 상황은 이러했다. 지역사회에서 존경을 얻었고, 신발 가게는 번창했으며, 2주 후에 애너벨과 결혼할 예정이었다. 열심히 일하는 전형적인 시골 은행가 애덤스 씨는 스펜서를 마음에 들어 했다. 애너벨은 스펜서를 사랑하는 만큼 자랑스러워했다. 스펜서 씨는 애덤스 씨 집

되찾아진 개심

과 애너벨의 결혼한 언니 집에서도 마치 가족 중 한 사람인 양
편안하게 지냈다.

어느 날 지미는 자기 방에 앉아 세인트루이스에 사는 믿을
수 있는 옛 친구 한 명에게 편지를 써서 부쳤다.

내 오랜 친구에게

다음 주 수요일 밤 아홉 시에 리틀록의 설리번 집에서 만나자.
네가 날 위해서 몇 가지 일을 정리해주면 좋겠어. 그리고 너한테
내 연장도 선물해주고 싶고. 넌 기쁘게 그 선물을 받아주겠지.
1,000달러를 줘도 그것들을 복제할 수 없을 테니까. 이봐, 빌리,
난 옛날 일을 그만뒀어. 1년 전에 말이야. 지금은 근사한 가게를
운영해. 정직하게 벌어서 살고 있고 2주 후에는 이 세상에서 가
장 멋진 여자와 결혼할 거야. 이제는 100만 달러가 내 손에 들어
온다 해도 남의 돈은 1달러도 건드리지 않을 거야. 결혼하고 나
면 가게를 정리하고 서부로 가려고 해. 거기서는 과거에 발목 잡
힐 위험이 별로 없을 테니까. 빌리, 그녀는 천사야. 날 완전히 믿
고 있지. 무슨 일이 있어도 부정한 짓은 다시는 하지 않을 거야.
꼭 설리번의 집으로 와줘. 널 반드시 만나야 해. 연장을 가지고
갈게.

옛 친구 지미가

지미가 이 편지를 쓰고 난 후 월요일 저녁에 벤 프라이스가 전세마차를 타고 조심스럽게 엘모어로 들어왔다. 벤 프라이스는 알고 싶은 것을 알아낼 때까지 조용히 마을을 돌아다녔다. 그러다 마침내 스펜서의 신발 가게 맞은편 약국에서 랠프 D. 스펜서를 유심히 살펴보게 되었다.

"은행가의 딸과 결혼한다고, 지미?"

벤 프라이스가 부드럽게 혼잣말을 중얼거렸다.

"글쎄, 진짜 그렇게 될지 모르겠는걸!"

다음 날 아침, 지미는 애덤스 씨 집에서 아침식사를 했다. 그날 리틀록에 가서 결혼 예복을 주문하고 애너벨에게 줄 근사한 선물을 살 예정이었다. 엘모어에 온 이후 처음으로 마을을 떠나는 것이었다. 지미는 예전의 그 '업'을 그만둔 지 1년이 넘었기 때문에 이제는 용기를 내어 밖으로 나가도 안전할 거라고 생각했다.

아침식사 후, 대가족이 함께 시내로 향했다. 애덤스 씨와 애너벨, 지미, 애너벨의 결혼한 언니에 다섯 살과 아홉 살 된 그녀의 두 딸까지 함께 나선 것이었다. 그들이 지미가 아직 묵고 있는 호텔에 도착했을 때 지미는 방으로 뛰어올라가 가방을 들고 내려왔다. 그러고는 은행으로 향했다. 그곳에는 지미의 말과 마차, 기차역까지 지미를 데려다줄 마부 돌프 깁슨이 있었다.

가족은 모두 높다란 떡갈나무 난간 너머의 은행 사무실로

되찾아진 개심

들어갔다. 지미도 빠지지 않았다. 애덤스 씨의 장래 사위는 어디에서나 환영받았다. 은행원들은 애너벨 양과 결혼할 잘생긴 젊은 남자에게 인사를 받고 즐거워했다. 행복감과 생기 넘치는 젊음으로 가슴이 들끓는 애너벨이 지미의 모자를 쓰고 가방을 집어 들었다.

"저, 멋진 영업사원 같지 않아요?"

애너벨이 말했다.

"세상에! 랠프, 이거 진짜 무겁네요. 황금 벽돌이 가득 들어 있는 것 같아요."

"니켈 도금된 구둣주걱이 잔뜩 들어 있어요."

지미가 천연덕스럽게 말했다.

"직접 반품할 거랍니다. 운송비를 줄이려고요. 내가 요즘 지독하게 알뜰해지고 있거든요."

때마침 엘모어에 새 금고실이 들어와 있었다. 애덤스 씨는 그 금고실을 무척 자랑스럽게 생각하고 모두에게 살펴보라고 고집을 부렸다. 금고실은 작았지만 새롭게 특허받은 문이 달려 있었다. 그 문에는 손잡이 하나로 동시에 잠기는 단단한 강철 걸쇠와 시한 자물쇠가 장착되어 있었다. 애덤스 씨는 환한 얼굴로 그 작동 원리를 스펜서 씨에게 설명했고, 스펜서 씨는 예의 바르게 관심을 보였지만 그 분야를 잘 아는 기색은 드러내지 않았다. 두 아이 메이와 애거사는 반짝거리는 금속과 우스

꽝스러운 시계, 손잡이들을 보고 즐거워했다.

그 사이에 벤 프라이스가 어슬렁어슬렁 들어와 난간에 팔꿈치를 짚고 몸을 기댄 채 자연스럽게 은행 안을 들여다보았다. 창구원에게는 필요한 게 없다고, 그냥 아는 사람을 기다리고 있다고 말했다.

그때 갑자기 여자들의 비명 소리가 두어 차례 들리더니 소동이 일었다. 어른들이 안 보는 사이에 아홉 살 소녀 메이가 장난으로 애거사를 금고실에 넣고 문을 닫아버린 것이었다. 그러고는 애덤스 씨가 했던 대로 걸쇠를 걸고 콤비네이션 자물쇠 손잡이를 돌렸다.

나이 지긋한 은행가가 손잡이를 덥석 잡고 잠시 동안 잡아당겨보았다.

"문을 열 수가 없어."

은행가는 괴로워했다.

"시계도 콤비네이션 자물쇠도 맞춰놓지 않았다고."

애거사의 엄마가 다시 히스테릭한 비명을 질렀다.

"쉬!"

애덤스 씨가 떨리는 손을 들어 올리며 말했다.

"모두 다 잠시 조용히 해. 애거사!"

애덤스 씨가 최대한 크게 애거사를 불렀다.

"내 목소리 들어보렴."

되찾아진 개심

침묵이 흐르는 가운데 어두운 금고실에서 공포에 질려 마구 잡이로 소리 지르는 아이의 목소리가 희미하게 들렸다.

"아, 내 소중한 아기!"

아이의 엄마가 울부짖었다.

"저 애는 공포에 질려 죽을 거야! 저 문을 열어요! 문을 부숴 버려요! 남자들이 어떻게 할 수 없나요?"

"적어도 리틀록까지는 나가야 이 문을 열 수 있는 사람이 있어!" 애덤스 씨가 떨리는 목소리로 말했다.

"세상에, 스펜서! 어떡하지? 아이는 저 안에서 오래 견딜 수 없어. 공기가 충분치 않다고. 게다가 공포에 사로잡혀 경련을 일으킬 거야."

애거사의 엄마는 이제 완전히 정신이 나가서 두 손으로 금고실 문을 두드렸다. 누군가가 다이너마이트를 터트리자는 과격한 제안을 했다. 애너벨은 지미를 돌아보았다. 그녀의 두 눈은 고통에 차 있었지만 아직 절망에 물들지는 않았다. 여자는 자기가 숭배하는 남자가 해내지 못할 일이 없다고 생각한다.

"랠프, 뭔가 할 수 없어요? 뭐든 해봐요, 네?"

지미는 입술에 부드럽고도 묘한 미소를 띄우고 날카로운 눈빛으로 애너벨을 바라보았다.

"애너벨, 당신 옷에 꽂혀 있는 장미를 나한테 주겠어요?"

애너벨은 자신이 똑바로 들은 건지 의아해하면서도 드레스

가슴팍에 꽂혀 있는 꽃봉오리를 빼내어 지미의 손에 건네주었다. 지미는 그 꽃을 조끼 주머니에 쑤셔 넣고 코트를 벗어던지고 나서 셔츠 소매를 말아 올렸다. 이 몸짓으로 랠프 D. 스펜서는 사라지고 지미 밸런타인이 되살아났다.

"모두 다 문에서 비켜나세요."

지미가 딱 부러지게 지시했다.

지미는 가방을 탁자에 올려놓고 활짝 열었다. 바로 그 순간부터 지미는 다른 사람들을 의식하지 못하는 것 같았다. 지미는 반짝거리는 기묘한 도구들을 재빠르게 차례차례 꺼내면서 그 일을 할 때면 언제나 그렇듯 나지막하게 휘파람을 불었다. 다른 사람들은 깊은 침묵에 파묻혀 꼼짝도 하지 못한 채 마법에 걸린 것처럼 지미를 지켜보았다.

얼마 후에 지미가 아끼는 드릴이 강철 문을 부드럽게 뚫고 들어갔다. 십 분 후에는 지미가 자신의 금고털이 기록을 깨는 기염을 토하며 걸쇠를 벗겨내고 금고 문을 열었다.

애거사는 쓰러지기 직전이었지만 안전하게 엄마 품에 안겼다.

지미 밸런타인은 코트를 걸치고 난간을 지나 출입문으로 걸어갔다. 그때 저 멀리서 누가 "랠프!"라고 소리친 것 같았다. 한때 알았던 사람의 목소리였다. 하지만 지미는 조금도 주저하지 않고 앞으로 나아갔다.

출입문에서 덩치 큰 남자가 지미의 앞을 가로막고 섰다.

"안녕, 벤!"

지미가 여전히 기이한 미소를 지으며 말했다.

"마침내 내 소식을 들었군, 그렇지? 뭐, 별수 없지, 가자고. 뭐가 어떻게 된 건지 알아봤자 달라질 건 없으니까."

그런데 벤 프라이스는 조금 이상하게 행동했다.

"뭔가 착각하신 것 같군요, 스펜서 씨. 전 당신이 누군지 모르는데요. 저기 마차가 당신을 기다리고 있군요, 맞죠?"

그 말을 끝으로 벤 프라이스는 돌아서서 거리를 따라 터벅터벅 걸어 내려갔다.

학교, 학교, 학교

제롬 워런 노인은 이스트 피프티-소포스가 35번지에 있는 10만 달러짜리 집에 살고 있었다. 그는 도심지에서 일하는 주식중개인이었고 굉장한 부자라서 아침마다 건강을 위해 사무실 방향으로 몇 블록 걷고는 택시를 불러 탈 수 있었다.

그에게는 양자가 한 명 있었는데 오랜 친구의 아들로, 시릴 스콧이 멋지게 연기해낼 수 있을 만한 길버트라는 아이였다. 길버트는 튜브에서 물감을 짜내는 것만큼 빠르게 화가로 성공을 거두고 있었다. 제롬 노인의 또 다른 가족은 바버라 로스라는 이복 조카딸이었다. 누구에게나 문제는 있게 마련이다. 제롬 노인은 친자식이 없었지만 다른 사람들의 짐을 대신 짊어졌다.

길버트와 바버라는 서로 잘 어울려 지냈다. 주변 사람들은 암묵적으로, 언젠가 두 사람이 한낮에 꽃무늬 종 아래에 서서 제롬 노인의 재산을 크게 불려놓겠다고 목사님께 맹세하리라고 생각했다. 하지만 인생이란 바로 이런 때에 복잡해지는 법이다.

30년 전, 제롬 노인이 청년이었을 때 그에게는 딕이라는 형제가 있었다. 딕은 자신의 운을, 안 되면 다른 사람의 운이라도 거머쥐려고 서부로 떠났다. 그 후 아무 소식도 없다가 어느 날 편지 한 통이 제롬 노인 앞으로 도착했다. 줄 쳐진 종이에 지독하게 형편없는 글씨가 적힌 편지에서는 소금에 절인 베이컨과 커피 찌꺼기 냄새가 났다. 천식 환자가 쓴 것 같은 필체에 어린 순교자 성 비투스가 쓴 것처럼 철자가 엉망이었다.

딕은 운명의 여신을 멈춰 세워서 재물을 다 빼앗기는커녕, 자기가 강도를 당해 가진 것을 다 빼앗기고 적에게 인질로 붙잡히는 신세가 된 모양이었다. 편지 내용으로 보자면 딕은 위스키로도 어찌할 수 없는 합병증에 걸려서 죽음만 바라보고 있는 형편이었다. 딕이 30년 동안 광부로 일하면서 얻은 것은 열아홉 살 된 딸 하나뿐이었다. 딕은 제롬에게 자기 딸을 평생 동안, 안 되면 결혼시켜 내보낼 때까지라도 입히고 먹이고 교육하고 편하게 대해주며 소중하게 키워달라고, 뱃삯을 미리 치른 배에 태워 동부로 보낸 것이었다.

제롬 노인은 판자 깔린 산책로 같은 존재였다. 아틀라스가 두 어깨에 이 세상을 짊어지고 있다는 사실은 누구나 다 안다.

아틀라스는 울타리 위에 서 있고, 울타리는 거북의 등 위에 있다. 그렇다면 거북 등 아래에 또 무언가가 있어야 한다. 그것이 바로 제롬 노인 같은 판자 깔린 산책로다.

인간이 불멸의 존재가 될 수 있을지 모르겠다. 만약 그럴 수 없다면, 제롬 노인 같은 사람은 언제쯤 정당한 대우를 받게 될까?

제롬 노인의 가족은 역에서 네바다 워런을 만났다. 네바다 워런은 햇볕에 그을린 짙은 구릿빛 피부를 가진 예쁘장한 여자애였다. 세련되지는 못했지만 담배 행상도 무턱대고 건드릴 수 없는 분위기를 뿜어냈다. 그런 분위기 탓에 바버라가 짧은 치마에 가죽 레깅스를 받쳐 입고 유리구슬을 치거나 야생마를 길들이는 광경을 상상할지도 모르겠다. 하지만 수수한 하얀 블라우스에 검정색 치마를 입은 그녀의 차림새를 보면 생각이 달라질 것이다. 바버라가 묵직한 가방을 아주 가볍게 번쩍 들어 올리는 바람에 그녀를 도와주려던 제복 차림 짐꾼들은 머쓱해졌다.

"우린 분명 아주 친한 친구가 될 거야."

바버라가 햇볕에 그을린 네바다의 탄탄한 뺨에 입을 쪽 맞추며 말했다.

"그랬으면 좋겠다."

네바다가 말했다.

"애야, 우리 집을 네 아빠 집처럼 편하게 생각하렴."

제롬 노인이 말했다.

"감사합니다."

네바다가 말했다.

"가방 좀 들어줘. 엄청나게 무겁거든. 아빠가 광산 여섯 곳에서 채취한 광석 표본들이 들어 있어서 말이야."

네바다가 바버라에게 설명했다.

"이 광석들은 1,000톤에 9센트쯤 나갈 것 같지만 아빠한테 다 가져가겠다고 약속했거든."

한 남자와 두 여자, 한 여자와 두 남자, 혹은 한 여자와 한 남자 그리고 귀족 남자가 얽힌 복잡한 관계는 셋 중 어떤 경우든 흔히 삼각형으로 설명된다. 하지만 그 관계는 절대 정삼각형을 이루지 못한다. 언제나 이등변삼각형이 될 뿐이다. 네바다 워런이 등장하면서 네바다와 길버트와 바버라는 비유적으로 말해서 그런 삼각형을 이루었고, 바버라가 삼각형의 빗변이 되었다.

어느 날 아침, 제롬 노인은 아침을 먹고 파리지옥 같은 도심지로 나가기 전에 시 전체에서 가장 지루한 아침 신문을 한참 동안 들고 있었다. 그는 네바다를 상당히 좋아하게 되었다. 죽은 형제의 차분하고 독립적인 성격과 남을 의심하지 않는 솔직함을 네바다한테서 찾아볼 수 있었기 때문이다.

그때 하녀가 네바다 워런 앞으로 온 편지를 가져왔다.

"심부름꾼이 가져왔어요. 지금 문 앞에서 답장을 기다리고 있답니다."

네바다는 이 사이로 휘파람을 불어 스페인 왈츠를 흥얼거리고 거리를 지나가는 자동차와 마차를 지켜보다가 편지 봉투를 집어 들었다. 봉투를 뜯어보지 않고도 봉투 상단 왼쪽 구석에 묻은 금색 물감을 보고 길버트가 보낸 것임을 알아차렸다.

네바다는 봉투를 뜯어 편지를 꺼내서 한참 동안 곰곰이 살펴보았다. 그러고는 심각한 표정으로 삼촌의 팔꿈치 옆에 가서 섰다.

"제롬 삼촌, 길버트는 좋은 애죠?"

"뭐, 그게 무슨 소리냐!"

제롬 노인이 신문을 시끄럽게 접으면서 말했다.

"당연히 좋은 애지. 내가 키운 아이잖니."

"길버트는 저, 그게…… 다른 사람이 알거나 읽어서는 안 되는 그런 편지를 쓰지 않겠죠?"

"그 녀석이 그런 짓을 할 수나 있을지 모르겠구나."

제롬 노인이 신문 일부를 찢어내면서 말했다.

"그런데 그건 왜……."

"길버트가 저한테 보낸 이 편지를 읽어보시고 다 적절하고 괜찮은 내용인지 말씀해주세요. 전 도시 사람들과 생활 방식을 잘 몰라서요."

제롬 노인이 신문을 내려놓고 두 발로 밟았다. 그러고는 길버트의 편지를 집어 들어 철저하게 두 번 읽어보고 나서 한 번 더 훑어보았다.

"애야, 너 때문에 괜히 긴장했잖니. 그 녀석이 어떤 앤지 잘 알고 있으면서도 말이야. 길버트는 자기 아버지를 닮았구나. 그 애는 최고급 다이아몬드야. 이건 그냥 오늘 오후 네 시에 롱아일랜드로 드라이브 갈 수 있는지 너하고 바버라한테 묻는 편지야. 편지지만 빼면 나무랄 데가 없구나. 난 언제나 파란색을 싫어했거든."

"가도 괜찮을까요?"

네바다가 간절하게 물었다.

"그럼, 물론이지, 애야. 안 될 게 뭐 있겠니? 그래도 네가 그렇게 신중하고 솔직한 걸 보니까 기분이 좋구나. 꼭 가도록 해."

"잘 몰라서 그런 거죠."

네바다가 가라앉은 목소리로 말했다.

"그래서 삼촌한테 여쭤봐야겠다고 생각했어요. 저희랑 함께 가시겠어요, 삼촌?"

"내가? 아니, 아니, 그건 안 돼! 그 애가 모는 차를 한 번 타본 적이 있단다. 다시는 안 타! 하지만 너랑 바버라는 괜찮을 거야. 물론 그렇고말고. 하지만 난 아냐! 안 되지, 안 되고말고. 난 안 가!"

네바다는 문으로 날아갈 듯 달려가 하녀에게 말했다.

"우린 꼭 갈 거예요. 바버라 대신 제가 답해주는 거예요. 길버트에게 '우리가 꼭 간다고' 전하라고 심부름꾼에게 말해주세요."

"네바다, 얘야."

제롬 노인이 불렀다.

"길버트에게 답장을 보내는 게 좋지 않겠니? 한 줄만 써서 말이야."

"아뇨, 그럴 필요 없어요."

네바다가 활기차게 말했다.

"길버트는 이해할 거예요. 언제나 그러니까요. 전 한 번도 차를 타본 적이 없어요. 하지만 카누를 타고 로스트 홀스 협곡을 통과해 리틀 데블 강까지 가본 적은 있죠. 차 타는 게 그보다 더 재미있을지 궁금해요!"

두 달이 지나갔다.

바버라는 10만 달러짜리 집 서재에 앉아 있었다. 서재는 바버라에게 좋은 곳이었다. 이 세상에는 남자들과 여자들이 곤경에서 벗어나기 위해 찾아갈 만한 장소들이 많다. 수도원과 통곡의 장, 온천장, 고해실, 운둔지, 변호사 사무실, 미용실, 비행선, 서재가 그런 곳들이다. 그중에서도 가장 좋은 곳은 서재다.

　　　　　　　　　　　　학교, 학교, 학교

삼각형의 빗변이 세 변 중에서 자기가 가장 길다는 사실을 발견하기까지는 보통 오랜 시간이 걸린다. 하지만 빗변은 구부러지지 않는 긴 선이다.

바버라는 혼자 있었다. 제롬 삼촌과 네바다는 극장에 갔다. 바버라는 극장에 가고 싶지 않았다. 집에 남아 서재에서 생각을 하고 싶었다. 당신도 매력적인 뉴욕 아가씨가 되어 갈색머리의 영리한 서부 마녀가 당신이 원하는 젊은이에게 밧줄과 올가미를 던지는 모습을 매일 지켜본다면, 은을 그을려 만든 뮤지컬 코미디의 무대장치 따위에는 흥미가 없어질 것이다.

바버라는 네 조각으로 된 떡갈나무 탁자에 앉아 있었다. 오른팔을 탁자 위에 올려놓고, 오른손 손가락으로 봉인된 편지를 초조하게 만지작거렸다. 네바다 워런 앞으로 온 편지였다. 봉투 상단 왼쪽 구석에 길버트가 항상 칠해놓는 금색 물감 자국이 있었다. 네바다가 떠나고 나서 아홉 시에 도착한 편지였다.

바버라는 편지 내용을 알 수만 있다면 진주 목걸이라도 내줄 지경이었다. 하지만 수증기를 쐬어 편지 봉투를 뜯어본다거나 펜이나 머리핀으로, 또는 그 밖에 다른 일반적인 방법으로 편지를 뜯어서 읽어볼 수가 없었다. 자신과 같은 사회적 지위에 있는 사람은 그런 짓을 해서는 안 되니까 말이다. 바버라는 편지 봉투를 들어서 강한 빛에 비추어보고 세게 눌러서 내용을 몇 줄이라도 읽어보려고 했지만 길버트가 어찌나 좋은 봉투를 골랐는지 불가능했다.

극장에 갔던 사람들이 열한 시 삼십 분에 돌아왔다. 달콤한 겨울밤이었다. 두 사람은 택시에서 내려 집까지 걸어오는 그 짧은 시간 동안, 동쪽에서 비스듬히 쏟아져 내리는 커다란 눈 송이를 하얗게 뒤집어썼다. 제롬 노인은 택시 기사가 불친절하고 길이 꽉 막혔다며 기분 좋게 투덜거렸다. 장미처럼 뺨이 붉어진 네바다는 사파이어 같은 눈을 빛내며 아빠의 오두막 근처 산에서 폭풍이 몰아쳤던 밤이 어땠는지 재잘거렸다. 이처럼 겨울 이야기가 오가는 가운데, 바버라는 차갑게 얼어붙은 마음을 끌어안은 채 자기 일에만 몰두했다. 자신이 할 수 있는 적합한 일은 그것뿐이라고 생각했기 때문이었다.

제롬 노인이 뜨거운 물이 담긴 병과 진통제 키니네를 가지러 곧장 2층으로 올라갔다. 네바다는 유일하게 불이 환하게 켜진 서재로 옷자락을 나부끼며 들어가 안락의자에 푹 주저앉았다. 그러고는 팔꿈치까지 올라오는 장갑의 끝없이 이어지는 듯한 단추를 풀면서 뮤지컬 공연의 단점들을 하나하나 꼬집기 시작했다.

"필즈 씨는 진짜 재미있는 사람 같아. 가끔은 말이야."

바버라가 말했다.

"너한테 온 편지가 있어. 네가 가고 나서 속달로 온 거야."

"누가 보낸 건데?"

학교, 학교, 학교

네바다가 단추 하나를 당기면서 물었다.

"음, 그게, 짐작할 수는 있지."

바버라가 미소 지으며 말했다.

"길버트가 자기 색조라고 부르는 그 기묘한 물감이 편지 봉투 한쪽 모퉁이에 묻어 있거든. 그런데 내 눈에는 그게 여학생들이 밸런타인데이에 그려 넣는 금색 하트처럼 보여."

"뭐라고 썼는지 궁금하네."

네바다가 별로 관심 없다는 듯이 말했다.

"우리는 모두 똑같아."

바버라가 말했다.

"모든 여자들이 똑같단 말이야. 우리는 우표를 보면서 무슨 편지인지 알아내려고 하지. 그러다가 결국에는 최후의 수단으로 남겨뒀던 가위로 봉투를 열어서 편지를 아래에서 위로 읽어 올라간다니까. 편지 여기 있어."

바버라는 편지를 탁자 너머로 네바다에게 던지려고 했다.

"아이, 진짜 못살겠네!"

네바다가 소리쳤다.

"안쪽으로 들어간 이 단추들 너무 성가서. 차라리 사슴 가죽 장갑을 껴야겠어. 바버라, 네가 봉투를 뜯어서 읽어봐. 장갑 벗다가 자정이 지나겠어."

"어머, 내가 길버트의 편지를 읽어보는 게 싫지 않니? 너한테

온 편지인데 다른 사람이 읽기를 바라지는 않을 거 아냐."

네바다는 장갑에 쏠려 있던 차분하고 평온한 사파이어 빛 눈을 들어 올렸다.

"아무나 읽어서는 안 되는 편지를 나한테 쓰는 사람은 없어."

네바다가 말했다.

"어서 읽어봐, 바버라. 길버트가 우리와 함께 내일 또 드라이브를 하고 싶은 건지도 몰라."

호기심은 고양이를 죽이는 짓보다 더한 것도 할 수 있다. 감정, 특히 여성의 감정이 고양이를 적대시한다면 질투심은 온 세상의 고양이들을 다 없애버릴 것이다. 바버라는 조금 따분한 일이지만 선심이라도 쓴다는 양 편지 봉투를 뜯었다.

"뭐, 좋아. 네가 원한다니까 읽어볼게."

바버라는 봉투를 뜯어 눈으로 빠르게 편지를 읽고 또 읽었다. 그러고는 재빠르게 네바다를 슬쩍 쳐다보았다. 네바다는 온통 장갑에 관심을 쏟느라, 유망한 예술가의 편지는 화성에서 온 쪽지처럼 취급하는 것 같았다.

바버라는 한 십오 초 동안 이상할 정도로 뚫어지게 네바다를 쳐다보았다. 그러더니 입술을 1인치의 16분의 1만큼만 움직여 살그머니 미소를 짓고, 순간적으로 뭔가 떠올랐다는 표정을 지으며 눈을 가늘게 떴다.

태초부터 여자는 여자에게 신비스러운 존재가 못 되었다. 여자는 빛처럼 재빠르게 다른 여자의 마음을 꿰뚫어보고, 가장 교활한 가면을 벗겨내며, 가장 깊숙이 숨겨진 욕망을 읽어낸다. 그뿐만 아니라 빗에서 머리카락을 빼내듯 여자의 교활한 말에서 궤변을 골라내 엄지와 다른 손가락들 사이에 끼워서 조롱하듯 만지작거리다가 근원적인 의심이라는 미풍에 실어 날려보낸다. 오래전에 이브의 아들은 낯선 여자를 한 팔로 끌어안고 낙원에 있는 가족들 집으로 데려가 초인종을 눌렀다. 이브는 며느릿감을 한쪽으로 데려가서 눈썹을 추켜세웠다.

"놋의 땅 말인데요."

신부가 야자나무 잎사귀를 무심하게 만지작거리면서 말했다.

"어머님은 거기 가보셨죠?"

"최근에는 못 가봤단다."

이브가 단호한 목소리로 말했다.

"그곳에서 내놓는 사과 소스가 엉망이라고 생각하지 않니? 뽕나무 잎사귀로 만든 웃옷은 마음에 들더구나. 하지만 진짜 무화과나무 상품들은 그곳에 가져가지 못하지. 남자들이 셀러리 껍질을 벗기는 동안 이 라일락 덤불 뒤쪽으로 오렴. 쐐기벌레가 구멍을 뚫어놔서 네 옷 뒤쪽이 약간 벌어진 것 같아."

기록에 따르면 그리하여 이 세상에 둘밖에 없는 유명한 여성들이 서로 동맹을 맺었다. 그 후로 여자들은 동성에게는 창유리처럼 투명한 존재가 되기로 했다. 물론 당시에는 아직 유리가 발명되지 않았었지만 말이다. 반면 남자들 앞에서는 자신들을 신비한 존재로 위장하자고 합의했다.

바버라는 머뭇거리는 것 같았다.

"정말 이건 아냐, 네바다."

바버라가 조금 당혹스러워하면서 말했다.

"나한테 편지를 꺼내보라고 재촉하지 말았어야 했어. 이……이건 다른 사람이 알면 안 되는 내용이 분명해."

네바다는 잠시 동안 장갑 생각을 떨쳐냈다.

"크게 읽어줘. 넌 이미 읽었으니까 달라질 게 없잖아. 길버트가 다른 사람이 알아서는 안 되는 걸 편지에 적었다면 더더욱 모든 사람들에게 알려야지."

"좋아. 편지에는 이렇게 적혀 있어. '사랑스런 네바다, 오늘 밤 열두 시에 내 작업실로 와줘요. 꼭이요.'"

바버라가 일어서서 편지를 네바다의 무릎에 떨어뜨렸다.

"정말 미안해. 내가 알아버려서 말이야. 이건 길버트답지 않아. 뭔가 착오가 있는 게 틀림없어. 내가 이 사실을 모른다고 생각해줘, 알겠지? 난 이만 위층으로 올라가야겠어. 머리가 아파. 내가 편지 내용을 잘 이해하지 못한 게 분명해. 어쩌면 길버트가 저녁을 아주 잘 먹어서 그 이야기를 해주고 싶은지도 모르지. 잘 자!"

학교, 학교, 학교

네바다는 발뒤꿈치를 들고 살금살금 복도로 나갔다. 위층에서 바버라의 방문이 닫히는 소리가 들렸다. 서재의 청동 시계가 열두 시까지 십오 분이 남았다고 알려주었다. 네바다는 재빨리 현관으로 달려가 눈보라 속으로 뛰어들었다. 길버트 워런의 작업실은 여섯 블록 떨어진 곳에 있었다.

하얗고 소리 없는 폭풍 군대가 나룻배를 타고 공중을 가로질러 음침한 이스트 강 저 너머에서 도시를 공격해왔다. 보도에는 벌써 눈이 30센티미터 정도 쌓였고, 바람에 날리는 눈발이 포위당한 마을 성벽에 세워둔 사다리처럼 쌓여 올라갔다. 거리는 폐허가 된 폼페이의 거리처럼 조용했다. 택시들이 달빛 일렁이는 바다 위로 하얀 날개를 퍼덕이며 날아가는 갈매기들처럼 간간이 스쳐 지나갔다. 드문드문 다니는 자동차들은, 비유적으로 말하자면, 신명나지만 위험한 여행길에 나선 잠수함처럼 포말이 이는 파도를 헤치며 쉭쉭 나아갔다.

네바다는 바람에 떠밀려가는 바다제비처럼 돌진해 나아갔다. 고개를 들자 울퉁불퉁한 산맥처럼 거리 위로 솟아올라 구름에 가린 건물들이 보였다. 건물들로 이루어진 그 산맥은 밤의 불빛들과 얼어붙은 증기에 싸여 회색과 황갈색, 자주색, 암갈색, 짙은 청색, 잿빛으로 일렁거렸다. 네바다는 서부 고향집의 겨울 산맥과 무척이나 비슷한 그 풍경에, 10만 달러짜리 집에서 좀처럼 느끼지 못했던 만족감을 맛보았다.

어느 길모퉁이에서 네바다는 경찰관 한 명을 마주치고 그의 눈빛과 덩치에 움찔하며 머뭇거렸다.

"안녕하세요? 외출하기에는 좀 늦은 시간 아닌가요?"

경찰관이 말했다.

"저…… 그냥 약국에 가는 거예요."

네바다가 경찰관을 빠르게 스쳐 지나가면서 말했다.

이것은 가장 약삭빠른 사람에게도 통하는 핑계거리였다. 이는 여성이 전혀 나아지지 않았다는 뜻일까? 아니면 지성과 간계를 완전히 갖춘 채 아담의 갈비뼈에서 튀어나왔다는 뜻일까?

동쪽으로 꺾자 맞바람이 불어와 네바다의 걸음이 반쯤 느려졌다. 네바다는 눈 속에서 갈지자로 비틀거렸지만 소나무 묘목만큼이나 강인했고, 바람을 맞으며 우아하게 고개를 숙였다. 갑자기 작업실 건물이 네바다 앞에 불쑥 나타났다. 선명하게 기억하고 있는 협곡 위쪽 절벽처럼 낯익은 곳이었다. 상업의 근거지이자 그에 적대적인 예술의 근거지이기도 한 그곳은 어둡고 고요했다. 엘리베이터 운행은 열 시에 끝났다.

네바다는 스틱스 강처럼 어두컴컴한 계단으로 8층까지 올라가 '89'라는 숫자가 적힌 문을 탕탕 두드렸다. 바버라와 제롬 삼촌과 함께 많이 와봤던 곳이었다.

길버트가 문을 열었다. 길버트는 한 손에 크레용을 들었고, 눈 밑에 푸르스름한 그늘이 드리워져 있었으며, 입에 파이프를 물고 있었다. 그 파이프가 바닥에 툭 떨어졌다.

"제가 늦었나요? 최대한 빨리 왔어요. 오늘 저녁에 제롬 삼촌과 함께 극장에 갔었거든요. 자, 이렇게 제가 왔어요, 길버트!"

길버트는 '피그말리온과 갈라티아'처럼 행동했다. 망연히 서 있는 조각상에서 해결할 문제를 안고 있는 젊은이로 변한 것이었다. 길버트는 네바다를 집 안으로 들이고 양복 솔을 가져와 네바다의 옷에서 눈을 털어내기 시작했다. 초록색 갓이 씌워진 커다란 램프가 이젤 위에 매달려 있었다. 좀 전까지만 해도 화가는 그 이젤에서 크레용으로 스케치를 하고 있었다.

"절 만나고 싶다고 했잖아요."

네바다가 천진난만하게 말했다.

"그래서 이렇게 왔죠. 당신이 편지에 그렇게 썼잖아요. 왜 만나자고 했어요?"

"제 편지를 읽었어요?"

길버트가 숨을 가다듬으며 물었다.

"바버라가 읽어줬어요. 전 그 후에 읽었고요. 편지에는 '사랑스런 네바다, 오늘 밤 열두 시에 내 작업실로 와줘요. 꼭이요'라고 쓰여 있었죠. 난 당신이 아프다고 생각했어요. 그런데 그런 것 같지는 않네요."

"아하!"

길버트가 난데없이 감탄사를 내뱉었다.

"왜 와달라고 했는지 말해줄게요, 네바다. 전 지금 당장 당신과 결혼하고 싶어요. 오늘 밤에요. 눈보라가 좀 치지만 그게 무슨 상관이겠어요? 나와 결혼해줄래요?"

"제가 오래전부터 그렇게 하리라는 걸 눈치채셨을걸요. 게다가 전 눈보라 치는 날이 오히려 좋아요. 오후에 꽃으로 장식된 교회에서 결혼하는 건 진짜 싫거든요. 길버트, 당신이 이런 식으로 용기 있게 청혼할 줄은 몰랐어요. 사람들이 깜짝 놀라든 말든 상관하지 말아요. 우리가 뭘 하든 자기들이 상관할 일이 아니잖아요?"

"물론이죠!"

길버트가 말했다.

"그런데 그 말을 어디서 들었더라?"

길버트가 혼잣말로 속삭였다.

"잠깐만요, 네바다. 전화 좀 하고 올게요."

길버트는 작은 탈의실로 들어가 문을 닫고는 하늘의 번개를 불러냈다. 전혀 낭만적이지 않은 전화번호를 누른 것이었다.

"잭, 너니? 야, 이 못 말리는 잠꾸러기야! 어서 일어나. 나야, 날라구. 아니, 나라고. 에이, 문법 따위는 개나 줘버려! 난 지금 당장 결혼할 거야. 그래, 그렇다니까! 네 여동생 깨워. 말대꾸하지 말고 여동생도 데려와. 꼭 그렇게 해줘. 아그네스한테 롱콩코마 호수에 빠져 죽을 뻔했던 그 애를 내가 구해줬다는 걸 잊지 말라고 해. 그 일을 끄집어내는 게 치사한 짓이란 거 알아. 하지만 아그네스도 꼭 너랑 함께 와야 해. 그래! 네바다가 여기서 기다리고 있어. 우린 한참 전에 약혼을 했지. 너도 짐작하겠지만 친척들이 좀 반대를 해서 이렇게 할 수밖에 없어. 우리는 여기서 기다리고 있을게. 아그네스 말발에 넘어가지 말고 꼭 데려와! 그렇게 할 거지? 넌 진짜 멋진 친구야! 마차를 보내줄게. 급행 마차로. 잭, 좀 어리둥절하겠지만 넌 잘할 수 있어!"

길버트는 네바다가 기다리고 있는 방으로 돌아갔다.

"제 오랜 친구 잭 페이턴이 여동생과 함께 열두 시 십오 분 전까지 여기에 오기로 했었죠."

길버트가 설명했다.

"그런데 잭이 지독하게 굼떠서 말이에요. 방금 두 사람에게 빨리 오라고 전화했어요. 몇 분 안에 도착할 겁니다. 전 지금 이 세상에서 가장 행복한 사람이에요, 네바다! 제가 오늘 밤에 당신한테 보낸 편지는 어떻게 했어요?"

"여기에 꼭 넣어뒀어요."

네바다가 외투 아래쪽에서 편지를 꺼내며 말했다.

길버트는 봉투에서 편지지를 꺼내 꼼꼼히 살펴보았다. 그러고는 생각에 잠겨 네바다를 바라보았다.

"제가 자정에 작업실로 와달라고 하는 게 이상하다고 생각하지 않았어요?"

"어머, 전혀요."

네바다가 눈을 동그랗게 뜨며 말했다.

"당신은 제가 필요해서 불렀는데 그게 뭐가 이상하죠? 서부에서는 친구가 급하게 와달라고 하면 일단 가요. 당신도 그래서 절 부른 게 아닌가요? 나중에 문제가 해결되고 나면 그때 이야기를 나누죠. 그런 일이 생길 때는 대체로 눈이 내리고요. 그래서 전 대수롭지 않게 생각했어요."

길버트가 다른 방으로 들어가더니 비바람과 눈을 막아주는 외투를 가지고 나왔다.

"이 비옷을 걸쳐요."

길버트가 비옷을 들어주면서 말했다.

"여기서 40킬로미터 정도 가야 해요. 잭과 여동생이 곧 도착할 거예요."

길버트는 묵직한 외투를 입으려고 애를 쓰기 시작했다.

"아, 네바다. 저기 탁자 위에 있는 저녁 신문 1면 헤드라인을 읽어봐요. 서부 지역에 관한 기사예요. 당신이 좋아할 만한 이야기죠."

길버트는 외투를 입기 힘든 척하면서 잠시 기다렸다가 네바다를 돌아보았다. 네바다는 꼼짝도 하지 않았다. 기이하고 슬픈 표정으로 길버트를 똑바로 쳐다보고 있었다. 네바다의 두

뺨은 바람과 눈을 맞았을 때보다 훨씬 더 붉어졌지만 눈빛은
차분했다.

"말하려고 했어요. 어떻게 해서든지 당신이나 우리, 아니, 뭐,
누구한테든 말하려고 했죠. 아버지는 단 하루도 저를 학교에
보내주지 않았어요. 그래서 빌어먹을 글자 하나 읽거나 쓰는
법을 배우지 못했죠. 지금 만약……."

뭐가 어떻게 돌아가고 있는지 모른 채 위층으로 올라오는 잠
꾸러기 잭과 은혜를 갚으러 오는 아그네스의 발소리가 들렸다.

길버트 워런 부부는 결혼식을 마치고 지붕 있는 마차에 몸을
싣고서 조용히 집으로 향했다. 그때 길버트가 말했다.

"네바다, 당신이 오늘 밤 받았던 편지에 내가 뭐라고 썼는지
진짜 알고 있어요?"

"당연하죠!"

길버트의 신부가 말했다.

"한마디도 빼지 않고 말하면 이래요. '친애하는 워런 양, 그
꽃에 관해서 당신이 한 말이 맞았어요. 그건 라일락이 아니라
수국이었어요.'"

"그랬군요. 하지만 그건 이제 잊어버려요. 어쨌든 바버라가
자기 꾀에 넘어간 거니까요!"

붉은 추장의 몸값

괜찮은 생각 같았는데 결국 어찌됐는지 알아? 다 이야기해줄 테니 기다려봐. 우리, 그러니까 빌 드리스콜과 나는 앨라배마에서 남부로 가던 길이었어. 그때 납치 계획이 번뜩 떠올랐지. 나중에 빌이 한 말을 빌리자면, 그때 우리는 '일시적으로 정신이 나간 상태'였어. 하지만 우리는 나중에서야 그 사실을 깨달았지.

팬케이크처럼 판판한 마을이 하나 있었는데 물론 이름은 정상이라는 뜻의 서밋(Summit)이었어. 그곳에는 오월제 기둥 주변에 모여드는 사람들처럼 선하고 느긋한 표정의 농부들이 살았지.

빌과 나는 합쳐서 600달러 정도를 갖고 있었고, 일리노이 주서부에서 부동산 사기를 치려면 2,000달러가 더 필요했어. 우리는 여관 앞 계단에서 그 문제에 대해 이야기했지. 반쯤 시골인 지역이라서 사람들이 자식을 지극히 사랑한다고 말이야. 그 밖에 다른 이유도 몇몇 있지만 여하간 아이를 납치하는 게 훨씬 나을 것 같았어. 신문사들이 그런 사건들을 캐내서 크게 보도하려고 수수한 옷차림의 기자들을 보낼 만한 곳도 아니니까 말이야. 서밋에서 일을 벌여봤자 순경들이 우리를 쫓겠지. 어쩌면 게으른 경찰견들을 데리고 말이야. 거기다가 〈주간 농부 예산〉에 우리 행각을 비난하는 글이 한두 차례 실리겠지만 그보다 더 강력한 조치는 없을 거라는 걸 알았어. 그래서 괜찮은 생각 같았지.

우리는 에버니저 도싯이라는 마을 유지의 외동아들을 목표로 삼았어. 그 아이 아버지는 제법 지위가 있는 사람이었는데, 꼿꼿한 자세로 헌금함을 본체만체하고 지나가는 구두쇠에다 엄격한 주택 대부업자여서 가차 없이 집을 차압하는 인간이었지. 아이는 열 살짜리 남자애였는데 주근깨가 돋을새김처럼 오돌토돌하게 난 얼굴에, 머리카락은 기차역 가판대에서 파는 잡지 표지 색깔이었어. 빌과 나는 에버니저가 아이 몸값으로 2,000달러를 동전 한 푼까지 순순히 내놓을 거라고 생각했다고. 그런데 말이야, 그래, 이야기해줄 테니까 기다려봐.

서밋에서 3킬로미터쯤 떨어진 곳에 삼나무가 빽빽하게 들어찬 작은 산이 있었어. 그 산 뒤쪽으로 높이 솟은 곳에 동굴이 하나 있어서 우리는 그곳에 식량을 저장해뒀지.

어느 날 해가 지고 난 후에 우리는 마차를 타고 도싯 영감 집을 지나쳐 갔어. 아이는 집 앞 거리에서 맞은편 울타리에 앉은 새끼 고양이에게 돌을 던지고 있었지.

그 아이를 보고 빌이 이렇게 말했어.

"얘, 꼬맹아! 사탕 한 봉지도 받고 마차도 한번 신나게 타볼래?"

그러니까 아이가 벽돌 조각으로 빌의 한쪽 눈을 정통으로 맞히더군.

"그 영감탱이한테서 500달러는 더 받아내고 말겠어."

빌이 마차 바퀴를 밟고 올라서면서 말했지.

남자애는 마차에 타지 않으려고 웰터급 밤색 아메리카 곰처럼 버텼지만 결국 우리는 그 애를 붙잡아 마차 바닥에 던져놓고 그 자리를 떠났어. 아이를 동굴로 데려가서, 말은 내가 삼나무 숲에 매놓았지. 그러고는 어두워진 후에 5킬로미터쯤 떨어진 작은 마을로 되돌아가서 마차를 돌려주고 산까지 걸어서 돌아왔어.

돌아와 보니 빌이 온통 멍들고 긁힌 얼굴에 반창고를 붙이고 있더라고. 동굴 입구의 커다란 바위 뒤에서는 모닥불이 활활 타고 있고, 남자애는 붉은 머리에 독수리 꼬리 깃털 두 개를 꽂은 채 팔팔 끓는 커피 주전자를 지켜보고 있더군. 내가 다가가자 남자애가 막대기로 나를 가리키며 이렇게 말하는 거야.

"아니! 이 못된 흰둥이 놈, 네가 감히 이 평원을 공포로 몰아

넣는 붉은 추장의 진지에 발을 들여놓는 거냐?"

"잡혀온 주제에 아주 팔팔해."

빌이 바지 자락을 걷어 올리고 정강이에 난 멍 자국들을 살펴보면서 말했어.

"지금 인디언 놀이를 하는 중인데 어찌나 실감나는지, 그 유명한 서부극 〈버팔로 빌 쇼〉도 마을회관에서 환등기로 보여주는 지루한 팔레스타인 풍경처럼 보일 정도라니까. 난 늙다리 행크라는 덫 사냥꾼이야. 붉은 추장의 포로로 잡혀왔는데 새벽에 내 머리 가죽을 벗기겠대. 아파치족 추장 제로니모가 말이야! 요 꼬마 녀석 발길질이 장난 아냐."

빈말이 아니더라고. 고 사내 녀석은 아주 재밌어하는 것 같았어. 동굴에서 야영하는 재미에 자기가 납치됐다는 사실도 잊어버렸더라고. 녀석은 즉시 나한테 스파이 뱀눈이라는 별명을 붙이더니 출정 나간 자기 용사들이 돌아오면 태양이 뜰 때 날화형에 처하겠다는 거야.

우리와 함께 저녁을 먹을 때는 베이컨과 빵, 고기 국물을 입 안에 가득 머금고 재잘대더군. 고 녀석의 정찬 연설은 이랬어.

"이거 진짜 재밌다. 야영은 한 번도 못 해봤어. 주머니쥐는 한 번 키워봤지만. 지난번 생일에 아홉 살이 됐어. 학교는 진짜 가기 싫어. 생쥐들이 지미 탤벗의 고모가 기르는 얼룩덜룩한 암탉의 달걀들을 먹어치웠대. 이 숲에 진짜 인디언들이 있어? 고기

국물 더 줘. 나무들이 움직여서 바람이 부는 거야? 우리 집에서 강아지 다섯 마리를 키웠어. 코가 왜 그렇게 빨개, 행크? 우리 아빠는 돈이 엄청 많아. 별은 뜨거워? 토요일에는 에드 워커를 두 번 때려줬지. 난 여자애들이 싫어. 노끈이 없으면 두꺼비를 잡을 생각도 말아야 돼. 황소도 소리를 내? 오렌지는 왜 둥글어? 이 동굴에 잠잘 침대 있어? 아모스 머리는 발가락이 여섯 개래. 앵무새는 말을 할 수 있지만 원숭이나 물고기는 못해. 얼마에 얼마를 더해야 열둘이 나오게?"

녀석은 그 와중에도 몇 분 간격으로 자기가 깐깐한 인디언이라는 걸 떠올리고는 막대기 총을 들더니, 깨금발을 하고 동굴 입구로 걸어가 목을 쭉 뺀 채 꼴보기 싫은 흰둥이 놈의 정찰병들이 있는지 살피더군. 그러다 가끔씩 인디언의 함성을 질러 덫 사냥꾼 늙다리 행크를 부르르 떨게 만들었지. 녀석은 처음부터 빌을 공포에 질리게 했어.

"붉은 추장, 집에 가고 싶어?"

내가 녀석에게 물었어.

"에이, 뭐하러? 집에 가면 재미있는 게 하나도 없어. 학교 가기 싫다고. 야영하는 게 좋아. 날 다시 집으로 보내지 않을 거지, 뱀눈, 그렇지?"

"지금 당장은 아냐. 우린 한동안 이 동굴에서 지낼 거야."

"좋았어! 신나겠는데. 내 평생 이렇게 재미있었던 적이 없어."

붉은 추장의 몸값

우리는 열한 시쯤에 잘 준비를 했어. 널찍한 담요 몇 장과 누비이불 몇 개를 펼쳐놓고 붉은 추장을 우리 사이에 눕혔지. 녀석이 달아날지도 모른다는 걱정은 안 했어. 녀석은 들리지도 않는 나뭇가지 부서지는 소리나 나뭇잎 바스락거리는 소리를 들었다고 하더군. 무법자 무리가 몰래 다가오고 있다는 상상에 빠져서는 벌떡 일어나 총을 집어 들고, 나와 빌의 귀에 대고 "쉿! 너희들, 입 다물어"라고 하기도 했어. 그렇게 세 시간 동안이나 잠을 못 자게 만들더라고. 그러다 마침내 힘겹게 잠들었는데, 붉은 머리의 잔인한 해적에게 납치당해 나무에 사슬로 묶이는 꿈을 꿨다는 거 아냐.

막 동이 텄을 때 빌이 내지르는 끔찍한 비명 소리에 잠이 확 달아나더군. 그건 고함 소리도 울부짖음도 괴성도 찢어지는 외침 소리도 아니었어. 성인 남자의 성대에서 나올 법한 그런 소리가 아니었다고. 들어주기 부끄러울 정도로 꼴사납게 겁에 질려 내지르는 소리였어. 여자들이 유령이나 애벌레를 보고 내지르는 소리 같았지. 물불 가리지 않는 강인하고 뚱뚱한 남자가 마구잡이로 질러대는 소리를 새벽에 동굴 속에서 듣고 있자니 소름이 끼치더라고.

나는 무슨 일이 일어났는지 보려고 벌떡 일어났지. 붉은 추장이 빌의 가슴을 올라타고 앉아 한 손으로 빌의 머리카락을 감아쥐고 있었어. 녀석의 다른 한 손에는 우리가 베이컨을 썰

205

때 사용했던 날카로운 주머니칼이 들려 있더군. 녀석은 어제 저녁에 빌에게 내렸던 형을 집행하려고 열과 성을 다해서 진짜로 빌의 머리 가죽을 벗기려는 중이었어.

나는 냉큼 칼을 빼앗고 녀석을 다시 바닥에 눕혔어. 하지만 그때 이후로 빌은 제정신이 아니었지. 잠자리에 누웠지만 녀석과 함께 자는 동안은 눈을 감으려고 하지 않았어. 나는 한동안 졸았는데 해가 뜰 때쯤 되니까 붉은 추장이 날 화형에 처하겠다고 했던 말이 떠오르는 거야. 그렇다고 초조해하거나 겁을 먹지는 않았어. 하지만 난 일어나 앉아서 파이프 담배에 불을 붙이고 바위에 기댔지.

"왜 이렇게 일찍 일어난 거야, 샘?"

빌이 묻더군.

"나보고 한 소리야? 아, 어깨가 좀 아파서. 앉아 있으면 좀 나아질 것 같아."

"거짓말! 너 겁먹은 거지? 꼬마 녀석이 해가 뜰 때 널 화형에 처하겠다고 했으니까 말이야. 녀석은 성냥만 찾으면 그렇게 하겠지. 진짜 끔찍하지 않아, 샘? 저 꼬맹이 장난꾸러기를 집으로 돌려보내달라고 돈을 낼 사람이 있을 것 같아?"

"당연히 있지. 저런 말썽꾸러기 녀석이 바로 부모가 애지중지하는 자식이라고. 이제 넌 붉은 추장을 깨워서 아침식사를 준비해. 그동안 나는 산꼭대기에 올라가서 주변을 살펴볼 테니까."

붉은 추장의 몸값

나는 작은 산꼭대기에 올라가서 주변을 둘러봤어. 서밋 쪽을 살펴보면 낫과 갈퀴로 무장하고 비열한 납치범들을 찾아 시골 지역을 뒤지는 건장한 젊은 농부들이 보일 것 같았거든. 그런데 한 남자가 갈색 노새로 밭을 가는 평화로운 풍경밖에 보이지 않는 거야. 개울 바닥을 훑는 사람도 없었어. 아이를 잃고 얼이 빠진 부모에게 아무 소식도 없다는 걸 알리려고 사방팔방으로 뛰어다니는 사람들도 없더군. 앨라배마 외곽 지역을 뒤덮은, 졸릴 정도로 지루한 목가적인 풍경만 보였어. 난 이렇게 중얼거렸지.

"늑대들이 연약한 새끼 양을 우리에서 잡아채 갔다는 사실을 아직 모르고 있는지도 몰라. 하늘이여, 늑대를 도와주소서!"

난 아침을 먹으러 산을 내려갔어.

동굴에 들어가니까 빌이 동굴 한쪽 벽에 등을 대고 딱 붙어서서 숨을 헐떡거리고 있더라니까. 꼬맹이 녀석은 코코넛 반만한 돌멩이로 빌을 뭉개버리겠다고 겁주고 있고 말이야.

"요 녀석이 뜨거운 삶은 감자를 내 등 뒤에 넣었어. 그러고는 발로 그걸 밟아 뭉갰다고. 그래서 내가 귀싸대기를 갈겨줬지. 샘, 너 총 갖고 있지?"

나는 꼬마 녀석한테서 돌멩이를 뺏고 뭐랄까, 싸움을 말렸어.

"복수하고 말겠어. 붉은 추장을 때려놓고 보복당하지 않은 놈은 없으니까. 몸조심하는 게 좋을 거야!"

꼬마 녀석이 빌에게 이렇게 으름장을 놓더군.

아침을 먹고 나자 꼬마 녀석이 끈에 둘둘 말려 있는 가죽 한 조각을 주머니에서 꺼내더니 동굴 밖으로 나가서 끈을 풀기 시작했어.

"쟤가 지금 뭐 하는 거지?"

빌이 불안한 목소리로 물었어.

"녀석이 도망치려는 건 아니겠지, 샘?"

"응, 그런 걱정은 전혀 안 해. 집을 그다지 좋아하는 것 같지 않거든. 그건 그렇고 몸값을 어떻게 받아낼지 계획을 좀 짜야겠어. 애가 사라졌는데도 서밋에 큰 소동이 난 것 같지 않아서 말이야. 아마 애가 사라졌다는 걸 아직 아무도 모르는 거겠지. 애가 제인 고모나 다른 이웃 집에서 자고 있다고 생각하는지도 몰라. 어쨌든 오늘 내로 누군가는 애를 애타게 찾기 시작하겠지. 아이 몸값으로 2,000달러를 내놓으라는 협박장을 오늘 밤에 아이 아빠에게 보내야겠어."

바로 그때 다윗이 골리앗을 쓰러뜨렸을 때 내질렀을 법한 그런 함성이 들리는 거야. 붉은 추장이 주머니에서 꺼낸 건 돌팔매 끈이었어. 녀석은 돌팔매 끈을 머리 위로 들어 올려 빙빙 돌리고 있었지.

나는 피했는데, 묵직하게 탕 하는 소리와 빌의 한숨 소리가 들렸어. 말안장을 풀 때 말이 내는 그런 소리 말이야. 계란만 한 새카만 돌멩이가 빌의 왼쪽 귀 뒤쪽을 명중시켰지. 맥이 탁

풀린 빌은 설거지할 물이 끓고 있는 프라이팬을 덮치면서 모닥불 위로 쓰러졌어. 나는 빌을 끌어내 삼십 분 동안 빌의 머리에 차가운 물을 끼얹었었지.

얼마 후에 빌이 일어나 앉아 귀 뒤쪽을 만지며 말하더군.

"샘, 내가 제일 좋아하는 성서의 등장인물이 누군지 알지?"

"진정해. 곧 정신이 돌아올 거야."

"헤롯 왕이야. 날 여기 혼자 두고 가지 않을 거지, 샘?"

나는 동굴 밖으로 나가서 꼬마 녀석을 붙잡고 주근깨가 와르르 쏟아져 내릴 만큼 세게 흔들었어.

"얌전하게 굴지 않으면 곧장 집으로 돌려보낼 거야. 착하게 굴 거야, 말 거야?"

"그냥 재미로 그런 거야."

녀석이 부루퉁하게 대답하더군.

"늙다리 행크를 다치게 하려던 건 아니었어. 하지만 행크가 날 때린 건 어쩌고? 날 집에 보내지 않고 오늘 검은 정찰병 놀이를 하게 해주면 착하게 굴게, 뱀눈."

"난 그게 뭔지 몰라. 그건 빌 아저씨랑 얘기해봐. 오늘 너랑 놀아줄 사람은 빌 아저씨니까. 난 일이 있어서 잠시 나갔다 올 거야. 자, 안으로 들어가서 빌 아저씨랑 화해하고 다치게 해서 죄송하다고 사과해. 안 그러면 당장 집으로 보내버릴 거야."

꼬마 녀석에게 빌과 악수하라고 시키고 나서 빌을 한쪽으로 데려왔어. 나는 동굴에서 5킬로미터쯤 떨어진 포플러 그로브라는 작은 마을에 내려가, 서밋 주민들이 납치 사건을 어떻게 생각하고 있는지 알아보겠다고 했지. 그리고 그날 당장 도싯 영감에게 몸값과 전달 방법을 통보하는 단호한 협박장을 보내는 게 좋겠다고 생각했어.

"샘, 너도 알 거야."

빌이 이렇게 말을 꺼냈어.

"난 지진이 나든 화재가 나든 홍수가 나든 눈 하나 꿈쩍하지 않고 네 곁을 지켰어. 포커 게임을 하든, 다이너마이트를 터뜨리든, 경찰의 기습을 받든, 기차를 털든, 폭풍이 몰아치든 상관없이 말이야. 두 발 달린 폭죽 같은 꼬맹이 녀석을 납치하기 전에는 무서운 게 없었지. 그런데 저 녀석은 무서워. 날 저 녀석과 남겨두고 오래 있다 올 건 아니겠지, 샘?"

"오후쯤에 돌아올 거야. 내가 돌아올 때까지 꼬맹이와 재밌게 놀아주고 꼬맹이가 말썽 못 피우게 해. 이제 도싯 영감에게 보낼 협박장을 쓰자고."

빌과 나는 종이와 연필을 준비해 편지를 쓰기 시작했어. 그동안 붉은 추장은 몸에 이불을 둘둘 만 채 거만하게 왔다 갔다 하면서 동굴 입구를 지켰어. 빌은 눈물까지 글썽이면서 몸값을 2,000달러가 아니라 1,500달러로 하자고 애원하더군.

"부모의 애정이라는 그 숭고한 도덕적 정신을 깎아내리려는 건 아냐. 하지만 우리는 사람을 상대하고 있다고. 주근깨투성이 들고양이 같은 18킬로그램짜리 꼬맹이 몸값으로 2,000달러를 내놓을 사람은 없어. 그러니까 1,500달러로 했으면 해. 대신 내 몫을 그만큼 덜 받을게."

결국 나는 빌을 안심시키려고 그 제의를 받아들이고 빌과 함께 협박장을 썼어.

에버니저 도싯에게

서밋에서 멀리 떨어진 곳에 당신 아들을 숨겨뒀다. 당신이나 아주 유능한 형사들이 아이를 찾으려고 애쓰는 건 소용없는 짓이다. 이제부터 당신 아들을 되찾을 수 있는 유일한 방법을 알려주겠다. 1,500달러를 고액지폐로 준비해서 오늘 밤 자정에 이 요구에 대한 회답을 갖다놔야 하는 장소에 있는 상자에 넣어둘 것. 장소는 뒤에 적어두었다. 이 요구대로 하겠다면 오늘 밤 여덟 시 삼십 분에 심부름꾼 한 명을 시켜 답신을 전달하라. 포플러 그로브로 가는 길에 올빼미 만을 지나면 오른쪽의 밀밭 울타리 근처에 약 1미터 간격으로 떨어져 있는 커다란 나무 세 그루가 있다. 그중 세 번째 나무 맞은편의 울타리 기둥 아래쪽에 작은 종이상자가 있을 것이다.

심부름꾼은 그 상자에 답신을 놓고 즉각 서밋으로 돌아갈 것.

조금이라도 우리를 속이려고 하거나 우리 지시를 따르지 않으면 다시는 당신 아들을 보지 못한다.

우리가 요구한 돈을 내놓으면 세 시간 안에 당신 아들을 안전하게 몸 성히 돌려보내겠다. 이것은 최종 요구조건이며 당신이 이에 응하지 않으면 더 이상 연락하지 않겠다.

막가파 두 사람이

나는 도씻의 집 주소를 적고 협박장을 주머니에 넣었어. 내가 밖으로 나가려는데 꼬마 녀석이 다가와 이러는 거야.

"어이, 뱀눈, 네가 가고 없을 때 검은 정찰병 놀이를 하게 해준다고 했잖아."

"물론 그랬지. 빌 아저씨랑 같이 해. 어떻게 하는 거지?"

"내가 검은 정찰병이 되는 거야. 방책까지 말을 타고 가서 인디언들이 오고 있다고 주민들에게 알려야 해. 혼자서 인디언 놀이 하는 건 싫증났어. 검은 정찰병이 되고 싶어."

"좋아. 문제 될 건 없어 보이는군. 네가 성가신 야만인들을 물리치도록 빌 아저씨가 도와줄 거야."

"난 뭘 해야 하는데?"

빌이 의심스러운 눈초리로 꼬마 녀석을 바라보면서 묻더군.

"말이 되는 거야."

검은 정찰병이 말했어.

"네발로 엎드려. 말도 없이 어떻게 방책까지 가겠어?"

붉은 추장의 몸값

"우리 계획이 순조롭게 풀릴 때까지 녀석과 재미있게 놀아줘. 인색하게 굴지 말라고."

그러자 빌이 네발로 엎드렸는데 눈빛이 꼭 덫에 걸린 토끼 같더라니까.

"방책까지 얼마나 머냐, 꼬맹아?"

빌이 쉰 목소리로 물었어.

"144킬로미터를 가야 해. 제시간에 거기까지 가려면 서둘러야 한다고. 이랴, 달려!"

검은 정찰병이 이렇게 말하고는 빌의 등에 올라타 발꿈치로 빌의 옆구리를 걷어차더군.

"맙소사, 제발 최대한 빨리 돌아와줘, 샘. 몸값을 1,000달러 이상으로 올리지 말 걸 그랬어. 그만, 날 걷어차는 걸 그만두지 않으면 당장 일어나서 때려줄 테다."

나는 포플러 그로브로 걸어가 우체국 겸 가게 주변에서 어슬렁거리다가 물건을 사러 오는 촌뜨기들과 이야기를 나눴어. 구레나룻이 덥수룩한 사람이, 에버니저 도싯의 아들이 실종되거나 유괴당해서 서밋이 들썩거리고 있다는 소식을 들었다더군. 그게 바로 내가 알고 싶은 정보였어. 나는 담배를 사고 자연스럽게 동부콩 가격을 물어보다가 몰래 협박 편지를 부치고 나왔지. 우편물을 서밋으로 배달하는 우편배달부가 한 시간 안에 올 거라고 했어.

동굴로 돌아가니까 빌과 꼬마 녀석이 보이지 않았어. 동굴 주변을 둘러보고는 위험을 각오하고 한두 번 소리도 질러봤지만 아무 대답이 없는 거야.

그래서 파이프에 불을 붙이고 이끼 긴 둑에 앉아서 뭔가 일이 터질 때까지 기다렸지.

한 삼십 분쯤 지나서 나뭇가지들이 부스럭거리는 소리가 들리더니 빌이 동굴 앞쪽의 작은 공터로 비틀거리며 걸어 나왔어. 꼬마 녀석은 활짝 웃으면서 정찰병처럼 조심스럽게 그 뒤를 따라 나오더군. 빌이 걸음을 멈추고 모자를 벗더니 빨간색 손수건으로 얼굴을 닦았어. 꼬마 녀석은 빌 뒤에서 2미터쯤 거리를 두고 멈춰 섰지.

"샘, 내가 배신했다고 생각할지도 모르겠지만 어쩔 수가 없었어. 난 용맹하고 내 몸 하나는 지킬 수 있는 성인이야. 하지만 자부심이니 우월감이니 하는 것들이 전부 다 무너질 때가 있어. 꼬마 녀석은 가버렸어. 내가 집으로 보내버렸다고. 다 끝났어. 옛날에는 순교자들이 있었지."

빌이 잠시 쉬었다가 말을 이어나가더군.

"그들은 자기들이 누리는 특별한 이득을 포기하느니 차라리 죽음을 택했어. 하지만 그들은 나처럼 불가항력의 고문을 당하지는 않았다고. 난 우리 계획대로 밀고 나가려고 애썼어. 하지만 한계에 부딪혔지."

붉은 추장의 몸값

"무슨 일이 있었는데, 빌?"

"말 노릇을 하면서 방책까지 정확하게 144킬로미터를 달려갔어. 그러고는 주민들을 구하고 나서 귀리를 받아먹었지. 그런데 모래는 먹을 만한 게 못 되더라고. 그러고 나서는 한 시간 동안 구멍 속에는 왜 아무것도 없는지, 길이 어떻게 두 갈래로 나눠지는지, 잔디는 왜 초록색인지 설명해줘야 했어. 샘, 사람이라면 딱 그 정도까지는 참을 수 있겠지만 그 이상은 안 돼. 난 녀석의 멱살을 잡고 산 아래로 끌고 내려갔어. 가는 길에 녀석이 내 다리를 걷어차서 무릎 아래가 시커멓고 퍼렇게 멍들었다니까. 엄지손가락에는 두세 군데 물린 자국이 생겼고 손에는 감각이 없어."

빌이 계속 주절거렸어.

"하지만 녀석은 가버렸지. 집으로 갔다고. 녀석에게 서밋으로 가는 길을 보여주고 걷어차서 2미터쯤 앞으로 보내버렸어. 몸값을 못 받게 돼서 미안해. 하지만 그렇게 하지 않으면 나 빌 드리스콜이 정신병원에 갔을 거라고."

빌은 헐떡거리면서 말했지만 장밋빛 얼굴에는 이루 말할 수 없는 평온함과 만족감이 서려 있었지.

"빌, 집안에 심장병 병력이 있지는 않지?"

"응, 말라리아와 사고사 말고는 만성 질환 없어. 그건 왜 물어?"

"그럼 돌아서서 뒤를 살펴봐."

빌이 돌아서서 꼬마 녀석을 보더니 얼굴이 하얗게 질려서는 바닥에 털썩 주저앉아 아무 생각 없이 풀과 작은 나뭇가지를 뜯기 시작하더군. 그 후 한 시간 동안 난 빌이 제정신인지 걱정스러웠어. 나는 즉시 이 일을 마무리 짓자고 말했지. 도싯 영감이 우리 제안에 응하면 자정까지 몸값을 받아 튀자고 했어. 그제야 빌은 용기를 내서 꼬마 녀석에게 희미한 미소를 지어주고는, 기분이 좀 나아지면 러일전쟁의 러시아군 행세를 하는 놀이를 해주겠다고 약속하더라니까.

나는 붙잡힐 위험 없이 몸값을 받아낼 계략을 생각해냈어. 전문 납치범들한테도 권할 만한 계략이었지. 내가 답신과 몸값을 두라고 지시했던 나무는 탁 트인 황량한 들판의 도로 울타리 근처에 있었어. 누가 편지를 가지러 오는지 감시하는 경찰들이 있다면, 들판을 가로지르거나 도로를 따라오는 사람을 멀리서도 볼 수 있는 곳이었지. 하지만 천만에! 여덟 시 삼십 분에 나는 이미 나무 위에 청개구리처럼 꼭꼭 숨어서 심부름꾼을 기다리고 있었다고.

여덟 시 삼십 분 정각이 되자 한참 자랄 나이의 소년이 자전거를 타고 도로를 따라 올라와서 울타리 기둥 아래쪽에 놓인 종이 상자를 발견했어. 거기에 접힌 종이를 넣고 다시 서밋으로 돌아갔지.

나는 한 시간쯤 기다려보고 아무 이상 없다고 확신했지. 나

붉은 추장의 몸값

무 아래로 내려가서 편지를 집어 들고 울타리를 따라 숲으로 들어가서는 삼십 분 후에 동굴로 돌아갔어. 편지 봉투를 열고 등불 가까이 다가가 빌에게 편지를 읽어줬지. 알아보기 힘든 필체로 적힌 내용은 대략 이랬어.

막가파 두 사람에게

신사분들, 내 아들 몸값을 요구하는 당신들 편지를 오늘 우편으로 받았어요. 몸값을 좀 많이 요구하는 것 같군요. 그래서 말인데 내가 제안을 하나 하죠. 당신들이 내 제안을 받아들일 거라고 믿고 싶군요. 조니를 집으로 데려다주고 내게 현금으로 250달러를 주면 조니를 내가 맡죠. 밤에 오는 게 좋을 거요. 이웃 사람들은 조니가 실종됐다고 믿고 있는데 조니를 데려오는 사람에게 무슨 짓을 한다 해도 난 모르는 일입니다. 그럼 이만 줄이며.

에버니저 도싯

"이 뻔뻔스러운 펜잰스의 해적 같으니라고⋯⋯."

난 이렇게 말하다가 빌을 힐끗 보고는 멈칫했어. 말을 하든 못 하든 내가 보아온 그 모든 짐승 가운데 가장 애절한 표정을 짓고 있었거든.

"샘, 250달러가 뭐 대수야? 그 정도 돈은 갖고 있잖아. 이 녀석이랑 하룻밤만 더 보내면 내가 정신병원에 들어가고 말 거야. 도싯 씨는 뼛속까지 신사인 데다 통이 큰 사람이라 우리한테 그렇게 너그러운 제의를 한 것 같아. 이 기회를 날려버리지는 않을 거지?"

빌이 간청하더군.

"사실 말이야, 빌, 고 꼬마 녀석 때문에 내 신경도 좀 날카로워지더라고. 녀석을 집에 데려다주고 몸값을 준 다음에 여기를 뜨자."

결국 난 이렇게 말했지.

그날 밤에 꼬마 녀석을 집으로 데려갔어. 아버지가 은으로 장식된 총과 모카신 한 켤레를 사다났고, 내일 곰 사냥을 갈 거라고 말하니까 꼬마 녀석도 순순히 우릴 따라 나서더군.

열두 시 정각에 에버니저 집 현관문을 두드렸어. 원래 계획대로라면 나무 아래 상자에서 1,500달러를 꺼냈을 바로 그 시간에, 빌은 250달러를 헤아려서 도싯의 손에 쥐어주었지.

꼬마 녀석은 우리가 자기를 집에 두고 떠나려는 걸 알아차리고는 증기 오르간 소리처럼 날카로운 고함을 질러대기 시작하더니 거머리처럼 빌의 다리에 딱 달라붙더군. 결국은 애아버지가 구멍이 뚫려 있어 접착력이 좋은 파스를 떼어내듯 천천히 녀석을 떼어냈지.

"녀석을 얼마나 오래 붙잡고 있을 수 있나요?"

빌이 묻더군.

"옛날만큼 기운이 세지는 못하지만 십 분은 버틸 수 있을 것 같군요."

도싯이 대답했어.

"그 정도면 충분합니다. 십 분 후에는 중부와 남부, 중서부의 주들을 가로질러 캐나다 국경을 향해 쏜살같이 달아나고 있을 테니까요."

그러고 나서 빌은 그렇게나 어두운 밤에, 그렇게나 뚱뚱한 몸으로, 나만큼이나 빠르게, 나보다 2킬로미터는 앞서 서밋 밖으로 달아났다니까.

어느 도시 보고서

자궁심 넘치는 도시들
서로 경쟁하네
이 도시는 산기슭을
저 도시는 짐 쌓인 바닷가를 내세우며
— R. 키플링

시카고나 버팔로, 혹은 테네시 주의 내슈빌에 관한 소설이 있
다면 어떨까! 미국에서 '화제가 될 만한 도시'는 대도시 세 개뿐
이다. 그중 하나는 당연히 뉴욕이고, 또 하나는 뉴올리언스, 그
중 최고는 샌프란시스코다.
— 프랭크 노리스

캘리포니아 사람들은 동부 하면 그냥 동부라고 생각하지만, 서부 하면 샌프란시스코를 떠올린다. 캘리포니아 사람들은 한 종족이지 단순하게 어느 한 주에 거주하는 사람들이 아니다. 그들은 서부의 남부인들이다. 시카고 사람들도 그들 못지않게 자기 도시에 충성한다. 하지만 그 이유를 물으면 더듬거리면서 호수의 물고기와 새로 건축된 오드펠로스빌딩 정도를 들먹거린다. 하지만 캘리포니아 사람들은 그 이유를 시시콜콜하게 설명할 수 있다.

날씨 이야기는 십중팔구 한 삼십 분 동안 떠들어댄다. 여러분이 석탄 값 청구서와 두꺼운 속옷 생각을 하고 있을 때 말이다. 만약 여러분이 잠자코 듣고 있다면 자기네들 말에 수긍한다는 착각에 빠져서 신들린 사람마냥 금문교의 도시를 신세계의 바그다드라도 되는 것처럼 묘사한다. 이런 생각이야 사람마다 다르니까 굳이 반박할 필요는 없다. 하지만 아담과 이브의 자손인 친애하는 사촌들이여, 지도 한곳을 손가락으로 짚으며 이렇게 말한다면 경솔한 짓이다.

"이런 도시에 로맨스라는 게 있을까? 이곳에서 일어날 만한 일이 뭐가 있기는 있을까?"

그렇다, 단 한 문장으로 역사와 로맨스, 랜드앤맥널리사의 관광 안내서를 부정하는 것은 대담하고 경솔한 짓이다.

내슈빌 : 테네시 주의 수도이자 화물 운송 항구가 있는 도시
로, 컴버랜드 강과 노스캐롤라이나−세인트루이스 간 철도와 루
이빌−내슈빌 간 철도에 위치한 남부 최고의 교육 중심지.

나는 오후 여덟 시에 기차에서 내렸다. 사전에서 쓸 만한 형
용사를 찾아보았지만 허탕만 쳐서, 급한 대로 요리법을 설명하
듯 내슈빌을 묘사하자면 이렇다.

런던의 안개 30퍼센트에 말라리아 10퍼센트, 가스 누출 20
퍼센트, 해 질 무렵 벽돌 마당에 맺힌 이슬 25퍼센트, 인동덩굴
향 15퍼센트를 섞은 것.

이 혼합물은 내슈빌의 보슬비와 비슷할 것이다. 좀약처럼 향
기롭지도 않고 완두 수프처럼 진하지도 않다. 이 정도로 설명
하면 충분하리라.

나는 사형수 호송차 같은 마차를 타고 호텔로 갔다. 마차
위로 기어 올라가 시드니 카턴(찰스 디킨스의 소설 《두 도시 이야
기》에서 사랑하는 여자의 남편 대신 단두대에 올라간 주인공—옮긴이)
흉내를 내고 싶은 충동을 억누르느라 무진 애를 썼다. 마차는
한물간 시대의 짐승들이 끌고 해방된 흑인이 몰았다.

나는 졸리고 피곤해서 호텔에 도착하자마자 마부가 달라는
대로 서둘러서 50센트를 지불했다. 물론 팁도 적절하게 줬다.
마부들의 버릇을 잘 알고 있어서 옛 '주인 나리'가 어쩌고, '전쟁

어느 도시 보고서

전에는' 저쩌고 하는 소리를 듣고 싶지 않았기 때문이다.

호텔은 '개조된' 곳이었다. 다시 말해서 2만 달러를 들여서 로비에 대리석 기둥을 설치하고 타일을 교체하고 전등과 침 뱉는 놋쇠 타구를 들여놓았으며, 위층의 근사한 객실마다 루이빌—내슈빌 간 철도 시간표와 룩아웃 산 풍경을 담은 석판화를 갖다 놓았다. 호텔의 관리 상태는 흠잡을 데가 없었고, 종업원들은 남부인처럼 몹시 예의 바르게 손님들 시중을 들었다. 서비스는 달팽이처럼 느렸지만 워싱턴 어빙 소설의 주인공 립 밴 윙클처럼 유쾌했다. 음식은 1,600킬로미터를 달려와서 먹을 만한 가치가 있었다. 닭 간 꼬치 요리가 그처럼 맛있는 호텔은 이 세상 어디에도 없다.

나는 저녁을 먹으면서 흑인 종업원에게 이 도시에서 즐길 만한 일이 뭐 없는지 물었다. 종업원은 잠시 진지하게 생각하더니 이렇게 대답했다.

"저, 선생님, 해가 지고 나면 할 게 전혀 없는 것 같은데요."

해는 완전히 저물어서 한참 전에 보슬비에 잠겨 명을 다했다. 그런고로 관광은 물 건너간 일이었다. 하지만 나는 뭔가 볼 만한 게 있을까 싶어서 보슬비를 헤치고 거리로 나아갔다.

연간 3만 2,470달러를 쏟아 부어 전등으로 거리를 밝히는, 울퉁불퉁한 땅 위에 들어선 도시.

호텔을 나섰을 때 인종 폭동이 일어났다. 자유민들인지 아랍 사람들인지 줄루 족인지 불분명한 떼거리가 무장한 채 내게 달려들었다. 총이 아니라 채찍으로 무장하고 있어서 그나마 마음이 놓였다. 이어서 검고 볼품없는 마차 행렬이 어렴풋이 보이고, 위안이 되는 외침 소리들이 들렸다.

　　"시내 어디로 가시든 50센트에 태워드립니다."

　　그제야 나는 내가 폭동의 희생자가 아니라 '마차 승객'일 뿐이라는 사실을 알아차렸다.

　　나는 언덕으로 길게 이어지는 거리들을 따라갔다. 내리막이 나오기나 할지 의심스러웠다. '경사가 완만해지기' 전까지는 내리막이 나오지 않을 것 같았다. 몇몇 '중심가' 여기저기에 불 켜진 상점들이 보였다. 전차들이 훌륭한 시민들을 싣고 여기저기로 달렸다. 대화를 나누면서 지나가는 사람들이 보였고, 음료 가게와 아이스크림 가게에서 흘러나오는 활기 넘치는 웃음소리가 들렸다. '중심가' 이외의 거리들은 주변의 집들을 꾀어서 평온하고 가정적인 분위기로 끌어들인 것 같았다. 그런 집들에서는 창문에 조심스럽게 쳐놓은 커튼 사이로 불빛이 새어나왔고, 몇몇 집에서는 흠잡을 데 없이 정확한 피아노 연주 소리가 흘러나왔다. 정말로 '할 만한 일'이 거의 없었다. 해 지기 전에 나왔으면 좋았을 거라는 생각이 들었다. 나는 호텔로 발걸음을 돌렸다.

어느 도시 보고서

1864년 11월에 남부군 후드 장군이 내슈빌로 진격해 토마스 장군 휘하의 북부군을 포위했다. 이에 토머스 장군은 반격해서 치열한 전투 끝에 남부군을 물리쳤다.

나는 씹는담배를 즐기는 이 남부 지역의 평화로운 전투에서 발군의 실력을 보인 명사수들의 이야기를 지금까지 줄곧 들어왔고, 그에 감탄했으며, 그 광경을 직접 목격했다. 하지만 호텔에서 놀라운 일이 나를 기다리고 있었다. 멋진 호텔 로비에 밝고 화려하고 널찍한 새 놋쇠 타구가 열두 개 있었는데 항아리라고 해도 될 만큼 깊숙했고, 여자 야구 팀 일류 투수가 다섯 걸음 떨어진 곳에서 공을 던져 넣을 수 있을 만큼 널찍했다. 그런데 맙소사, 치열한 침 뱉기 전투가 벌어졌고 아직 끝나지 않았음에도 적은 건재했다. 밝고 화려하고 널찍한 새 놋쇠 타구들이 본래 모습 그대로 서 있었던 것이다. 하지만 제퍼슨 벽돌 벽 색깔이 어떤지 보라! 바닥 타일, 그 아름다운 바닥 타일은 또 어떻고! 나는 내 어리석은 습관대로 내슈빌 전투를 떠올리며 대대로 물려받은 남부인들의 명중 실력을 조금은 깎지 않을 수 없었다.

이곳에서 나는 예의상 소령이라 부르는 웬트워스 캐스웰을 처음 만났다. 나는 척 보자마자 그가 어떤 사람인지 알아보았다. 쥐는 한곳에 머물지 않는다. 거의 모든 것을 적절하게 묘사했던 내 오랜 친구 A. 테니슨은 이렇게 말했다.

예언자들이여, 주책없이 지껄여대는 입술에 저주를 내려라.
영국의 해충 쥐에게도 저주를 내려라.

여기서 '영국의'라는 말은 다른 말로 바꿀 수 있다고 치자.
그래도 쥐는 변함없이 쥐니까.

그 소령이라는 남자는 어디에 뼈다귀를 묻어뒀는지 잊어버린
굶주린 개처럼 호텔 로비를 뒤지고 돌아다녔다. 살이 출렁대는
벌겋고 널찍한 얼굴은 부처의 얼굴처럼 나른하니 우람해 보였
다. 소령의 딱 한 가지 장점은 면도를 아주 깔끔하게 했다는 것
이었다. 사람이 수염을 기른 채 돌아다니는 한, 짐승 같은 인상
은 사라지지 않는다. 그날 그가 면도를 하지 않았다면 나는 그
의 접근을 막았을 것이고, 결국에는 국제범죄기록에 살인 한 건
이 추가되었으리라.

캐스웰 소령이 타구를 향해 공격을 시작했을 때 마침 나는
타구에서 1.5미터쯤 떨어진 곳에 서 있었다. 나는 그동안 세심
하게 관찰해서 그가 '22구경 소총'이 아니라 '개틀링 기관총'을
사용한다는 사실을 알고 있었다. 그래서 즉각 옆으로 비켜났더
니 소령이 그 기회를 놓치지 않고 비전투원인 나에게 사과를 했
다. 소령은 수다스럽게 나불거리는 사람이었다. 그리하여 사

어느 도시 보고서

분 만에 나를 친구로 삼더니 호텔 바로 끌고 갔다.

이쯤에서 내가 남부인이라는 사실을 밝히고 싶다. 하지만 직업이 있거나 사업을 하는 남부인은 아니다. 나는 나비매듭 넥타이를 하지 않고, 챙이 처진 흐늘거리는 모자도 쓰지 않으며, 프록코트를 입지 않고, 셔먼 장군이 파괴한 목화 자루 수도 헤아리지 않거니와, 씹는담배도 즐기지 않는다. 오케스트라가 '딕시'를 연주할 때 환호하지도 않는다. 나는 모퉁이에 가죽을 댄 의자에 몸을 약간 깊숙이 묻고 앉아서 뷔르츠부르크산 포도주 한 잔을 더 주문했다. 그리고 남부군 롱스트리트 장군에게 바라는 바를 생각하고 있었는데…… 하지만 그게 다 무슨 소용이 있단 말인가?

캐스웰 소령이 주먹으로 바를 쾅 내리치자 섬터 요새(남북전쟁의 첫 교전지—옮긴이)에서 울렸던 최초의 총성이 다시 들리는 듯했다. 그러다가 소령이 애퍼매톡스(남부군이 항복해 남북전쟁이 끝난 곳—옮긴이)에서 일어났던 마지막 포격을 재현했을 때 나는 희망을 품기 시작했다. 하지만 소령은 족보를 읊어대기 시작하며 아담이 캐스웰 가문 방계의 팔촌밖에 안 된다고 했다. 그렇게 가계 이야기를 끝내고 나더니 짜증스럽게도 자신의 사적인 가족 문제를 끄집어냈다. 소령은 아내 이야기를 하면서 아내의 조상을 거슬러 올라가 이브에 이르더니 이브의 친척들이 놋 땅에 살았다는 그럴듯한 소문들까지 불경스럽게도 부인했다.

이쯤 되자 나는 소령이 시끄럽게 떠들어서 자기가 술을 주문했다는 사실을 숨기고 날 혼란스럽게 만들어 술값을 나한테 떠넘기려는 것이 아닌가 하는 의심이 들기 시작했다. 하지만 술을 다 마시고 나더니 1달러짜리 은화 하나를 시끄럽게 탁 하고 바에 올려놓았다. 그러니 나도 한잔 사줄 수밖에 없었다. 나는 술값을 치르고 나서 무뚝뚝하게 작별 인사를 했다. 더 이상 그와 어울리고 싶지 않았기 때문이다. 하지만 내가 떠나기 전에 소령은 자기 아내의 수입이 얼마인지 시끄럽게 떠들어대면서 은화 한 움큼을 보여주었다.

그 후에 접수계에서 열쇠를 받는데 접수계원이 예의 바르게 말했다.

"캐스웰이라는 사람이 손님을 귀찮게 해서 불만을 제기하신다면 그 사람을 쫓아내겠습니다. 빈둥거리며 돌아다니는 성가신 사람이거든요. 뭘 해서 돈을 버는지 모르겠지만 항상 돈을 좀 갖고 다니죠. 하지만 합법적으로 그 사람을 쫓아낼 구실을 찾을 수가 없어요."

"아, 아닙니다."

나는 잠시 생각한 후에 말했다.

"딱 꼬집어 말할 만한 불만 사항은 없는 것 같아요. 하지만 그 사람과 어울리고 싶지 않다는 건 분명히 해두고 싶군요. 그

어느 도시 보고서

건 그렇고 이 도시 말입니다."

나는 잠시 후에 다시 말을 이었다.

"상당히 조용한 곳 같네요. 당신네 도시 문턱을 넘어 들어온 이방인에게 권하고 싶은 오락거리나 모험, 혹은 흥미진진한 경험 같은 게 없나요?"

"글쎄요, 손님. 다음 주 목요일에 여기서 쇼가 열릴 거예요. 그게…… 제가 알아보고 나서 그 안내서를 얼음물과 함께 손님 객실로 올려 보내겠습니다. 안녕히 주무세요."

나는 방으로 올라가서 창밖을 내다보았다. 열 시 정도밖에 되지 않았는데 바깥은 고요했다. 보슬비가 계속 내렸고, 흐릿한 가로등이 여성 전용 증권거래소에서 파는 케이크의 건포도처럼 드문드문 서 있었다.

"조용한 곳이야."

나는 신발 한 짝을 아래층 투숙객의 방 천장에 벗어던지면서 혼잣말을 했다.

"이곳에서는 동부와 서부의 도시들처럼 다채롭고 다양한 생활을 찾아볼 수가 없어. 이곳은 그냥 그런대로 괜찮고 평범하고 단조로운 상업도시로군."

내슈빌은 이 지역의 제조업 중심지들 가운데서 최고의 자리를 차지하고 있다. 미국에서 다섯 번째로 큰 부츠와 신발 시장이자 남부에서 제일 큰 캔디와 크래커 생산 도시이며, 의류와 식품, 약품을 대량으로 취급하는 대규모 도매 사업 도시다.

여기서 잠시, 내가 왜 내슈빌에 왔는지 밝혀야겠다. 사실 이런 여담은 여러분뿐만 아니라 나도 지루하게 생각하는 것이지만 말이다. 나는 볼일을 보러 다른 곳을 여행하고 있었는데 북부의 한 문학잡지사가 부탁을 해왔다. 여기에 들러서 기고가인 어제일리어 어데어를 만나 출판사와 직계약을 맺게 해달라는 것이었다.

어데어(이 사람의 성격을 짐작할 만한 단서가 필체밖에 없음)는 수필(사라진 예술!)과 시 몇 편을 보냈는데, 편집자들이 한 시에 점심을 먹으면서 그 글들을 침이 마르도록 칭찬했다. 그래서 그 어데어라는 사람을 붙들어서 다른 출판사가 단어당 10센트나 20센트를 제시하기 전에, 그 남자인지 여자인지 모를 사람의 작품을 단어당 2센트에 사는 독점 계약을 맺으라고 나한테 시킨 것이었다.

다음 날 아홉 시에 나는 닭 간 꼬치구이(이 호텔을 찾게 되면 한 번 먹어보라)를 먹고 나서 여전히 끝없이 내리는 보슬비 속으로 나갔다. 첫 번째 길모퉁이에서 엉클 시저를 만났다. 그는 건장한 흑인이었는데 피라미드보다 더 삭았고 회색 고수머리를 하고 있었다. 얼굴은 언뜻 보면 브루투스, 다시 보면 아프리카 줄루 족의 죽은 세티와요 왕처럼 보였다. 그가 입은 외투는 어찌

어느 도시 보고서

나 독특한지, 지금껏 한 번도 보지 못했고 앞으로도 보지 못할 것 같았다. 발목까지 내려온 외투는 한때 남부군이 입었던 회색 군복이었다. 하지만 비와 햇볕, 세월에 해져서 어찌나 얼룩덜룩해졌는지, 그에 비하면 요셉의 외투는 그저 옅은 단색처럼 보일 지경이었다. 이 외투 이야기는 길게 늘어놓을 수밖에 없다. 내슈빌에서 무슨 일이 일어날 거라고 기대하기 어렵다는 이유로 서두가 이렇게 길어지고 있는 이 이야기와 관련되어 있기 때문이다.

그 외투는 장교의 군복이 분명했다. 망토는 사라졌지만 가슴 부분에 늑골 모양의 장식용 앞판과 장식 술이 위풍당당하게 달려 있었을 것이다. 하지만 지금은 가슴 장식용 앞판과 장식 술이 사라지고 없었다. 그 대신 흔한 삼실을 교묘하게 꼬아서 만든 가슴 장식용 앞판이 꼼꼼한 바느질 솜씨로 기워져 있었다(아마도 살아남은 '흑인 유모'의 솜씨이리라). 삼실은 해져서 올이 풀려 있었다. 이 가슴 장식용 앞판은 오래전에 사라진 앞판의 곡선을 따라 촘촘하게 기워져 있었는데, 누군가가 화려했던 옛 장식 대신 서툴지만 정성껏 달아놓은 것이 틀림없었다. 게다가 우스꽝스럽고 슬프게도 단추 하나만 달랑 달려 있었다. 위에서 두 번째 단추만 남아 있고, 단추가 떨어져 나간 자리에는 조잡하게 또 다른 단추 구멍이 뚫려 있었으며, 양쪽의 단추 구멍이 끈으로 묶여 있었다. 그토록 괴상한 장식에 얼룩덜룩한 옷은 또 없을 것이다. 하나 남은 단추는 노란색이었고 50센트 동전만 한 크기에 뿔로 만든 것이었다. 그것은 거친 실로 꿰매져 있었다.

이 흑인은 마차 옆에 서 있었다. 마차가 어찌나 오래됐는지, 함(노아의 세 아들 가운데 하나—옮긴이)이 방주에 묶여 있던 동물 두 마리를 끌고 나와 몰기 시작한 것 같았다. 내가 다가가자 흑인은 마차 문을 열어젖히고 깃털 먼지떨이를 흔들면서 깊고 걸걸한 목소리로 말했다.

"어서 타세요. 먼지 한 점 없습니다. 방금 장례식에서 돌아왔거든요."

나는 그런 곳에 가는 마차는 더 깨끗하게 청소하나보다 짐작했다. 길옆에 줄지어 서 있는 전세마차들을 둘러보고는 선택의 여지가 없음을 깨달았다. 그래서 메모장을 뒤져 어제일리어 어데어의 주소를 찾아냈다.

"제서민가 861번지로 가지."

나는 이렇게 말하고 마차에 올라타려고 했다. 하지만 그 순간 늙은 흑인이 고릴라의 것처럼 두툼하고 긴 팔로 나를 가로막았다. 그의 큼직하고 냉소적인 얼굴에 의심과 적의가 갑작스럽게 잠깐 떠올랐다 사라졌다. 흑인은 재빨리 자신의 잘못을 깨닫고는 아양을 떨면서 물었다.

"거기에는 왜 가시나요?"

"그건 왜 물어보는 거지?"

내가 약간 날카롭게 물었다.

"아니, 아무것도 아닙니다. 그냥 외진 곳이라 거기를 찾아가는 사람이 별로 없어서 말이죠. 어서 타세요. 좌석은 깨끗합니다. 장례식장에 갔다 와서요."

목적지까지 800미터쯤 되는 게 틀림없었다. 낡은 마차가 울퉁불퉁한 벽돌 길을 달리며 무섭게 덜컹거리는 소리밖에 들리지 않았다. 이제는 석탄 연기와 뒤섞이고 타르와 서양 협죽도 꽃향기의 혼합물 같은 보슬비 냄새만 코끝을 간질였다. 빗물이 흘러내리는 창 너머로 보이는 것은 두 줄로 들어선 어두침침한 집들뿐이었다.

이 도시의 면적은 16제곱킬로미터이며, 거리는 총 291킬로미터에 이르고, 그중에서 220킬로미터가 포장되어 있다. 200만 달러를 들여서 설치한 상수도는 주수도관만 124킬로미터에 이른다.

제서민가 861번지는 다 무너져가는 집이었다. 거리에서 27미터쯤 떨어져 있었고, 눈부신 나무들과 아무렇게나 자라난 덤불에 묻혀 있었다. 한 줄로 늘어선 회양목이 무성하게 자라 말뚝 울타리를 거의 보이지 않을 정도로 가렸다. 문은 문기둥과 울타리 첫 번째 말뚝에 밧줄을 감아서 닫아놓았다. 그러나 안으로 들어가보면 861번지는 그 옛날의 위풍과 우월함을 감쌌던 껍데기이자 그림자이며 유령이었다. 하지만 나는 아직도 이야기의 본론으로 들어가지 않고 있다.

마차가 덜거덕거리며 멈춰 서고 지친 네발짐승들이 휴식을 취할 때, 나는 마부에게 50센트에다 25센트를 더 얹어주면서 내가 참으로 너그러운 사람이라고 느꼈다. 그런데 마부가 그 돈을 받지 않았다.

"2달러입니다, 손님."

"어째서 그렇지? 자네가 호텔 앞에서 '시내 어디로 가시든 50센트에 태워드립니다'라고 하는 소리를 분명히 들었는데."

"2달러입니다."

마부가 고집스럽게 말했다.

"호텔에서 멀리 왔거든요."

"그래도 시내야. 시를 벗어나지 않았다고. 세상 물정 모르는 뜨내기 북부 사람을 잡았다고 생각하지 말라고. 저기 언덕이 보이지?"

나는 사실 보슬비 때문에 언덕을 보지 못했으면서도 동쪽을 가리키며 말을 이어나갔다.

"에헴, 나는 저 언덕 너머에서 태어나 자랐어. 멍청한 검둥이 노인네야, 보고도 모른단 말이야?"

세티와요 왕의 험상궂은 얼굴이 부드러워졌다.

"남부에서 오셨다고요? 손님 신발을 보고 잘못 생각했네요. 남부 신사분들은 구두코가 뾰족한 신발을 신으시거든요."

"그럼 요금은 50센트지?"

내가 냉정하게 말했다. 탐욕스럽고 적대적인 표정이 마부의 얼굴에 다시 떠올랐다가 잠시 후에 사라졌다.

"손님, 요금은 50센트가 맞습니다. 하지만 전 2달러가 필요해요. 꼭 2달러가 있어야 합니다. 이제는 손님이 남부 사람인 걸 알았으니 2달러를 달라고 할 수 없지만요. 오늘 밤에 꼭 2달러가 있어야 하는데 벌이가 시원찮다고 말씀드리는 겁니다."

마부의 침울한 얼굴에 평화와 자신감이 찾아들었다. 마부는 자신이 바랐던 것보다 훨씬 운이 좋았다. 요금이 얼마인지 모르는 뜨내기를 잡은 것이 아니라 돈 많은 상속자를 만났으니까.

"불한당 같은 괘씸한 늙은이!"

나는 주머니에 손을 넣으면서 말했다.

"당신 같은 늙은이는 경찰에 넘겨야 해."

그때 처음으로 마부의 얼굴에서 미소를 보았다. 마부는 알고 있었다. 그래, 내가 어떻게 할지 꿰뚫어본 것이었다.

나는 마부에게 1달러 지폐 두 장을 주었다. 나는 지폐 중 한 장이 아주 낡았음을 알아보았다. 상단 오른쪽 모퉁이가 찢겨져 나갔고, 가운데 부분도 찢어져서 다시 붙여놓은 지폐였다. 찢어진 부분에 붙어 있는 파란색 얇은 종잇조각 덕분에 아직 쓸 수 있었다.

강도나 다름없는 아프리카인 이야기는 이만하면 됐다. 나는 행복감에 들뜬 마부를 내버려두고 문으로 걸어가 밧줄을 풀고 삐걱거리는 문을 열었다.

그 집은 내가 말했던 대로 껍데기였다. 20년 동안 페인트칠 한번 하지 않은 집이었다. 어떻게 카드로 만든 집처럼 강풍에 쓰러지지 않았는지 궁금할 정도였다. 그러다가 집을 꽉 끌어안고 있는 나무들을 보고서야, 내슈빌 전투를 목격했던 그 나무들이 나뭇가지를 뻗어 폭풍과 적, 추위로부터 그 집을 보호하고 있음을 알아차렸다.

어제일리어 어데어는 쉰 살에 백발이었고 왕당파의 자손으로, 자기가 살고 있는 집처럼 가냘프고 연약했으며, 내가 본 것 중에서 가장 싸고 깨끗한 옷을 입고 있었다. 그녀는 여왕처럼 군더더기 없는 태도로 날 맞이했다.

응접실은 1.6제곱킬로미터쯤 돼 보였다. 책 몇 줄이 꽂힌 칠하지 않은 하얀 소나무 책장과 금 간 대리석이 깔린 탁자, 낡은 양탄자, 털이 거의 빠진 말총 소파, 의자 두세 개를 빼면 아무것도 없었다. 다만 벽에는 크레용으로 팬지 한 무리를 그린 그림 한 점이 걸려 있었다. 나는 앤드루 잭슨의 초상화와 솔방울 모양 바구니가 있는지 찾아보았지만 그런 것은 보이지 않았다.

어제일리어 어데어와 나눈 이야기는 약간만 털어놓겠다. 그

녀는 남북전쟁 전의 옛 남부에서 태어나 세상의 풍파를 겪지 않
도록 보호받으며 자란 사람이었다. 지식이 많지는 않았지만 깊
었고, 그 좁은 범위 안에서는 뛰어난 독창성을 발휘했다. 집에
서 교육을 받았고, 그녀가 아는 세상에 관한 지식은 추측과 영
감으로 얻은 것이었다. 몇 안 되는 귀중한 수필가들은 그렇게
탄생한다. 그녀가 이야기를 하는 동안 나는 죄책감에 사로잡
혀 무의식적으로 손가락을 계속 문질렀다. 송아지 가죽으로
반가죽 장정된 '램'과 '초서', '해즐릿', '마르쿠스 아우렐리우스',
'몽테뉴', '후드'의 책에 있지도 않은 먼지가 손가락에 묻어서 털
어내기라도 하는 것처럼 말이다. 어제일리어 어데어는 훌륭한
사람이었고, 그녀를 찾아낸 것은 귀한 발견이었다. 오늘날에는
거의 모든 사람들이 현실에 대해 지나치게 많이 안다. 아, 그 정
도가 지나쳐도 너무 지나치다.

　나는 어제일리어 어데어가 몹시 가난하다는 사실을 분명하
게 알아보았다. 그녀는 살고 있는 집과 입고 있는 옷 외에는 가
진 것이 별로 없는 것 같았다. 나는 잡지사에 충성할지, 컴벌랜
드 계곡에서 토머스 장군과 싸운 시인들과 수필가들 편을 들어
야 할지 갈팡질팡하다가, 피아노의 전신인 하프시코드 소리 같
은 어제일리어 어데어의 목소리를 듣고는 계약 이야기를 꺼낼
수가 없었다. 아홉 명의 뮤즈와 세 명의 미의 여신 앞에 서면 누
구라도 2센트짜리 계약 이야기를 꺼내 화제의 질을 떨어뜨리기

가 망설여질 것이다. 지금 사업 이야기를 꺼낸다 해도 다른 이야기가 이어질 것 같았다. 그럼에도 나는 무슨 일로 찾아왔는지 말했고, 다음 날 오후 세 시에 사업적 제안에 관해서 이야기하기로 했다.

"이 도시는 말이죠."

나는 떠날 준비를 하면서(부드럽고 일상적인 이야기를 나눌 기회다) 말을 꺼냈다.

"조용하고 차분한 곳 같아요. 일상에서 벗어나는 일은 거의 일어나지 않는 고향 마을처럼요."

내슈빌은 서부와 남부에서 조리기구와 도자기류 교역이 광범위하게 이루어지는 곳이며, 이곳의 제분소들은 하루에 2,000배럴 이상의 밀가루를 생산한다.

어제일리어 어데어는 생각에 잠긴 것 같았다.

"그런 식으로 생각해본 적이 없네요."

어제일리어 어데어가 특유의 진지하고 열정적인 태도로 말했다.

"그런 일들은 오히려 조용하고 평온한 곳에서 일어나지 않나요? 하느님이 최초의 월요일 아침에 천지를 창조하기 시작하셨을 때 창밖으로 몸을 내밀었다면 불멸의 언덕을 세우시는 하느님의 삽에서 진흙이 뚝뚝 떨어지는 소리가 들렸을 거예요. 이

어느 도시 보고서

세상에서 가장 시끄러웠던 일은 결국 어떻게 끝났던가요? 바벨 탑을 짓는 일 말이에요. 국제공용어 에스페란토가 〈북아메리카 리뷰〉에 반 페이지 정도 실린 게 전부였죠."

"물론 인간의 본성은 어디에서나 똑같죠."

나는 판에 박힌 이야기를 했다.

"하지만 색채가 더 짙거나, 더 극적이고 활동적이고, 어……로맨스가 있는 그런 도시가 있잖아요."

"겉보기에는 그렇겠죠. 저는 책과 몽상이라는 두 날개를 단 황금빛 비행선을 타고 많은 나라들을 여행했어요. 그 공상의 여행을 하다가, 대중 앞에 얼굴을 드러냈다고 아내를 활로 쏘아 죽이는 터키의 술탄을 봤죠. 내슈빌에서는 아내가 쌀가루로 만든 분을 바르고 외출했다고 극장표를 찢어버리는 남자를 봤고요. 샌프란시스코의 차이나타운에서는 다시는 미국인 애인을 만나지 않겠다는 맹세를 받아내려고 '싱이'라는 노예 처녀를 펄펄 끓는 아몬드 기름에 1인치씩 담그는 광경도 봤어요. 그 여자는 끓는 기름이 무릎 위로 3인치 올라왔을 때 굴복했죠. 요전날 밤에 이스트 내슈빌의 한 유커 카드놀이 파티에서는 키티 모건이 페인트공과 결혼했다고 학교 친구들과 평생 친구 일곱 명한테 의절당하는 걸 봤답니다. 그녀 마음이 끓는 기름처럼 부글부글 끓어올랐죠. 그러면서도 미소 띤 얼굴로 이 탁자와 저 탁자를 오갔는데 당신이 그 모습을 봤더라면 좋았을 거예요.

네, 이곳은 단조로운 도시죠. 벽돌집들과 진흙, 상점들, 목재 적재소가 몇 킬로미터씩 이어져 있는 곳일 뿐이니까요."

그때 집 뒤쪽에서 문을 쿵쿵 두드리는 소리가 들렸다. 어제일리어 어데어는 부드럽게 사과의 한숨을 쉬고는 무슨 소리인지 알아보려고 나갔다. 그러고는 삼 분 후에 살짝 뺨을 붉힌 채 눈을 밝게 빛내며 돌아왔다. 그 모습이 한 10년은 더 젊어 보였다.

"가시기 전에 차 한잔 드세요. 설탕 케이크도 같이요."

어제일리어 어데어는 작은 쇠 종을 흔들었다. 그러자 자그마한 체구에 열두 살쯤 된 흑인 여자애가 맨발을 질질 끌면서 들어왔다. 그다지 깨끗해 보이지 않는 아이는 입에 엄지손가락을 넣고서 볼록 튀어나온 눈으로 나를 쳐다보았다.

어제일리어 어데어는 작고 해진 손가방을 열어 1달러짜리 지폐 한 장을 꺼냈다. 상단 오른쪽 모퉁이가 찢겨 나가고, 반으로 찢어진 것을 얇은 파란색 조각으로 붙여놓은 지폐였다. 내가 그 해적 같은 흑인에게 줬던 1달러 지폐가 틀림없었다.

"모퉁이에 있는 베이커 씨 가게에 갔다 와, 임피."

어제일리어 어데어가 여자아이에게 그 1달러 지폐를 건네주며 말했다.

"항상 내가 마시는 차 113그램과 설탕 케이크 10센트 어치를 사오렴. 어서, 서둘러. 차가 다 떨어져서요."

어제일리어 어데어가 나를 보며 덧붙였다.

임피는 뒷문으로 나갔다. 그 아이의 딱딱한 맨발이 질질 끌리는 소리가 뒷문에 닿아 점차 사라지기 전에 날카로운 비명 소리가 공허한 집 안에 울려 퍼졌다. 나는 그것이 여자아이의 목소리라고 확신했다. 이어서 화난 남자의 거칠고 깊은 목소리가 여자아이의 계속되는 비명 소리와 알아들을 수 없는 말에 뒤섞였다.

어제일리어 어데어는 놀란 기색이나 감정의 동요도 없이 일어서서 밖으로 나갔다. 이 분쯤 후에 남자의 거친 목소리가 들리더니 욕설과 가벼운 몸싸움이 일어나는 것 같은 소리가 이어졌다. 이윽고 어제일리어 어데어가 차분하게 돌아와 의자에 앉았다.

"이 집에는 방이 많아요. 그래서 방 몇 개는 세를 놓았답니다. 죄송하지만 차를 대접하지 못하겠네요. 제가 늘 애용하는 차를 가져올 수가 없어서요. 내일쯤은 베이커 씨가 그 차를 갖다 줄 수 있을 거예요."

하지만 나는 임피가 집을 나서지도 못했다고 확신했다. 나는 전철 노선을 물어보고 그 집을 나섰다. 길을 나선 지 한참 후에 어제일리어 어데어의 진짜 이름을 알아내지 못했다는 게 기억났다. 하지만 내일 알아낼 수 있을 것이다.

바로 이날, 나는 이 평온한 도시에서 본의 아니게 범죄 사건에 연루되었다. 이 도시에 겨우 이틀 머물렀을 뿐인데 뻔뻔하게 거짓 전보를 쳤고 살인 사건의 공범이 되었다. 공범이라는 말이

이 상황에 정확하게 어울리는 법률 용어인지 모르겠다.

　내가 호텔에서 가장 가까운 모퉁이를 돌았을 때 단연 최고의 외투를 입은 아프리카계 마부가 나를 붙잡더니, 움직이는 석관 같은 지하 감옥 문을 활짝 열고 깃털 먼지떨이를 흔들며 평소와 똑같은 말을 늘어놓았다.

　"어서 타세요. 마차는 깨끗합니다. 방금 장례식에 갔다 왔거든요. 50센트에……."

　그러다가 나를 알아보고는 대담하게 싱긋 웃었다.

　"죄송합니다, 손님. 오늘 아침에 제가 태워다드린 분이시군요. 정말 고맙습니다."

　"내일 오후에 다시 861번지로 갈 거라네. 그때도 자네가 여기 있으면 자네 마차를 타고 가지. 그건 그렇고 자네는 어데어 양을 알지?"

　나는 내 것이었던 1달러 지폐를 떠올리며 이렇게 결론지었다.

　"제가 그분 아버지인 어데어 판사님의 종이었습죠."

　"어데어 양은 상당히 가난한 것 같더군. 돈이 많지 않아, 그렇지?"

　순간적으로 흑인 마부의 얼굴에 세티와요 왕의 험악한 표정이 떠올랐다. 하지만 곧 폭리를 취하는 늙은 흑인 마부의 모습으로 돌아왔다.

　"굶어 죽을 정도는 아니죠."

　　　　　　　　　　　　　　　어느 도시 보고서

마부가 천천히 말했다.

"그분에게는 재능이 있으니까요. 재능 말입니다."

"이번에는 50센트를 낼 거야."

"물론입죠."

마부가 겸손하게 대답했다.

"오늘 아침에는 2달러가 필요했을 뿐입니다."

나는 호텔로 가서 거짓 전보를 쳤다.

'A. 어데어 씨가 단어당 8센트를 요구했음'이라고 잡지사에 전보를 보낸 것이었다.

그러자 '이 바보야, 당장 계약해'라고 답장이 왔다.

저녁식사 직전에 웬트워스 캐스웰 '소령'이 오랫동안 보지 못한 친구를 만난 것처럼 내게 다가와 인사했다. 이처럼 만나자마자 싫어지고 떨쳐내기가 어려운 사람은 거의 만나보지 못했다. 나는 바에 서 있다가 캐스웰 소령에게 급습당하는 바람에, 금주의 증표인 하얀 리본을 그의 얼굴에 들이대고 흔들 수도 없었다. 나는 그와 다시 만나는 일이 없기를 바라면서 이번에는 기쁘게 술값을 내려고 했다. 하지만 캐스웰 소령은 어리석은 일에 동전 한 푼을 쓸 때마다 취주악단을 부르고 폭죽을 터뜨리며 축하해야 하는 경멸스럽고 요란스러운 술꾼이었다.

캐스웰 소령은 100만 달러라도 내놓는 양 주머니에서 1달러 지폐 두 장을 꺼내 그중 한 장을 바에 올려놓았다. 상단 오른쪽 모퉁이가 찢어지고 파란색 얇은 종이가 가운데 붙어 있는 1달러 지폐가 또다시 눈앞에 나타났다. 한때 내 것이었던 그 지폐였다. 다른 것일 리가 없었다.

나는 방으로 올라갔다. 보슬비와 평온하고 지루한 남부 도시의 단조로움에 지치고 맥이 풀렸다. 침대로 가기 직전에 혼잣말을 중얼거리며 그 신비한 1달러 지폐(샌프란시스코 배경의 근사한 탐정 소설에 나오는 실마리가 될 만했다)에 관한 의문을 풀려고 했던 게 기억난다.

"이곳에서는 많은 사람들이 마부 조합의 주식을 갖고 있나 봐. 배당금도 즉각 받고 말이야. 그런데 이상하게……."

이러다가 나는 잠에 빠져들었다.

다음 날 세티와요 왕이 그 자리에 나와 있었고, 내 온몸의 뼈가 흔들리도록 울퉁불퉁한 자갈길을 달려 861번지로 갔다. 그러고는 내가 볼일을 끝냈을 때 다시 호텔로 데려다주려고 바깥에서 기다렸다.

어제일리어 어데어는 전날보다 훨씬 창백하고 순수하고 연약해 보였다. 단어당 8센트에 계약을 하고 난 후에 더욱 창백해지더니 의자에서 스르르 미끄러지기 시작했다. 나는 거뜬하게 그녀를 들어 올려 구시대적인 말총 소파에 내려놓았다. 그러고는 보도로 뛰어나가 커피색 피부의 해적에게 의사를 불러오라고 소리쳤다. 마부는 내가 예상치 못한 지혜를 발휘해서, 달리는 게 더 빠르다는 사실을 깨닫고는 마차를 버리고 길을 따라 달려갔다. 십 분 후에 마부가 회색 머리카락의 근엄하고 유능한 의사를 데려왔다. 나는 몇 마디 말로(단어당 8센트의 가치도 없는 말) 이 공허하고 신비로운 집에 무슨 일로 왔는지 설명했다. 의사는 알겠다고 근엄하게 고개를 끄덕이고는 늙은 흑인을 돌아보았다.

"엉클 시저."

의사가 차분하게 그를 불렀다.

"우리 집에 가서 루시 양에게 신선한 우유 한 잔과 포도주 반 잔을 달라고 해. 서둘러. 마치를 몰지 말고 뛰어갔다 와. 이번 주 안으로는 돌아와야 하니까."

메리먼 의사도 그 해적 같은 마부의 말이 잘 달린다고 생각하지 않는 것 같았다. 엉클 시저가 쿵쿵거리면서도 재빠르게 달려 나간 후, 의사가 무척 정중하고 조심스럽게 나를 바라보더니 결단을 내린 듯 말했다.

"단순한 영양실조 상태입니다. 달리 말하자면 가난과 자존심과 굶주림이 낳은 병이죠. 캐스웰 부인에게는 기꺼이 도와주려는 헌신적인 친구들이 많아요. 하지만 캐스웰 부인은 한때 자기 가족의 소유였던 늙은 흑인 엉클 시저 외에는 다른 누구의 도움도 받지 않으려고 하죠."

"캐스웰 부인이라고요!"

나는 깜짝 놀라서 말했다. 그제야 계약서에 '어제일리어 어데어 캐스웰'이라고 적힌 서명을 발견했다.

　"전 이분이 미혼인 줄 알았어요."

　"쓸모없는 술주정뱅이 놈팡이와 결혼했죠. 부인의 옛 하인이 부인에게 준 돈까지도 그 인간이 가져가버렸다고 하더군요."

　우유와 포도주가 도착하자 의사는 곧 어제일리어 어데어의 의식을 되찾아주었다. 그녀는 일어나 앉아서 제철을 맞은 가을 단풍이 얼마나 아름답게 물들었는지 이야기했다. 그러고는 지병인 심계항진 때문에 기절했다고 가볍게 설명했다. 임피가 소파에 누워 있는 캐스웰 부인에게 부채질을 했다. 의사는 다른 곳에 가봐야 해서 나는 문까지 그를 따라갔다. 어제일리어 어데어에게 잡지 기고 글의 원고료를 선금으로 얼마쯤 지급해줄 수 있다고 말하자 의사는 무척 기뻐하는 것 같았다.

　"아 참, 당신이 왕족을 마부로 부렸다는 거 모르셨죠? 시저의 할아버지는 콩고의 왕이었답니다. 알아차렸는지 모르겠지만 시저에게는 왕족다운 기질이 있죠."

　의사가 떠났을 때 집 안에서 시저의 목소리가 들렸다.

　"그 인간이 2달러를 뺏어갔죠?"

　"그래, 시저."

　어제일리어 어데어가 나지막하게 대답하는 소리가 들렸다. 나는 안으로 들어가 기고가와 사업적인 협상을 마무리 지었다.

계약을 공고히 하려면 꼭 필요한 일이라고 하면서 50달러를 선금으로 주었다. 그리고 난 후, 엉클 시저가 나를 호텔로 데려다주었다.

목격자로서 증언하는 내 이야기는 여기서 끝이다. 나머지는 사실들을 나열한 것에 불과하다.

여섯 시쯤에 나는 산책을 나갔다. 엉클 시저가 길모퉁이에 있었다. 그는 마차 문을 활짝 열어젖히고 먼지떨이를 펄럭이며 으레 하던 침울한 말을 늘어놓았다.

"어서 타세요. 시내 어디로 가시든 50센트에 태워드립니다. 마차는 티 하나 없이 깨끗해요. 방금 장례식에서 돌아왔⋯⋯."

그러다가 나를 알아보았다. 나는 그의 시력이 나빠진 게 아닌가 생각했다. 그의 외투에는 바래서 얼룩덜룩해진 곳이 몇 군데 더 늘어났고, 삼실은 예전보다 더 너덜너덜해졌다. 마지막 남은 단추, 뿔로 만든 노란색 단추는 사라지고 없었다. 얼룩덜룩한 왕의 자손이 바로 엉클 시저였다.

두 시간쯤 지났을 때 나는 흥분해서 약국 앞에 몰려든 사람들을 봤다. 아무 일도 일어나지 않는 이 사막 같은 곳에서 그런 사건은 만나(이스라엘 사람들이 광야에서 하늘로부터 받은 양식—옮긴이)와 같았다. 나는 사람들 사이를 파고들어갔다. 빈 상자들과 의자들을 쌓아 임시로 만든 침상에 웬트워스 캐스웰 소령의 몸이 축 늘어져 있었다. 의사가 생명의 징후들을 찾아보았지만 전혀 없다고 판단했다.

소령은 어두운 거리에서 죽은 채 발견되었고, 무료해하던 호기심 많은 시민들이 그 시체를 약국으로 옮긴 것이었다. 고인이 된 소령은 몸에 난 세세한 흔적들로 보아 치열한 몸싸움을 벌였던 모양이었다. 그는 놈팡이에 난봉꾼이었지만 투사이기도 했다. 하지만 그가 졌다. 소령의 두 손은 손가락이 펴지지 않게 꼭 쥐어져 있었다. 그를 알고 지냈던 상냥한 시민들은 가만히 서서 가능하면 그에 관해 좋은 말을 하려고 적당한 단어를 찾고 있었다. 친절해 보이는 한 남자가 깊이 생각한 끝에 이렇게 말했다.

"열네 살 때 캐스웰은 학교에서 철자를 제일 잘 아는 아이였지." 내가 그 자리에 서 있을 때 '한때 그런 사람이었던' 고인의 오른손 손가락이 하얀 소나무 상자 가장자리에서 펴지더니 뭔가가 내 발치에 떨어졌다. 나는 조용히 한 발로 그것을 밟고 있다가 잠시 후에 집어서 주머니에 넣었다. 고인은 마지막 순간에 자기도 모르게 그것을 잡아채서 죽을 때까지 쥐고 있었던 모양이었다.

그날 밤 호텔에서는 정치와 금주법을 제외하면 캐스웰 소령의 죽음이 주요한 화제가 되었다. 나는 한 사람이 주변 사람들에게 이렇게 말하는 소리를 들었다.

"제 생각에는 말입니다. 캐스웰이 돈 때문에 쓸모없는 흑인들

몇 명한테 살해당한 것 같아요. 오늘 오후에 이 호텔에서 50달러를 갖고 있다면서 몇몇 사람들에게 보여줬거든요. 소령이 발견됐을 때 돈은 사라지고 없었어요."

다음 날 아침 아홉 시에 나는 그 도시를 떠났다. 기차가 컴벌랜드 강 위의 다리를 지날 때 나는 주머니에서 50센트 동전만 한 크기에 해진 삼실 끈이 달려 있는 노란색 뿔 단추를 꺼냈다. 그러고는 창밖으로 천천히 흘러가는 흙탕물에 던져 넣었다.

'버팔로에서는 무슨 일이 일어나고 있을지 궁금하군.'

마녀의 빵

마사 미챔 양은 길모퉁이에 있는 작은 빵가게를 운영하고 있었다. 세 계단을 올라가서 문을 열면 종이 울리는 그런 가게였다.

마사 미챔은 마흔 살에 2,000달러가 든 예금통장과 의치 두 개를 갖고 있었고 인정이 넘치는 사람이었다. 마사 양보다 훨씬 못한 처지에도 결혼한 사람들이 많았다.

마사 미챔은 일주일에 두세 번 자신의 가게에 들르는 한 손님에게 관심을 갖기 시작했다. 중년의 그 남자는 안경을 썼고 갈색 턱수염을 공들여서 뾰족하게 다듬었다.

남자는 영어를 사용했는데 독일어 억양이 강했다. 여기저기 낡고 기운 데다 군데군데 주름진 헐렁한 옷을 입었다. 그런데도 깔끔해 보였고 아주 예의 바른 사람이었다.

남자는 언제나 구운 지 좀 지나서 딱딱해진 빵 두 덩어리를 사 갔다. 갓 구운 빵은 하나에 5센트였다. 오래돼서 딱딱해진 빵은 두 개에 5센트였다. 남자는 딱딱한 빵만 찾았다.

한번은 남자의 손가락에 묻은 빨간색과 갈색 얼룩을 발견했다. 그때 마사 양은 남자가 아주 가난한 화가라고 확신했다. 남자는 다락방에 살면서 그림을 그리고 딱딱하게 굳은 빵을 먹으며 마사 양의 빵 가게에 있는 맛있는 빵들을 생각할 게 틀림없었다.

마사 양은 종종 두툼한 고기와 간단한 빵, 잼과 차를 차려놓고 앉아서 한숨을 쉬며 예의 바른 그 화가가 외풍 심한 다락방에서 딱딱하게 마른 빵을 먹을 게 아니라 자신과 함께 맛있는 식사를 함께하기를 바랐다. 앞서도 말했듯이 마사 양은 인정이 많은 사람이었으니까.

어느 날 마사 양은 자신의 추측대로 남자가 화가인지를 확인해보려고 염가에 샀던 그림 한 점을 자기 방에서 가져와 가게 카운터 뒤쪽 선반에 세워두었다.

베니스의 풍경을 그린 그림이었다. 그 그림에는 화려한 대리석 궁전(그림에 궁전이라고 적혀 있었음)이 전경에, 아니 정확하게 말하자면 물 앞쪽에 서 있었다. 그 밖에 물속에 손을 담근 아가씨가 탄 곤돌라와 구름, 하늘이 그려져 있었고, 명암의 대비가 두드러졌다. 화가라면 그 그림을 눈여겨보지 않을 리가 없었다.

이틀 후, 그 남자 손님이 마사의 가게에 나타났다.

"딱딱한 빵 두 덩어리 주세요. 멋진 그림을 갖고 계시네요."

마사가 빵을 포장할 때 남자가 말했다.

"그래요?"

일이 자기 계획대로 되어가자 마사가 속으로 즐거워하며 말했다.

"전 미술을 무척 좋아하고……."

안 돼, 이렇게 일찍 '화가'라는 말을 하면 안 돼.

"그림도 좋아해요."

마사가 말을 바꾸었다.

"좋은 그림 같아요?"

"궁전은 잘 그린 게 아니군요. 원근법도 제대로 표현하지 못했고요. 그럼 수고하세요."

남자는 빵을 건네받고 고개를 숙여 인사하더니 서둘러 나갔다. 틀림없어, 화가가 분명해. 마사 양은 그림을 다시 자기 방에 갖다 놓았다.

안경 뒤에 숨은 그 사람의 두 눈이 어찌나 부드럽고 친절하게 빛나던지! 널찍한 이마는 또 어떻고! 한눈에 원근법을 평가할 수 있는 사람이 딱딱한 빵을 먹고 살아간다니! 하지만 천재들은 흔히 고생하다가 나중에야 인정받잖아.

마녀의 빵

2,000달러의 예금과 빵 가게, 인정 많은 마음씨를 소유한 사람이 그런 천재를 뒷받침해준다면 미술과 원근법이 얼마나 발전할까? 하지만 마사, 그런 생각은 다 백일몽이야.

요즘 들어서 남자는 가게에 들렀다가 진열장을 사이에 두고 한동안 마사 양과 이야기를 나누곤 했다. 남자는 마사 양의 활기찬 이야기를 듣고 싶어 하는 것 같았다.

남자는 계속 딱딱해진 빵을 샀다. 케이크나 파이, 마사 양이 특별히 만들어놓은 샐리 런은 한 번도 사 가지 않았다.

마사 양은 남자가 점점 야위고 의기소침해져간다고 생각했다. 남자가 사서 가는 빈약한 음식에 먹기 좋은 것들을 더 얹어주고 싶었지만 용기가 나지 않아 그러지 못했다. 감히 그의 자존심을 건드릴 수가 없었기 때문이다. 마사 양은 예술가들의 자존심이 어떤지 잘 알고 있었다.

마사 양은 가게 카운터에서 일할 때 파란색 물방울무늬의 실크 블라우스를 입었다. 가게 뒷방에서는 유럽산 모과 씨와 붕사를 섞어 신비한 혼합물을 만들었다. 많은 사람들이 얼굴색을 좋게 하려고 사용하는 것이었다.

어느 날, 그 남자 손님이 평상시처럼 가게에 들어와 진열대에 5센트짜리 동전 하나를 올려놓고 딱딱해진 빵을 달라고 했다. 마사 양이 딱딱해진 빵을 집으려고 손을 뻗었을 때, 빵빵거리는 경적 소리와 덜컹거리는 소리가 들리더니 소방차가 시끄럽게 사이렌을 울리며 지나갔다.

남자 손님은 다른 사람들과 마찬가지로 서둘러 가게 문으로 가서 밖을 내다보았다. 마사 양은 갑자기 좋은 생각이 떠올라 기회를 잡았다.

카운터 뒤쪽의 맨 아래 선반에는 십 분 전에 우유 장수가 놓고 간 신선한 버터 1파운드가 있었다. 마사 양은 딱딱해진 빵 두 덩어리에 빵 칼을 깊숙이 찔러 넣었다 빼고 나서, 그 속에 버터를 넉넉하게 넣고 다시 꽉 맞물려놓았다.

남자 손님이 돌아왔을 때 마사 양은 종이로 빵을 싸고 있었다.

평상시처럼 즐겁게 이야기를 나누고 나서 남자 손님이 돌아갈 때, 마사 양은 혼자 싱긋 미소를 지었다. 가슴이 약간 떨렸다.

너무 대담한 짓을 한 것일까? 그가 화를 낼까? 그럴 리는 없었다. 음식은 감정을 표현하는 수단이 아니니까. 버터가 처녀답지 않게 과감한 행동을 상징하는 것도 아니니까.

그날 마사 양은 오랫동안 그런 생각에서 벗어나지 못했다. 남자가 자신의 작은 속임수를 발견하고 어떻게 할지 상상해보았다.

아마 붓과 팔레트를 내려놓겠지. 그곳에는 남자가 그리고 있는, 원근법이 흠잡을 데 없이 완벽하게 표현된 그림이 이젤에 놓여 있을 거야.

남자는 점심으로 굳은 빵과 물을 먹으려고 하겠지. 마침내

마녀의 빵

빵 한 덩어리를 잘랐을 때…… 아!

마사 양은 이런 상상을 하면서 얼굴을 붉혔다. 남자가 그 빵을 먹을 때 속에 버터를 넣어준 사람을 생각할까? 그 사람은…….

그때 가게 문에 달린 종이 시끄럽게 울렸다. 누군가가 요란스럽게 가게에 들어오고 있었다.

마사 양은 문으로 서둘러 달려갔다. 남자 두 명이 그곳에 있었다. 한 명은 파이프 담배를 피우는 젊은 남자였는데 마사 양이 한 번도 보지 못한 사람이었다. 다른 한 명은 마사 양의 단골손님인 그 화가였다.

화가는 얼굴이 벌게진 채 모자가 뒤로 젖혀져 있었고, 머리카락이 어지럽게 헝클어져 있었다. 그는 두 주먹을 불끈 쥐고 마사 양을 겨냥해 사납게 흔들었다. 마사 양에게 말이다.

"이 멍청이!"

화가가 큰 소리로 소리쳤다. 그러고는 이렇게 덧붙였다.

"얼간이!"

뭐 이런 말을 독일어로 떠들어댔다. 젊은 남자는 화가를 데리고 나가려고 했다.

"난 안 가."

화가가 화난 목소리로 소리쳤다.

"저 여자한테 할 말이 있어."

화가는 마사 양의 카운터를 탕탕 두드렸다.

"당신이 날 망쳐놨어."

화가가 고함을 질렀다. 안경 뒤쪽의 푸른 눈동자가 이글댔다.

"이 말은 꼭 해야겠어. 당신은 늙은 고양이처럼 성가신 참견쟁이야!"

마사 양은 힘이 쫙 빠져서 선반에 기대어 한 손을 파란색 물방울무늬 블라우스에 얹었다. 젊은 남자가 화가의 옷깃을 잡았다.

"가요. 그만하면 됐잖아요."

젊은 남자가 이렇게 말하며 화난 화가를 문 밖의 보도로 끌어내놓고 다시 가게로 들어왔다.

"이게 다 무슨 일인지 아셔야 할 것 같아서요."

젊은 남자가 말했다.

"저 사람은 블룸버거라는 건축설계사입니다. 전 저 사람과 같은 사무실에서 일하죠."

"블룸버거는 석 달 동안 열심히 새 시청의 설계도를 그리고 있었어요. 건축 설계 현상공모에 응모하려고요. 어제는 초안을 잉크로 덧그렸죠. 아시겠지만 설계사는 언제나 연필로 초안을 먼저 그려요. 초안을 다 그리고 나면 딱딱하게 굳은 빵 부스러기 한 움큼으로 연필 자국을 지우죠. 지우개보다 잘 지워지거든요."

"블룸버거는 줄곧 여기서 빵을 사 갔어요. 그런데, 오늘, 그

마녀의 빵

게, 잘 아시겠지만, 그 버터 때문에…… 휴, 블룸버거의 설계도
는 잘라서 철도역에서 파는 샌드위치로 만들면 모를까, 그 외에
는 아무 쓸모가 없어져버렸죠.”

　마사 양은 뒷방으로 들어갔다. 그곳에서 파란색 물방울무늬
실크 블라우스를 벗고 항상 입던 낡은 갈색 서지 옷을 입었다.
그러고는 유럽산 모과 씨와 붕사 혼합물을 창밖의 쓰레기통에
쏟아 부었다.

물방앗간 예배당

레이크랜즈는 인기 있는 여름철 휴양지를 소개하는 카탈로그에 나와 있지 않다. 클린치 강의 작은 지류에 닿은 컴벌랜드 산맥의 나지막하게 솟은 지맥에 있는 곳이다. 엄밀히 말해서 레이크랜즈는 폭이 좁은 버려진 철도 근처에 스무 채쯤 되는 집들이 모여 있는 마을이다. 철도가 소나무 숲에서 길을 잃고 두려움과 외로움에 사로잡혀 레이크랜즈로 달려 들어간 것인지, 아니면 레이크랜즈가 길을 잃고 집까지 데려다줄 기차를 기다리려고 철도로 몰려든 것인지 의아할 것이다.

마을 이름이 왜 레이크랜즈인지도 의아할지 모른다. '레이크'라 할 만한 호수도 없는 데다 땅은 어찌나 척박한지 '랜드'라고 부를 수 없을 정도였기 때문이다.

마을에서 800미터쯤 떨어진 곳에 '독수리 집'이라는 곳이 있다. 조시아 랭킨이 산속 공기를 마시러 오는 사람들에게 싼값에 숙박을 제공하는 크고 넓고 낡은 집이었다. 독수리 집은 다행스럽게도 관리가 잘되지 않았다. 그런 탓에 현대적인 시설이 아니라 낡은 것들이 가득하고 일반 가정집처럼 어수선하고 어지러워서 오히려 아늑하고 쾌적하게 느껴지는 곳이었다. 하지만 방은 깨끗하고 괜찮은 식사가 푸짐하게 나온다. 나머지는 손님이 소나무 숲을 얼마나 잘 이용하는지에 달려 있다. 자연은 약수와 포도덩굴 그네, 크리켓 경기장을 선사해주었다. 심지어는 크리켓 경기장 양끝에 세워진 위켓도 나무로 되어 있다. 이곳에서 고맙게 감상할 만한 예술이라고는 한 주에 두 번 통나무 별채에서 무도회가 열릴 때 들려오는 바이올린과 기타 연주뿐이다.

독수리 집을 찾는 단골손님들은 즐기기 위해서만이 아니라 꼭 필요해서 휴식을 취하러 오는 사람들이다. 이들은 매우 바쁜 사람들이라서 어쩌면 1년 내내 잘 돌아가도록 2주 동안 태엽을 감아줘야 하는 시계와 같은지도 모른다. 학생들이 아래쪽 마을에서 올라오기도 하고, 이따금씩 예술가나 이 지역 언덕의 오래된 지층에 푹 빠진 지질학자가 찾아오기도 한다. 몇몇 조용한 가족들이 여름을 보내러 오고, 레이크랜즈에서 '여선생'으로 통하는 근면한 여성단체 회원 한두 명이 지친 몸을 쉬러 온다.

독수리 집에서 400미터쯤 떨어진 곳에는 '가볼 만한 관광지'로 카탈로그에 소개될 만한 곳이 있다. 독수리 집에서 관광 안내 카탈로그를 만든다면 말이지만. 그곳은 아주 오래된 물방앗간이었는데, 그렇게 불릴 뿐이지 이제는 더 이상 물방앗간이 아니었다. 조시아 랭킨의 말을 빌리자면 '미국에서 상사식 물레방아가 있는 유일한 예배당이자 이 세상에서 신도석과 파이프 오르간이 있는 유일한 물방앗간'이었다. 독수리 집의 손님들은 일요일마다 그 낡은 물방앗간 예배당에 가서, 정화된 기독교인은 경험과 고통의 맷돌에 갈려 나오는 쓸모 있는 밀가루와 같다는 설교를 들었다.

매년 가을이 시작될 무렵이면 에이브럼 스트롱이 독수리 집을 찾아와 손님으로 머물며 존경과 사랑을 받았다. 그는 레이크랜즈에서 '에이브럼 신부'라고 불렸는데 새하얀 머리카락과 강인하면서도 상냥하고 불그스레한 얼굴, 유쾌한 웃음, 검정색 옷, 챙이 넓은 모자 때문에 신부처럼 보였기 때문이다. 심지어는 새로 온 손님들도 사나흘 그와 알고 지내고 나면 그 친숙한 별명으로 그를 불렀다.

에이브럼 신부는 상당히 먼 곳에서 왔다. 북서쪽의 시끄러운 대도시에 살면서 제분소 몇 개를 운영했다. 그 제분소들은 신도석과 오르간이 있는 작은 물방앗간이 아니라 개미 떼가 개미집을 들락거리듯 화물 열차들이 종일 지나다니는, 산처럼 크고 흉한 물방앗간이었다. 이제 에이브럼 신부와 예배당이 된 물방앗간 이야기를 해야겠다. 이 둘은 서로 밀접하게 엮여 있으니까.

예배당이 물방앗간이었던 시절에 스트롱 씨는 그 물방앗간 주인이었다. 뽀얗게 밀가루를 덮어쓰고 그 누구보다도 더 바쁘게 일하며 즐겁게 살아가는 행복한 물방앗간 주인. 그는 물방앗간 건너편의 작은 오두막에 살았다. 손이 느렸지만 방앗삯이 싸서, 산골 사람들이 바위투성이 길을 몇 킬로미터씩 힘들게 헤치며 곡식을 가져왔다.

이 물방앗간 주인에게 삶의 기쁨은 어린 딸 어글레이어였다. 엷은 황갈색 머리카락에 아장아장 걷는 아이 이름치고는 참으로 거창했지만 산골 사람들은 격조 높고 품위 있는 이름을 좋아한다. 그 이름은 아이 어머니가 책에서 보고 지어준 것이었다. 어글레이어는 어렸을 때 그 이름을 쓰지 않고 자기 이름이 '덤즈'라고 고집스럽게 말했다. 물방앗간 주인과 아내는 종종 어글레이어를 구슬려서 그 신비한 이름을 어디서 따온 건지 알아내려고 했지만 헛수고였다. 그러다가 마침내 한 가지 추측을 내놓았다. 오두막 뒤쪽의 작은 뜰에 진달래속 식물인 로도덴드론 꽃밭이 있었는데 어글레이어는 이상하다 싶을 정도로 그 꽃밭을 좋아했다. 어쩌면 어글레이어는 자기가 좋아하는 그 꽃의 어마어마한 이름이 '덤즈'와 비슷하다고 생각했는지도 모른다.

어글레이어가 네 살이 됐을 때, 어글레이어와 스트롱 부녀는 오후에 날씨만 괜찮으면 한 번도 빼놓지 않고 물방앗간에서 작은 공연을 했다. 저녁식사 준비가 끝나면 어머니가 어글레이어의 머리를 빗겨주고 깨끗한 앞치마를 입혀서 아버지를 모셔오라고 물방앗간으로 보냈다. 물방앗간 주인은 물방앗간으로 오는 딸을 보고는 새하얗게 가루를 뒤집어쓴 채 밖으로 나가 손을 흔들며 그 지역에서 잘 알려진 오래된 방앗간지기 노래를 불렀다.

물레방아가 돌고 돌아
곡식을 찧고
가루투성이 방앗간지기는 즐거워
하루 종일 노래하네
귀여운 아이 생각에
일도 즐겁네

그러면 어글레이어가 웃으면서 아빠에게 달려가 소리쳤다.
"아빠, 덤즈를 집으로 데려가줘."
그 소리에 방앗간 주인은 아이를 어깨에 태우고 방앗간지기 노래를 부르며 저녁을 먹으러 걸어갔다. 매일 저녁마다 이런 공연이 열렸다.
어글레이어의 네 살 생일이 지난 지 겨우 일주일 되던 어느 날, 어글레이어가 사라졌다. 마지막으로 봤을 때 어글레이어는 오두막 앞 길가에서 야생화를 따고 있었다. 잠시 후에 어글레이어의 어머니가 아이가 너무 멀리 가지 않았나 보려고 나가봤지만 아이는 이미 사라지고 없었다.

물론 아이를 찾기 위해 최선을 다했다. 이웃 사람들이 모여서 숲과 산을 몇 킬로미터씩 돌아다니며 샅샅이 뒤졌다. 물레방아 아래의 도랑과 개천, 저 멀리 떨어진 둑 아래까지 모두 수색했다. 하지만 어글레이어의 흔적조차 발견하지 못했다. 하룻밤인가 이틀 밤 전에 근처 숲에서 유랑민 한 가족이 야영을 했다. 그들이 아이를 납치했을지도 모른다는 생각에 그들의 마차를 따라가 수색했지만 아이를 찾을 수 없었다.

그 후 2년 동안 물방앗간 주인은 물방앗간을 떠나지 않았다. 하지만 딸을 찾을 수 있다는 희망이 차차 사라졌고, 결국에는 아내와 함께 북서부로 이사를 갔다. 몇 년 후에는 북서부 지역의 번화한 어느 제분업 도시에서 현대적인 방앗간의 주인이 되었다. 스트롱 부인은 어글레이어를 잃은 충격에서 회복되지 못했고, 이사 간 지 2년 후에는 물방앗간 주인이 부인을 떠나보내고 혼자 남아서 슬픔을 견뎌내야 했다.

에이브럼 스트롱은 부유해지자 레이크랜즈와 옛 물방앗간을 찾았다. 스트롱 씨에게는 슬픔이 어린 곳이었지만 그는 강인한 사람이었고 언제나 활기차고 다정해 보였다. 그러던 차에 옛 물방앗간을 예배당으로 개조하자는 생각이 떠올랐다. 레이크랜즈는 너무 가난한 동네라서 예배당을 지을 여력이 없었다. 게다가 그보다 더 가난한 산골 주민들은 그 일을 도와줄 수 없었다. 그래서 32킬로미터 내에 예배당이 하나도 없었다.

물방앗간 주인은 물방앗간 외관을 되도록 거의 바꾸지 않았다. 커다란 상사식 물레방아는 원래 자리에 그대로 있었다. 예배당에 온 젊은이들은 천천히 썩어가는 물레방아의 부드러운 나무에 자기들 이름을 새겨 넣곤 했다. 둑 일부가 무너져서 맑은 산골짜기 물이 아무런 저지도 받지 않고 바위투성이 개울 바닥을 타고 흘러내리며 일렁거렸다. 물방앗간 내부는 훨씬 많이 달라졌다. 굴대와 맷돌, 벨트, 도르래는 당연히 모두 치웠다. 통로로 나눠지는 신도석 두 줄을 만들었고, 한쪽 끝에는 바닥을 한 단 높여 그 위에 설교단을 놓았다. 그리고 삼면에는 이층 좌석을 만들고 실내 계단을 설치했다. 2층 좌석에는 오르간, 그러니까 진짜 파이프 오르간이 있었는데 그것은 '옛 물방앗간 예배당' 신도들의 자랑이었다. 오르간 연주자는 피비 서머스였다. 레이크랜즈의 남자아이들은 일요일 예배 시간마다 자랑스럽게 교대로 오르간에 바람을 불어넣어주었다. 베인브리지 목사는 스쿼럴갭에서 하얀 말을 타고 와 한 번도 빠지지 않고 설교를 했다. 그 모든 비용은 에이브럼 스트롱이 지불했다. 스트롱은 목사에게는 1년에 500달러, 피비 양에게는 200달러를 주었다.

이리하여 그 옛 물방앗간은 어글레이어를 기리며 한때 그녀가 살았던 마을에 축복을 내리는 곳으로 개조되었다. 한 아이의 짧은 생애가 많은 사람들의 70살 평생보다 더 큰 일을 해낸 것 같았다. 그런데 에이브럼 스트롱은 어글레이어를 기리는 또 다른 기념비를 세웠다.

북서부의 자기 제분소에서 가장 잘 여문 최고 품질의 밀로 '어글레이어 밀가루'를 만든 것이었다. 머지않아 이 지방 사람들은 두 가지 가격대의 어글레이어 밀가루가 있음을 알아차렸다. 하나는 최고가의 밀가루였고, 다른 하나는 무료였다.

화재나 홍수, 토네이도, 파업이나 기근 같은 재앙이 닥쳐 사람들이 굶주릴 때마다 서둘러서 어글레이어 밀가루가 '무상'으로 넉넉하게 제공되었다. 어글레이어 밀가루는 신중하고도 분별 있게 배급되었지만 무료였기 때문에, 굶주린 사람들이 한 푼도 돈을 낼 필요가 없었다. 심지어는 도시의 빈민 구역에서 끔찍한 화재가 발생하면 제일 먼저 소방서장의 마차가 도착하고, 이어서 어글레이어 밀가루 마차가 도착한 후에 소방차가 온다는 말이 나돌았다.

이것은 에이브럼 스트롱이 세운 또 다른 어글레이어 기념비였다. 시인의 눈에는 지나치게 실리적인 일이라 아름답게 보이지 않을지도 모르겠다. 하지만 어떤 사람들은 길 잃은 아이의 영혼을, 사랑과 자선을 뿌리는 깨끗하고 순수한 하얀 밀가루에 비유해 기리는 것이 달콤하고 멋진 일이라고 생각할 것이다.

컴벌랜드에 흉년이 든 해가 있었다. 곡식이 잘 여문 곳이 없었고, 어떤 곳에서는 아예 곡식을 수확하지도 못했다. 게다가 산사태로 재산 피해가 심했다. 숲속의 사냥감도 극히 드물어 사냥꾼들은 가족들을 먹여 살리기가 힘들었다. 특히 레이크랜즈 주변의 상황이 더 심각했다.

에이브럼 스트롱은 그 소식을 듣자마자 지시를 내렸고, 작은 협궤철도용 열차들이 어글레이어 밀가루를 실어 나르기 시작했다. 물방앗간 주인이 옛 물방앗간 예배당 2층에 밀가루를 쌓아 두고 예배당에 오는 모든 사람들에게 한 부대씩 나눠 주라고 지시한 것이었다.

그로부터 2주 후, 에이브럼 스트롱은 매년 그러듯이 독수리 집을 찾아가 다시 '에이브럼 신부'가 되었다.

그 계절에는 독수리 집의 손님들이 평소보다 적었다. 그들 가운데 로즈 체스터라는 손님이 있었다. 체스터 양은 애틀랜타의 백화점에서 일하다가 레이크랜즈로 왔다. 이번이 그녀 평생 처음으로 나선 휴가 여행이었다. 백화점 매장 관리자 부인이 독수리 집에서 여름을 보낸 적이 있었는데, 로즈를 좋아해서 그녀에게 3주 동안 그곳으로 휴가를 가라고 설득했다. 매장 관리자 부인이 랭킨 부인에게 소개 편지까지 써준 덕택에, 랭킨 부인은 체스터를 기쁘게 맞이했다.

물방앗간 예배당

체스터 양은 그다지 튼튼한 편이 아니었다. 스무 살쯤 되었고, 실내에서 생활한 탓에 창백하고 여렸다. 하지만 레이크랜즈에서 일주일을 보내자 활기와 기운이 솟아나 사람이 몰라보게 달라졌다. 때는 9월 초순이라 컴벌랜드가 최고의 아름다움을 자랑하는 계절이었다. 산속의 나뭇잎들이 가을 빛깔로 화려하게 물들어갔다. 공기에서는 샴페인 맛이 났고, 밤기운이 상쾌하지만 쌀쌀해서 다들 독수리 집의 따뜻한 이불 속으로 아늑하게 파고들었다.

에이브럼 신부와 체스터 양은 무척 친해졌다. 나이 지긋한 물방앗간 주인은 랭킨 부인한테서 체스터 양의 이야기를 듣고 나자 그 즉시 자신의 길을 개척해나가는 가냘프고 외로운 아가씨에게 관심이 갔다.

체스터 양에게 산골 마을은 새로운 세계였다. 그녀는 애틀랜타의 따뜻하고 평평한 마을에서 오랫동안 살았다. 그런 탓에 컴벌랜드의 웅장하고 다양한 풍경을 마주하자 더없이 즐거웠다. 그래서 이곳에 머무는 동안 매 순간을 즐기기로 마음먹었다. 체스터 양은 필요한 휴가 경비와 함께 적은 저축액을 꼼꼼하게 계산해두었기 때문에, 일터로 돌아가면 얼마나 적은 돈이 남아 있을지 거의 동전 한 푼까지 정확하게 알고 있었다.

에이브럼 신부라는 친구와 동행인을 얻은 것은 체스터 양에게 큰 행운이었다. 에이브럼 신부는 레이크랜즈 근처의 모든 길과 산봉우리, 언덕을 알고 있었다. 그 덕택에 체스터 양은 그늘 지고 기울어진 소나무 숲속 길의 장엄한 환희와 황량한 바위산의 위엄, 기운을 북돋아주는 투명한 아침, 신비한 슬픔에 잠겨 꿈꾸는 듯한 황금빛 오후에 대해 잘 알게 되었다. 그리하여 체스터 양은 건강이 좋아졌고 마음이 가벼워졌다. 체스터 양은 에이브럼 신부의 그 유명한 웃음처럼 정답고 진심 어린 웃음을 여성스럽게 짓곤 했다. 두 사람 모두 천성적으로 낙천주의자들이었다. 차분하고 활기찬 얼굴로 이 세상을 대하는 법을 알고 있었다.

어느 날, 체스터 양은 손님 한 사람한테서 에이브럼 신부의 실종된 아이 이야기를 들었다. 그 즉시 서둘러 에이브럼 신부를 찾아가다가 철분이 든 샘 근처에서 자기가 좋아하는 소박한 의자에 앉아 있는 물방앗간 주인을 발견했다. 에이브럼 신부는 어린 친구가 자신의 손을 슬쩍 잡으며 눈물 고인 눈으로 바라보자 깜짝 놀랐다.

"세상에나, 에이브럼 신부님. 그런 일이 있었다니 정말 마음 아프시겠어요! 신부님이 어린 딸을 잃었다는 걸 오늘에야 알았어요. 언젠가는 딸을 찾으실 거예요. 아, 진심으로 그러길 바라요."

물방앗간 주인이 강인한 미소를 지어 보이며 체스터 양을 내려다보았다.

"고맙네, 로즈 양."

물방앗간 예배당

그는 평상시처럼 활기차게 말했다.

"하지만 어글레이어를 찾을 수 있을 거란 기대는 버렸다네. 몇 년 동안 그 애가 부랑자들에게 납치돼서 아직 살아 있기를 바랐어. 하지만 이제는 그 희망도 사라졌지. 지금은 그 애가 물에 빠져 죽었다고 생각해."

"그 마음 알겠어요. 혹시나 하는 희망이 견디기 힘든 고문과 같았겠죠. 그런데도 이렇게 활기차고 의욕적인 모습으로 다른 사람들의 짐을 가볍게 덜어주려고 하시다니. 에이브럼 신부님은 진짜 훌륭한 분이세요!"

"아가씨도 훌륭한 사람이야!"

에이브럼 신부가 미소 지으면서 체스터 양의 말을 따라했다.

"아가씨처럼 자기보다 다른 사람을 더 생각해주는 사람이 누가 있겠어?"

체스터 양은 갑자기 다른 생각에 사로잡힌 것 같았다.

"아, 에이브럼 신부님. 제가 신부님 딸이라면 얼마나 멋질까요? 정말 낭만적이지 않겠어요? 절 딸로 삼고 싶지 않으세요?"

"물론 그러고 싶지."

물방앗간 주인이 진심으로 말했다.

"어글레이어가 살아서 아가씨처럼 예쁜 여인으로 성장했다면 더 바랄 게 없으니까. 어쩌면 아가씨가 어글레이어인지도 모르지."

물방앗간 주인이 체스터 양의 장난스런 기분을 맞춰주며 말을 이었다.

"물방앗간에서 나와 함께 살았던 기억이 나지 않아?"

체스터 양은 재빨리 깊은 생각에 잠겼다. 그녀의 커다란 두 눈이 저 멀리 있는 뭔가를 막연하게 바라보는 것 같았다. 에이브럼 신부는 체스터 양이 순식간에 심각해지자 재미있다는 듯 바라보았다. 체스터 양은 한참 동안 가만히 앉아 있다가 말을 꺼냈다.

"아뇨."

마침내 체스터 양이 한숨을 길게 내쉬며 말했다.

"물방앗간에 관한 건 하나도 기억나지 않아요. 신부님의 작고 기묘한 물방앗간을 보기 전에는 한 번도 방앗간을 본 적이 없는 것 같아요. 제가 신부님 딸이라면 그 물방앗간을 기억하겠죠. 정말 안타까워요, 에이브럼 신부님."

"나도 안타까워."

에이브럼 신부가 체스터 양의 기분을 맞춰주며 말했다.

"하지만 아가씨가 내 어린 딸이었다는 기억은 안 나도, 다른 누군가의 딸이었던 시절은 떠올릴 수 있을 거야. 당연히 부모님은 기억하고 있겠지."

"아, 물론이죠. 아주 생생하게 기억나요. 특히 아빠가요. 저희 아빠는 에이브럼 신부님과는 전혀 달랐어요. 그냥 제가 신부님 딸이면 어떨까 상상해본 것뿐이었어요. 자, 이제 충분히 쉬셨죠? 오늘 오후에 송어가 뛰어노는 연못을 보여주겠다고 하셨잖아요. 전 한 번도 송어를 본 적이 없어요."

그날 오후 늦게 에이브럼 신부는 혼자서 옛 물방앗간으로 갔다. 종종 그곳에 앉아서 길 건너 오두막에 살던 옛 시절을 생각하곤 했다. 흘러가는 세월에 날카롭던 상실의 슬픔이 무뎌져 이제는 그 시절을 떠올려도 괴롭지 않았다. 하지만 쓸쓸한 9월의 오후에 '덤즈'가 매일 노란 곱슬머리를 휘날리며 달려왔던 그곳에 앉아 있을 때, 레이크랜즈 사람들이 항상 그의 얼굴에서 보곤 했던 미소는 사라지고 없었다.

물방앗간 주인은 구불구불하고 가파른 길을 천천히 따라 올라갔다. 길 가장자리에 나무들이 아주 빽빽하게 들어차 있어서 그는 모자를 손에 들고 나무 그늘 아래로 걸어갔다. 다람쥐들이 그의 오른쪽에 있는 낡은 울타리를 타고 다니며 놀았다. 메추라기들이 밀밭 그루터기에서 새끼들을 불렀다. 나지막하게 걸린 해가 서쪽으로 펼쳐진 계곡에 옅은 황금빛 물결을 보냈다. 9월 초였다! 어글레이어가 사라졌던 그날이 며칠밖에 남지 않았다.

낡은 상사식 물레방아는 산 담쟁이덩굴로 반쯤 뒤덮여, 나무 사이로 새어 들어오는 따뜻한 햇살 조각에 얼룩졌다. 길 건너에는 여전히 오두막이 있었지만 이듬해 겨울에는 틀림없이 산

바람에 무너져버릴 것이다. 나팔꽃과 야생 조롱박 넝쿨이 오두막을 뒤덮었고, 문은 경첩 하나에 간신히 매달려 있었다.

에이브럼 신부는 물방앗간 문을 밀고 조용히 들어갔다. 그러고는 이상하다는 듯 가만히 서 있었다. 안에서 슬프게 흐느끼는 소리가 들렸기 때문이었다. 체스터 양이 어두컴컴한 신도석에 앉아 손에 든 편지를 내려다보며 울고 있었다.

에이브럼 신부는 체스터 양에게 다가가 강인한 두 손으로 그녀의 손을 잡았다. 체스터 양이 올려다보면서 신부의 이름을 부르며 말을 하려고 했다.

"말하지 않아도 괜찮아."

물방앗간 주인이 상냥하게 말했다.

"말로 설명하려고 애쓰지 마. 기분이 우울할 때는 잠시 동안 우는 게 제일 좋지."

나이 지긋한 물방앗간 주인은 깊은 슬픔을 겪었던 사람이라서 그런지 마술처럼 다른 사람의 슬픔을 걷어내주는 것 같았다. 체스터 양의 울음소리가 점점 잦아들었다. 이윽고 체스터 양은 가장자리 장식이 없는 작은 손수건을 꺼내 에이브럼 신부의 커다란 손에 떨어진 자신의 눈물 한두 방울을 닦아냈다. 그러고는 고개를 들어 눈물 젖은 눈으로 미소를 지었다. 체스터 양은 슬픔을 안고 살면서도 미소 짓는 에이브럼 신부처럼, 눈물이 마르기도 전에 미소를 지을 수 있었다. 이런 점에서 두 사람은 많이 닮았다.

　물방앗간 주인은 체스터 양에게 아무것도 묻지 않았다. 하지만 잠시 후에 체스터 양이 이야기를 꺼냈다.

　젊은이들에게는 언제나 심각하고 중요해 보이지만 노인들에게는 미소 지으며 추억에 잠기게 만드는 그런 흔한 이야기였다. 짐작하다시피 사랑 이야기다. 애틀랜타에 아주 훌륭하고 근사한 청년이 있었는데, 그는 체스터 양이 애틀랜타에서나 그린란드에서 파타고니아에 이르기까지 그 어느 곳에서든 다른 어떤 사람보다 더 나은 사람임을 알아보았다. 체스터 양은 자신의 눈물 자국이 나 있는 편지를 에이브럼 신부에게 보여주었다. 훌륭하고 근사한 청년들이 쓰는 연애편지답게 남자답고도 다정하며 과장되고 간절한 편지였다. 그 청년은 체스터 양에게 당장 결혼하자고 청혼했다. 체스터 양이 3주간 여행을 떠난 후로 자기 인생이 견딜 수 없이 고통스러워졌다고 했다. 그러면서 당장 답장을 달라고 간청했다. 자신의 청혼을 받아들여준다면 협궤열차를 무시하고 당장 레이크랜즈로 날아가겠다고 했다.

　"그런데 뭐가 문제지?"

　물방앗간 주인이 편지를 읽고 나서 물었다.

　"전 그와 결혼할 수 없어요."

　"그와 결혼하고 싶긴 하고?"

　"아, 전 그를 사랑해요. 하지만……."

체스터 양이 다시 고개를 숙이고 울기 시작했다.

"진정하고 나한테 다 털어놔봐. 캐묻지는 않겠지만 날 믿고 말해줄 수는 있잖아."

"네, 전 신부님을 믿어요. 제가 왜 랠프의 청혼을 거절해야 하는지 말씀드릴게요. 저는 보잘것없는 사람이에요. 심지어는 이름조차 없는 사람이죠. 지금 제 이름은 가짜예요. 반면 랠프는 고귀한 사람이죠. 전 그를 진심으로 사랑하지만 그 사람의 아내가 될 수는 없어요."

"그게 무슨 소리지? 부모님을 기억하고 있다고 했잖아. 그런데 왜 이름이 없다는 거야? 이해를 못 하겠군."

"부모님은 기억해요. 생생하게 기억하고 있죠. 제 생애 첫 기억은 저 먼 남쪽 생활이에요. 우리 가족은 이곳저곳으로 이사를 많이 다녔죠. 전 목화를 따고 공장에서 일하기도 했어요. 먹을 것과 입을 것이 부족할 때가 잦았죠. 엄마는 가끔씩 저한테 잘해주셨지만 아빠는 언제나 난폭해서 절 때렸어요. 부모님은 모두 게을렀고 한곳에 정착하지 못했던 것 같아요. 그러다가 애틀랜타 근처의 강가 작은 마을에 살던 어느 날 밤에 부모님이 크게 다투셨죠. 두 분이 서로 욕설을 퍼붓고 빈정거리는 와중에 알게 됐어요. 아, 에이브럼 신부님, 제가 존재할 권리조차 없는 사람임을 알게 됐죠. 모르시겠어요? 전 이름을 가질 권리조차 없었어요. 자기가 누군지도 모르는 사람이었죠. 그날

　　　　　　　　　物방앗간 예배당

밤에 집에서 도망쳐 나왔어요. 애틀랜타까지 걸어가서 일자리를 찾았죠. 제 이름을 로즈 체스터라고 짓고는 그때부터 혼자 살아왔어요. 이제 제가 왜 랠프와 결혼할 수 없는지 아시겠죠? 아, 그에게는 이런 이야기를 절대 할 수 없어요."

하지만 에이브럼 신부는 그녀의 아픔을 대수롭지 않게 여겼는데, 그것이 동정보다 낫고 연민보다 더 쓸모 있었다.

"세상에나, 그게 단가? 쯧쯧! 난 뭔가 큰일이라도 생긴 줄 알았지. 그 완벽한 청년이 사람다운 사람이라면 아가씨 집안이 어떻든 전혀 신경 쓰지 않을 거야. 로즈 양, 내 말 잘 들어. 그 청년이 좋아하는 사람은 아가씨야. 방금 나한테 말한 것처럼 그 청년에게 솔직하게 말해. 그럼 분명히 그 청년은 웃으면서 그런 아가씨를 더 마음에 두게 될걸."

"절대 말 못 해요."

체스터 양이 슬프게 말했다.

"전 그 사람은 물론이고 그 누구와도 결혼하지 않을 거예요. 그럴 자격이 없으니까요."

그때 두 사람은 햇살이 비치는 길을 따라 까딱까딱 움직이는 긴 그림자를 보았다. 이어서 그보다 더 작은 그림자가 그 옆에서 까딱거렸다. 이윽고 이상한 두 형체가 예배당 앞에 나타났다. 긴 그림자는 오르간 연습을 하러 온 연주자 피비 서머스였다. 작은 그림자의 주인은 열두 살 난 토미 티그였다. 오늘은 토미 티그가 피비 양의 오르간에 바람을 불어넣는 날이었다. 토미 티그는 맨발로 먼지를 일으키며 자랑스럽게 걸어왔다.

피비 양은 라일락 무늬의 사라사 무명 드레스 차림에 짧은 곱슬머리를 깔끔하게 귀 뒤로 넘긴 모습으로 에이브럼 신부에게 허리를 숙여 인사하고, 체스터 양에게는 형식적으로 고개만 까닥했다. 그러고는 조수와 함께 오르간이 있는 2층으로 가파른 계단을 올라갔다.

점점 어두워지는 아래층에서 에이브럼 신부와 체스터 양은 생각에 잠겨 있었다. 두 사람은 아무 말도 하지 않았다. 자신들만의 추억을 더듬느라 바쁜 것 같았다. 체스터 양은 손으로 턱을 괸 채 앉아서 먼 곳을 응시했다. 에이브럼 신부는 그 옆자리에 서서 생각에 잠겨 문 밖의 길과 무너져가는 오두막을 바라보았다.

갑자기 그의 눈앞에서 주위 풍경이 거의 20여 년 전으로 되돌아갔다. 토미가 오르간에 바람을 불어넣을 때 피비 양이 공기가 얼마나 들어갔는지 보려고 저음 건반을 꾹 눌렀기 때문이었다. 그 순간, 예배당이 에이브럼 신부의 눈앞에서 사라져버렸다. 그 작은 건물을 뒤흔들며 깊게 떨리는 소리는 오르간 소리가 아니라 물레방아 돌아가는 소리였다. 에이브럼 신부는 오래된 상사식 물레방아가 돌아가고 있다고 확신했다. 가루를 뒤집어쓴 그 옛날 즐거운 물방앗간 주인으로 돌아간 느낌이었다. 이제 저녁이 내려앉았고, 곧 어글레이어가 아빠를 저녁식사에 데려가려고 머리카락을 휘날리며 저 길을 아장아장 걸어서 올 것이다. 에이브럼 신부의 눈길은 오두막의 부서진 문에 꽂혀 있었다.

그때 또 다른 기적이 일어났다. 2층에는 밀가루 부대가 쌓여 있었는데 쥐 한 마리가 밀가루 부대 하나를 물어뜯어놓은 모양이었다. 그런 와중에 깊은 오르간 음이 진동하자 2층 바닥 틈새로 밀가루가 흘러내려 에이브럼 신부를 머리에서 발끝까지 하얗게 뒤덮었다. 옛 물방앗간 주인은 통로로 걸어 나가 두 팔을 흔들며 방앗간지기 노래를 부르기 시작했다.

물레방아가 돌고 돌아
곡식을 찧고
가루투성이 방앗간지기는 즐거워

이어서 또 다른 기적이 일어났다. 체스터 양이 신도석에서 몸을 앞으로 숙이더니 밀가루처럼 창백한 얼굴로 눈을 크게 뜨고 백일몽에 빠진 사람처럼 에이브럼 신부를 쳐다보았다. 에이브럼 신부가 노래를 부르자 체스터 양은 그에게 두 팔을 뻗었다. 그러고는 입술을 움직여 꿈꾸는 듯한 목소리로 말했다.

"아, 아빠, 덤즈를 집으로 데려가줘!"

피비 양이 오르간의 저음 건반에서 손을 뗐다. 하지만 그 효

과는 이미 나타난 후였다. 피비 양이 누른 건반 소리가 닫힌 기억의 문을 열었으니까. 에이브럼 신부는 잃어버렸던 딸 어글레이어를 두 팔로 꼭 끌어안았다.

레이크랜즈에 간다면 이 이야기를 자세히 들을 수 있을 것이다. 두 사람이 그 후에 어떻게 됐는지, 집시처럼 떠돌던 유랑민이 물방앗간 주인 딸의 예쁜 모습에 반해서 납치를 해버린 9월의 그날이 어떠했는지에 관한 이야기 말이다. 하지만 독수리 집의 그늘진 현관에 편안하게 앉아야 그 이야기를 여유 있게 들을 수 있을 것이다. 그런고로 피비 양이 누른 저음 건반의 소리가 여전히 떨리며 여운을 남기고 있는 동안, 이 이야기를 끝맺는 것이 좋을 것 같다.

하지만 그 모든 일 가운데서 가장 멋진 일은 에이브럼 신부와 그 딸이 긴 황혼을 만끽하며 너무 기뻐서 할 말을 제대로 찾지 못한 채 독수리 집으로 걸어갈 때 일어났다.

"아버지."

체스터 양이 믿어지지 않는다는 듯 조금 수줍어하며 말을 꺼냈다.

"돈이 많으세요?"

"돈이 많으냐고? 그거야 상황에 따라 다르지. 네가 달이나 그 비슷하게 비싼 걸 사고 싶어 하는 게 아니라면 많다고 할 수 있단다."

"애틀랜타에 전보를 보내려면 돈이 아주 많이 들까요?"

언제나 동전 한 푼도 소중하게 여겨온 어글레이어가 물었다.

"아, 그거."

에이브럼 신부가 자그맣게 한숨을 쉬며 말했다.

"알겠다. 랠프에게 이곳으로 오라고 하고 싶은 모양이구나."

"기다려달라고 말하고 싶어요. 전 이제 막 아버지를 찾았으
니까요. 한동안은 아버지와 단둘이 지내고 싶어요. 그래서 기
다려달라고 말하고 싶어요."

옮긴이 이미정

영남대학교 영어영문학과를 졸업하고 KBS-서강방송아카데미 번역 작가 과정을 수료하였다. 현재 출판번역에이전시인 베네트랜스 전속 번역가로 활동 중이다. 옮긴 책으로는 《그들의 생각은 어떻게 실현됐을까》 《빅숏》 《파국》 《벤자민 버튼의 시간은 거꾸로 간다》 《시간여행》 《소통의 심리학》 《산타클로스의 리더십 비밀》 《무덤의 침묵》 《가면의 진실》 등이 있다.

마지막 잎새

1판 1쇄 발행 2015년 2월 28일

지은이 오 헨리
옮긴이 이미정
발행인 오영진 김진갑
발행처 (주)심야책방

출판등록 2013년 1월 25일 제2013-000028호
주소 서울시 마포구 월드컵북로5가길 12 서교빌딩 2층
전화 02-332-3310 **팩스** 02-332-7741

종이 월드페이퍼(주)
인쇄·제본 현문자현(주)

값 8,000원
ISBN
04840
979-11-95377-36-7 | 값 7,800원
979-11-95377-30-5 (SET)
9 791195 377367